에스프레소
리스트레토

박삼교희 장편소설

에스프레소 리스트레토

박삼교희 지음

발행처 · 도서출판 **청어**
발행인 · 이영철
영   업 · 이동호
기   획 · 최윤영 | 김홍순
편   집 · 김영신 | 방세화
디자인 · 김바라 | 오주연
인   쇄 · 두리터

등   록 · 1999년 5월 3일(제22-1541호)

3판 1쇄 발행 · 2011년 11월 10일
3판 2쇄 발행 · 2011년 11월 30일

주소 · 서울시 서초구 서초동 1588-1 신성빌딩 A동 412호
대표전화 · 586-0477
팩시밀리 · 586-0478

블로그 · http://blog.naver.com/ppi20
E-mail · ppi20@hanmail.net
ISBN · 978-89-94638-69-0 (03810)

이 책의 저작권은 도서출판 청어와 저자에게 있습니다.
양측의 서면 동의 없는 무단 전재 및 복제를 금합니다.

*이 책은 『에스프레소』『나는 그녀의 내연녀이다』의 개정판입니다.

에스프레소
리스트레토

Contents

외로움

비오는 수요일 · 9 | 창녀 천국 · 27
잠 못 드는 밤에는 자위를 · 53 | 화려한 외출 · 61
악녀의 자존심 · 81 | 첫경험 그리고 프러포즈 · 105
속고 싶은 거짓말, 속기 싫은 거짓말 · 121

만남

우문우답 · 137 | 죽고 싶은 날엔 섹스를 · 153
혼자 놀기 · 171 | 진정한 자유인 · 185
행복한 성탄절과 우울한 연말연시 · 203
차라리 미운 오리새끼였더라면 · 213

사랑

야상곡 · 231 | 미련한 사랑 · 243 | 오아시스 · 255
후회 없는 사랑 · 273 | 용서 · 287 | 유혹 · 301
밀월여행 · 311 | 불꽃 · 323 | 너를 사랑하고도 · 337
나는 기꺼이 사탄이 되리라 · 347 | 희망 · 363

작가 후기 · 374

외로움

Loneliness

비오는 수요일

창밖으로 손을 내밀어 본다. 차갑다.
손바닥에 와 닿는 빗방울의 생경한 감촉에
그날이 그날 같은 일상의 새장에 갇힌 나를 문득 돌아본다.
자유롭고 싶다. 이 갑갑한 새장을 탈출하고 싶다.
저 암울한 잿빛 비구름이 잔뜩 낮게 내려앉은 하늘을 훨훨 날고 싶다.
비록 날개가 비에 젖어 추락한다 해도…….
아아, 이런 날 장미 한 다발, 아니 한 송이, 아니 빨간 꽃잎 한 장만
뜯어다 줄 수컷이 있다면 얼마나 좋을까.

비 오는 수요일.

날씨 탓인지 오늘은 병원이 꽤 한산하다.

열두 시 사십오 분, 이제 오전 진료는 끝난 셈인가. 창밖을 내다보니 베르나르 뷔페의 강렬한 붓 선의 터치처럼 사선으로 꽂히는 빗줄기의 각도가 상당히 크다. 이렇게 천둥 번개를 동반한 폭우가 쏟아지는 날이면 우산의 효용가치는 고작 머리나 목 언저리를 가까스로 지켜내는 정도일 것이다. 이참에 왕창 내리쳐서 병원 건물에 버짐나무 껍질처럼 꼬질꼬질 끼어 있는 때나 깨끗이 씻어주면 좋겠다.

"원장님, 식사하세요."

젠장, 원장은 무슨 놈의 원장……. 요즘은 왜 다들 이런 호칭을 쓰는지 모르겠다. 하얀 가운만 입고 있으면 나 같은 말단 월급쟁이라도 원장이라 불리는 희한한 세상이다. 그건 그렇고 어쩐 일로 밥 생각이 별로 없다. 이런 기회를 잘 활용해야 좀 더 날씬해질 수 있는데……. 하지만 언제 갑자기 식욕이 되살아날지 모르고, 일단 배가 고프기 시작하면 도무지 아무 일도 할 수 없는 이 요상한 체질 탓에 시간이 자유로운 휴일이 아닌 한 마음대로 굶지도 못한다.

그래, 먹어두자. 어차피 내 삶의 기쁨조인 식욕이 저녁까지 얌전히 잠들어 있을 가능성은 거의 제로에 가까울 테니.

한쪽 뺨에 밥알을 가득 물고 간호사들과 싱거운 말장난에 열을 올리고 있던 준 원장이 휴게실로 들어서는 나를 보더니 기다렸다는 듯 한마디 한다.

"심 원장, 또 김치찌개 시켰네. 되도록이면 그건 먹지 말래도……."

식당에서 파는 김치찌개는 다른 사람들 상에 올랐던 김치찌꺼기를 재활용한다는 게 그의 지론이다.

"그래도 이런 날씨엔 김치찌개가 제일이라니까요. 게다가 끓인 건데 뭐 어떨라구요."

참 별꼴이다. 남이야 뭘 먹든 무슨 상관이래? 게다가 그런 식으로 생각하자면, 지가 지금 볼이 터져라 먹고 있는 저 짜장밥에도, 알 게 뭐야, 쥐새끼 이빨자국이 선명하게 찍힌 양파 조각이 그대로 들어가 있을지. 그리고 기껏 한 살 더 먹었다고 마치 큰오빠라도 되는 양 툭툭 내려뱉는 저 말투도 정말 마음에 안 든다, 오늘따라 더.

"참, 왕 원장님은 급한 일이 생겨서 오후엔 못 나오신대. 그리고 나도 오늘은 예약환자 시술만 끝내고 먼저 들어갈 테니 심 원장이 수고 좀 해줘야겠어."

"……네."

그는 심드렁한 내 대답을 귓전으로 흘리며 그릇 군데군데 자장으로 범벅이 된 채 붙어 있는 시꺼먼 밥풀들을 싹싹 긁어모아 그 마지막 밥숟갈을 아쉬운 듯 쪽 소리가 나게 빨고는, 단무지 한 조각을 입에 넣더니 갑자기 뭔가 생각난 듯 젓가락으로 테이블을 탁탁 두드린다. 하여간 매너하고는 거리가 먼 인종이다.

"다들 오늘처럼 한가할 때 심 원장한테 반영구화장 시술이나 받아두라구. 공짜로 예쁘게 해준다는데 얼마나 좋아? 그리고 문의해오는 사람들한테도 '이렇게 자연스럽게 됩니다' 하면서 보여줘야 더 안심하고 할 거 아냐? 그것도 일종의 의료서비스라니까!"

커피 한 잔을 뽑아들고 그는 유유히 휴게실을 나갔다. 쉴 새 없이 떠들어대면서도 밥 먹는 속도만큼은 타의 추종을 불허하는 신기한 인물이다. 찍찍 끌고 다니는 그의 슬리퍼 소리가 저만큼 멀어지자, 엊그제 새로 들어온 민 간호사가 옆에 앉은 서 간호사에게 물었다.

"저, 혹시 왕 원장님이랑 준 원장님, 두 분이 형제신가요?"

"응."

'뷰티풀—에스제이(SJ)피부과'라고 적혀 있는 병원간판과 대표원장 두 사람의 이름(김성재·김성준)을 보면 누구나 쉽게 짐작할 수 있는 일, 아마도 그녀는 그 다음 말이 더 하고 싶었던 것이리라.

"근데 형제 치곤 정말 하나도 안 닮으셨네요?"

……하긴. 키도 제법 크고 얼굴이나 성격도 그만그만한 왕 원장(우리끼린 재 원장을 그렇게 부른다)과는 달리, 하늘 높은 줄은 모르고 땅 넓은 것만 아는 듯 푹 퍼진 체구와 수박처럼 커다란 머리통이 트레이드마크인 시끄럽고 산만한 준 원장…… 이 두 남자의 닮은 구석이란 아무리 눈 씻고 찾아봐도 그 이름 석 자뿐이다. 하지만…….

그녀들 얘기에 나도 모르게 불쑥 끼어들었다.

"형제라고 다 닮으란 법은 없잖아? 나도 내 동생이랑 전혀 딴판인데, 뭐."

그건 그렇고, 찌개 속에 들어있는 이 재활용(?) 김치건더기, 먹을까 말까? 에라, 모르겠다. 한 숟갈 푹 떠서 밥 위에 놓고 비볐다. 한 입 떠먹으니 어느새 왕성한 식욕이 돌아온다. 부드러운 김치건더기가 밥알과 착착 달라붙어 빚어내는 이 오묘한 대한민국의 맛. 계란말이를 한 입 크게 베어 물었다. 입 속에 살살 감기는 환상적인 궁합에 나도 모르게 고개가 끄덕여진다. 그래, 김치찌개엔 역시 계란말이가 최고야!

비껴간다던 태풍이 혹시 우리나라 쪽으로 방향을 틀어버리기라도 한 건가. 어째 날씨가 점점 더 사나워진다. 준 원장은 예약환자 두 명이 시술날짜를 바꾸는 바람에 생각보다 일찍 병원을 나섰다. 더 이상 접수환자도 없고 어느새 병원은 진료시간이 끝난 듯 어수선한 파장 분위기다. 군것질이나 좀 할까. 진료실 밖으로 나갔다. 다들 대기실에 모여앉아 재탕되는 연예가뉴스를 보느라 열심이다. 언뜻 TV에 눈이 갔다. 앗, 내 이상형 장동건! 휴게실로 향하던 걸음을 멈춰 섰다. 어째 오늘은 얼굴이 좀 까칠해 보이네. 밤샘 촬영이라도 한 걸까. 하여간 언제 봐도 잘생겼다.

"원장님도 녹차 한 잔 하실래요?"

우두커니 서서 넋 놓고 화면을 보고 있는데, 윤 간호사가 기특한 소리를 한다.

"어? ……으응, 부탁해요."

벌어졌던 입을 다물고 표정관리를 하면서 엉거주춤 의자에 엉덩이를 붙였다. 화면을 가득 채운 완소남의 살인미소에, 엔도르핀이 사정없이 마구 쏟아져 나오는 것만 같다. 저 사람은 아마 일 년 동안 세수 안 하고 머리 안 감아도 멋있을 거야. 저 십분의 일만 되는 괜찮은 남자 어디 없을까.

쩝. 일 분도 채 못 가 내 사랑 장동건은 화면에서 사라지고 MC들끼리 시시껄렁한 농담 따먹기를 시작한다. 쳇, 세상의 수많은 싱글 여성들을 위해서 조금만 더 보여주면 어디가 덧나나. 윤 간호사가 가져다 준, 약간 덜 우러난 밍밍한 녹차를 마시며 아쉬움을 달랬다. 어느새 지루한 클래식에서 심금을 울리는 가요들로 바뀌어 있는 병원 배경음악이 창밖의 비와 어우러져 이 노처녀를 무지 센티하게 만들고 있다.

도대체 수요일 날 비는 왜 오는 거야. 빨간 장미 사달라고 조를 만한 놈도 없구만.

참, 준 원장이 또 잔소리하기 전에 간호사 몇 명 포섭해서 눈썹이나 해두자. 근데 과연 이 여자들이 용기를 내줄까.

"……저기, 오늘 반영구화장 할 사람?"

다들 서로 눈치만 본다. 하기야 이들이 내 미적 감각을 어떻게 믿고 나름대로 천금같은 얼굴을 실습용으로 쉽게 들이 믿겠는가. 배운 지 한 달도 안 된 왕초보 '반영구화장 시술사'인 내게.

"불안해할 거 없는데……. 일단 마음에 드는 모양 나올 때까지 여러 번 그려보고 나서 원하는 모양이 잡히면 그대로 해줄 테니까. 예전에 아줌마나 할머니들이 많이 했던 문신하고는 차원이 다르니까 전혀 걱정할 필요 없어요. 부자연스럽지도 않고 화장으로 그린 것보다 오히려 예쁘게 나온다구."

내가 왜 이래야 하지. 꼭 무슨 약 장사라도 된 듯한 기분이다. 다른 병원들은, 이런 건 대개 전문 시술사를 데려와서 맡긴다더니만(이 병원에선 주로 귀찮고 폼 안 나는 일이 내 몫이다).

"그리고 몇 년 지나면 자연스레 탈색되니, 그땐 또 다른 모양으로 변화를 줄 수도 있고……."

이 정도면 내가 할 수 있는 말은 거의 다 했다. 사탕으로 꼬실 수 있는 애들도 아니고.

"원장님, 저 해주실래요?"

귀가 번쩍 뜨인다. 민 간호사다. 들어온 지 며칠 안 된 탓에 내가 이 방면에 왕초보라는 정보를 아직 입수하지 못했나 보다.

"그럼, 일단 마취연고부터 바르고 삼십 분 후에 시술 들어가죠."

"안 아파요? 하는 데 오래 걸려요?"

"한 이십 분이면 되고, 별로 안 아프니까 걱정 마요."

부드러운 미소를 잔뜩 머금고 그녀를 안심시켰다. 갈매기며 삼각산이며 초승달에 심지어는 퍼진 팔(八)자까지 제각기 두 눈 위로 얹고 사는 다른 간호사들은 일단 민 간호사의 시술 결과부터 보겠다는 눈치다(내 참, 내가 아무리 대충 찍는다 해도 다들 지금보다는 훨 낫겠구만).

  지난달 배운 디자인기술과 내 미적 감각을 총동원해서 심혈을 기울인 결과, 민 간호사의 눈썹이 마침내 예술로 승화되었다.
"고마워요, 원장님!"
거울을 보는 민 간호사의 입이 귀에 걸렸다.
"우와, 진짜 예쁘게 나왔다! ……원장님, 저도 해주세요!"
"저두요! 이런 거라면 당근 해야죠!"
다들 감탄사를 연발한다. 진작 그럴 일이지……. 어째서 이 심가인의 센스를 그리도 못 믿는단 말인가. 이제부턴 내가 재고 빼기고 할 차례다. 우선 목에 힘부터 좀 주고, "흠흠, 일단 오늘은 두 명만 더 하고 나머지는 다음에 하죠. 순서 정해보세요."
  언뜻 시계를 보니 벌써 다섯 시가 다 되어간다. 거세게 내리치는 비로 창밖 풍경이 거의 보이지도 않는다. 안 깨지고 완강히 버티고 있는 저 유리가 참으로 대견스럽다.
"원장님, 오늘은 저하고 서 간호사가 먼저 하기로 했어요."
  나랑 같은 서른여섯의 노처녀, 박 팀장이다. 팀장이랍시고 다른 간호사들에게 꽁알꽁알 잔소리도 많이 하고 이유 없이 짜증도 곧잘 내는 성격, 게다가 각진 뿔테안경과 지나치게 단정한 올림머리 탓에 언제 봐도 기숙사 사감 같은 느낌을 지울 수가 없다.

"근데, 전 입술라인부터 하면 안 될까요?"

"입술은 마취를 해도 꽤 아플 텐데요?"

"괜찮아요, 전 아픈 거 잘 참아요."

항상 어딘지 쌀쌀맞던 그녀가 웬일로 내 앞에서 생글거리고 있다.

"그럼 마취연고부터 바르고, 시간 되면 부르세요."

나는 내 방으로 들어와 의자 등받이에 머리를 기대고 재껴 길게 누웠다. 졸음이 한꺼번에 튀겨진 팝콘처럼 우르르 쏟아진다.

노크 소리에 눈을 떴다. 벌써 삼십 분이 지났나.

"원장님, 시술실에 가 있을게용."

우리 병원에서 최고의 미모를 자랑하는 서 간호사가 눈썹에 허연 마취연고를 바른 채 멋쩍은 미소를 지으며 날 재촉한다.

열심히 문신작업 ─몇 년 안 가 지워진다 뿐이지, 솔직히 이것도 문신은 문신이지 뭐─ 을 하고 있는데, 언제 나타났는지 β(베타)가 늘어뜨린 내 목덜미 위로 긴 한숨을 내쉬며 꽁알거리기 시작했다.

─ 지금 도대체 뭐하는 거야? 그리 좋지도 못한 머리로 남들 따라가느라 밤샘을 밥 먹듯 하고 모자라는 잠을 화장실에서

보충해가며 그 힘든 시간들을 보내놓고, 지금 와서 하는 짓이 고작 이거야?

……그래. 내주부터는, 아마도 이 병원에 근무하는 한, 내 꽃다운 나이를 고스란히 바쳐서 얻어낸 저 전문의자격증을 두고 어쩜 하루에 한두 번은 이 작업을 해야겠지. 아름다움과 간편함을 추구하는 대한민국의 여성들을 위하여. 한편으론 그렇게 동감하면서도, 툭하면 찾아와 마음을 심란하게 하는 β의 깐죽거림에 비위가 상해 나는 신경질적으로 반박했다.

─ 아니, 어쩌면 그 지겨운 '벌초작업' 보단 나을지도 몰라. 이건 그래도 내 예술혼을 불태울 수 있는 거니까!

그렇다. 해마다 여름을 앞두고 겨드랑이, 다리, 비키니라인의 무성한 털들을 상대하는 것도 주로 내 차지다. 그 덕분에 젊은 남자의 은밀한 부위에서 삐져나오는 주변 털을 없애주는 짜릿함 ─특히 바지 안에 팬티 대신 꽉 끼는 수영복을 입고 왔던 한 남자는 정말 섹시했었다─ 을 가끔 즐길 수도 있지만, 솔직히 제모치료도 그리 뿌듯한 작업은 아니다.

β가 다시 톤을 높였다.

─ 뭐? 예술혼? ……암튼 문신이든 털 정리든 간에 옛날엔 미용실이나 피부관리실 같은 데서 하던 거고 전문의 자격이 필요한 것도 아니잖아!

무식하기 짝이 없는 β의 말에 갑자기 뒷골이 뻐근해진다. 잠시 고개를 들고 목덜미를 주무르면서 지지 않고 한마니 쏘아붙였다.

— 그래도 이건 양반이라니까! 모발이식은 두세 시간 동안 머리카락 한 올 두 올씩 심고 나면 눈이랑 꼭뒤에서 쥐가 다 난다 그리고, 지방흡입인가 뭔가는 제대로 뚱뚱한 사람한테 걸리면 진짜 몇 시간 '노가다' 하는 거라던데……. 그러니 아무것도 모르면서 제발 나불거리지 좀 마!

성질부린다고 해서 이미 꿀꿀해진 기분이 어찌 되지는 않는 법, 어느새 자취를 감춰버린 β가 의도했던 대로 나는 또다시 자조의 길로 접어들었다. 하기야 '뷰티풀'이라 적힌 병원 간판 탓인지 열에 여덟은 미용 목적으로 오는 환자들이니 피부관리실 어쩌고 하는 말도 틀린 건 아니네. 그래, 전문의가 상주하는 피부관리실. 차라리 소아과 쪽으로 갈 걸 잘못했나. 말 못하고 울어대는 애들 상대하기가 벅찰 것 같아서 관뒀더니만.

예쁜 서 간호사는 원래 눈썹 모양을 살려 살짝 수정만 했기에 수월하게 빨리 끝났다. 문제는 박 팀장이다. 마취연고를 닦아내고 보니, 그녀가 왜 입술라인을 빨리 하고 싶어 하는지 알 것 같았다. 입술선이 지저분하기 짝이 없다.

"저기, 혹시 입술 쥐어뜯는 버릇 있어요?"

"아뇨. 그게 아니라, 조금만 피곤해도 입 주변에 헤르페스가 곧잘 생기는 체질이라서요."

그녀의 까다로운 주문과 나의 미적 센스를 믹스하여 그런대로 괜찮은 모양이 나왔다.

"진짜 너무 맘에 들어요, 기대했던 것보다 훨씬 예쁘게 됐네요. 고마워요, 호호……."

"근데 박 팀장, 정말 잘 참네요. 특히 인중 부분은 진짜 아프다던데, 독한 구석이 있나 봐요?"

"제가 아까 참는 건 자신 있댔잖아요, 호호……. 앞으론 화장하는 게 진짜루 편해지겠네, 호호호……."

박 팀장이 이렇게 연신 활짝 웃는 건 처음 본다. 좀 전까지만 해도 우습게 여겼던 이 반영구화장이란 것이, 한 여자의 마음을 이렇게까지 사로잡을 위력을 가지고 있을 줄이야. 그리고 그녀의 입술 상태를 고려하면 이것도 소극적 의미의 흉터 치료라 할 수 있으려나?

점점 더 사나워진 비바람 덕분에 할 일이 없어진 간호사들은 어느새 여기저기 모여 앉아 과자봉지까지 쌓아놓고 웃고 떠드느라 정신이 없다. 태풍영향권에 접어들었다는데 다들 집에 갈 걱정도 안 하고.

드디어 일곱 시 오 분 전. 가운을 벗었다.

"그럼 먼저 갈게요, 다들 갈 때 조심하구요!"

서둘러 병원을 나왔다. 엘리베이터에서 내려 비릿한 비 냄새가 낮게 깔린 건물입구에서 잠깐 머뭇거린다. ……이건 내가 제일 아끼는 샌들인데, 그렇다고 맨발로 걸을 수도 없고……. 용기를 내서 거센 빗발 속으로 발을 내디뎠다. 조금만 각도 조절을 잘못해도 순식간에 우산이 뒤집힐 것만 같은 바람이다. 우산살 바로 밑 부분을 두 손으로 꽉 잡고 있는데도 금방이라도 찌그러질 듯 우산이 미묘하게 흔들린다. 아랫도리에도 바람이 들이닥친다. 하필, 간만에 치마 입고 나온 날 이럴 게 뭐람. 지하철역이 상당히 멀게 느껴진다. 에이, 오늘은 그냥 택시 타자. 거의 무용지물이 되어버린 우산을 과감히 접어버리고 거센 비바람 속에서 젖은 머리를 연신 뒤로 젖혀가며 요염하게 택시를 기다렸다.

아니, 이게 웬 똥 푸는 냄새야? 청국장의 야릇한 냄새가 현관에 들어서기도 전부터 진동을 한다. 내가 제일 싫어하는 음식. 쩝, 이런 날씨에 그 냄새나는 걸 끓이다니.

"이제 오니? 꼭 물에 빠진 발바리 같구나. 얼른 씻고 나와, 밥 먹게."

무슨 기분 좋은 일이라도 있나? 프라이팬 속의 감자를 이리저리 휘젓고 있는 엄마의 뒷모습에 기운이 넘친다. 유난히 더위를 많이 타는 엄마가 필요 이상으로 세게 틀어놓은 에어컨 탓에 얼음장처럼 차가워진 마룻바닥 위로 발도장을 꾹꾹 찍으며 욕실에 들어섰다. 비에 젖어 무거워진 원피스를 벗고 몸에 착 달라붙은 속옷을 떼어내다가 얼핏 거울 속의 나와 눈이 마주쳤다. 디지털파마의 윤곽이 아스라이 남아 있는 젖은 머리가 목선에 요상스레 달라붙어 나름대로 꽤 섹시해 보인다(내 참, 발바리라니……).

"에취!"

재채기가 난다. 이러다 발바리도 안 걸린다는 여름감기 앓는 거 아냐? 자아도취는 다음으로 미루고 서둘러 따끈하게 샤워를 했다.

대충 닦은 머리를 수건으로 감싸고 밥상으로 향했다.
"아빠는요?"
"응, 그냥 가게에서 시켜 드실 거란다. 저녁 아르바이트 학생이 안 나왔다나. 참, 가영이가 내달에 완전히 나온댄다."
"아니, 왜 벌써요?"
엄마 입을 향하는 저 밥숟갈이 여느 때보다 훨씬 큰 이유를 알 것 같다. 이제 곧 사랑하는 둘째 딸이 온다는데 밥맛도 절로 날 테지.

가영이, 두 살 터울의 내 하나뿐인 동생이자 엄마의 외동딸 같은 존재. 한동안 죽도록 사랑한다며 목숨 걸고 동거하던 유부남이랑 헤어지더니, 어학연수라도 다녀오겠다고 하도 졸라대는 통에 일 년 반 코스로 캐나다에 보내줬었다. 학교 다닐 때 공부도 못하면서 만날 유학타령만 해대던 기집애라, 조금 늦긴 했지만 그나마 반분이라도 풀고 오겠거니 했는데 그 기간도 다 안 채우고 오겠단다. 그리고 엄마는 그저 사랑하는 딸을 조금이나마 더 빨리 볼 수 있음에 저토록 행복해하고 있다. 비용이 더 안 들어가게 됐으니 잘된 일이긴 하지만 어째 심기가 불편해지기 시작했다. 갑자기 청국장 냄새가 더 진하게 느껴진다. 꼭 화장실에서 밥 먹는 기분이다. 수서를 놓있다.
"왜? 좀 더 안 먹고."

"……됐어요."

고춧가루가 불그스름하게 녹아 든 누런 청국장, 그 속에 동실동실 떠 있는 두부랑 호박을 밥 위로 가져다 열심히 으깨고 치대면서 다음 밥숟갈 준비에 여념이 없는 엄마를 두고 먼저 일어섰다. 방으로 향하는 내 등 뒤로 엄마의 혼잣말이 둔탁하게 와서 꽂힌다.

"기집애, 어찌 저리 식성까지 지 할미를 꼭 빼박았을까? 닮아도 아주 징그럽게 닮았다니깐."

컴퓨터 앞에 앉아 병원 홈페이지의 상담코너를 펼쳤다. 허구한 날 앵무새처럼 비슷한 말을 되풀이하고 있자니 짜증이 난다. 적당히 성실하고 대충 친절하게 답변을 달아두고는 컴퓨터를 꺼버렸다.

꺼진 모니터 앞에 잠시 멍하니 앉아 있다 보니 문득 돌아가신 할머니 생각에 한숨이 난다. 이 방 —예전에 할머니 방이었다— 을 쓰고 있으면서도 요즘은 할머니를 거의 잊고 지낸다. 무관심한 아빠와 계모 같은 엄마를 대신해 내게 한결같은 사랑을 주셨던 분인데.

어린 시절의 난, '미운 오리새끼' 그 자체였다. 갓 태어났을 때부터 할머니를 너무나 쏙 빼닮은 외모 때문이었다. 그것이 심한 고부갈등을 겪고 있던 엄마에게는 무척 거슬리는 일이었고, 무슨 일이 있을 때마다 나는 번번이 엄마의 좋은 화풀이

대상이 되곤 했다. 아무것도 아닌 일에 죽도록 얻어맞는 일도 잦았다. 엄만 쌓인 스트레스를 내게 소리 지르고 욕하고 때리면서, 옆에서 말리는 할머니를 뿌리치고 밀치고 하면서 풀었다. 엄마는 내 삶과 죽음의 경계선을 너무나 잘 알고 있는 듯했다. 꼭 내가 죽기 일보직전까지만 때렸으니까.

까무잡잡한 피부에 선명한 쌍꺼풀, 넓은 미간과 짧은 인중, 거기다 마디 없이 밋밋하게 뻗은 손가락하며 손톱 모양까지 빈틈없이 할머니를 닮아버린 내가 그 당시 제일 듣기 싫었던 건, 나를 나무라는 엄마의 말꼬리에 늘 따라다니던 "꼭 지 할미 닮아가지고!" 하는 말이었다. 동그랗고 하얀 얼굴에 가느다란 눈, 나지막한 콧등까지 엄마를 참 많이 닮은 가영이 얼굴이 그땐 그렇게 부러울 수가 없었다.

우리 자매는 얼굴뿐 아니라 참 많은 것을 달리했다. 그냥 아무렇게나 빗어 넘기면 되는 짧은 머리에 한 계절이 다 가도록 두세 벌의 옷만 번갈아 입던 나와는 달리, 가영이는 아침마다 방울이며 리본으로 허리까지 오는 긴 머리를 예쁘게 묶거나 땋았고, 이틀이 멀다하고 갈아입는 예쁜 옷들이 옷장에 수북하게 쌓여 있었다. 유치원에도 가영이만 다녔다. 노란 옷에 노란 모자 쓰고 예쁜 가방을 둘러멘 가영이가 유치원에 가고 나면, 난 주로 집 앞 계단에 걸터앉아 오가는 사람들을 보면서 멍하니 혼자 시간을 보냈고, 그러다 점심때가 되면 가영이가 다니는 유치원으로 엄마가 싸주는 따뜻한 도시락을 나르곤 했다. 요즘처럼 급식이 일반화되어 있지 않던 시절이었다.

암튼 나는 그 덕에 잠깐잠깐 들를 수 있었던 동네 유치원 특유의 냄새가 너무나 좋았다. 가영이는 어리니까 유치원에 가는 거라던 엄마 말과는 달리, 거기선 가영이가 제일 막내로 통했다. 토끼가 그려진 예쁜 도시락가방을 가영이에게 무사히 건네고, 남은 소시지 몇 조각이랑 계란말이 끝 부분이 기다리는 집으로 돌아오는 길에 나는 땅이랑 하늘을 번갈아 쳐다보며 이런저런 유행가들을 짬뽕으로 뒤섞어 흥얼거리곤 했는데, 지금 생각해보니 어린것이 꽤나 청승을 떨었다 싶다.

아무튼 가영이에 대한 엄마의 편애를 너무나 뚜렷이 느끼면서 자란 나는, 엄마가 계모일지도 모른다는 생각을 항시 떨쳐버릴 수가 없었고, 가끔씩 운 좋은 날이면 내 진짜 엄마가 짠, 하고 나타나는 행복한 꿈을 꾸기도 했던 것 같다.

세월은 모든 걸 변화시킨다고 했던가. 엄마랑 평생 앙숙으로 지내던 할머니도 오래전 돌아가셨고 가영이가 처자식 딸린 바람둥이랑 동거하면서 무지 속을 썩였던 때문인지 한동안 엄마의 사랑이 오히려 내 쪽으로 기우는 듯한 묘한 느낌까지 받았다. 하지만 그건 내게 꽤 괜찮은 수입이 생기면서 우리 집 생활비를 전부 책임지게 된 시기와 맞아떨어지기도 했고, 작년에 은행대출까지 받아가며 아빠께 조그만 PC방을 하나 차려드린 것과도 무관하지 않았을 것이다.

아직도 나를 보면 돌아가신 할머니 생각에 뒷골이 땅길 때가 있다는 엄마다. 그렇다. 나는 여전히 엄마에게 있어 딸이라기보다는 기억조차 하기 싫은 시어머니의 손녀인지도 모른다. 문득문득 느껴지는 엄마의 싸늘한 눈빛이 그렇게 말하는 듯하다.

 신은 모든 곳에 있을 수 없기에 어머니를 만들었다는 말은 대체 누가 했을까. 엄마는 내게 질투와 설움과 절망과 포기를 가르쳤을 뿐인데…….

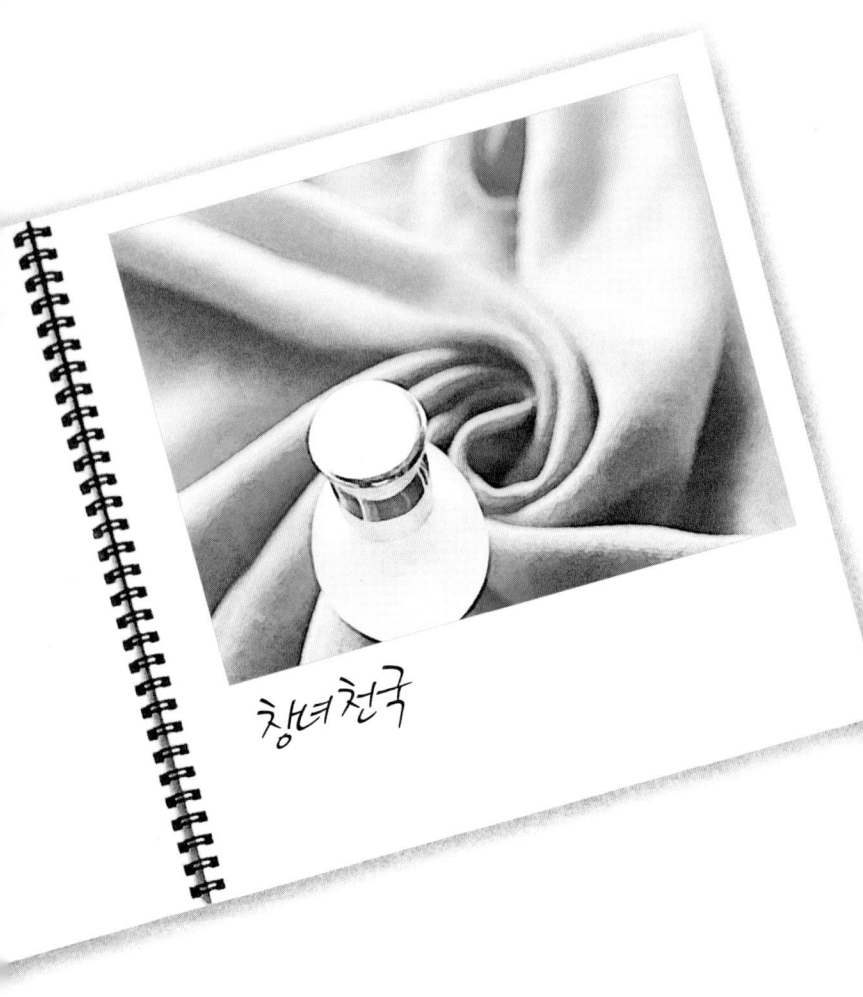

창녀천국

오늘은 목요일. 일요일과 함께 내게 주어지는 주중 휴일이다. 예전에는 토·일요일을 연달아 쉬는 사람들이 부럽기도 했으나 요즘은 사흘 일하고 쉬고 또 이틀 일하고 쉬는, 그다지 피곤이 쌓일 틈이 없는 이 생활이 오히려 마음에 든다. 실컷 자고 일어나서 라면 하나 끓여 먹고 집을 나섰다. 뉴스에서 떠들어대는 엄청난 비 피해 소식이 마치 남의 나라 이야기로 느껴질 만큼 화창한 날씨다. 촉촉하게 물기를 머금어 짙은 색을 띠고 있는 보도블록만이 지난 비를 기억하고 있는 듯하다. 내리쬐는 뜨거운 햇볕을 피해 가로수 그늘을 최대한 활용하여 걸었다. 한 번씩 불어오는 바람에 나뭇잎에 달려 있던 물방울이 하나 둘 떨어지는 게 참 상큼하다.

지하철에 올랐다. 여기저기 비어 있는 자리를 두고 혼자 서 있는 것도 꽤나 뻘쭘한 일인지라 하는 수 없이 앉긴 앉았는데, 아까 억지로 올려 입은 바지 지퍼가 금방이라도 터질 것만 같다. 하기야 계란이랑 오뎅이랑 만두까지 골고루 넣고 끓인 영양 라면에 식탁 한쪽에 놓여 있던 식은 밥 한 덩이도 같이 말아 먹고, 프라이팬에 붙어 있던 감자볶음까지 완벽하게 먹어치웠으니 이리 되는 것도 무리는 아니다. 앞자리에 앉은 아줌마를 의식하면서 헐렁한 셔츠 밑으로 살짝 손을 넣어 바지 단추를 풀고 지퍼도 반쯤 내려버렸다(후유, 이제 좀 살 것 같네). 그나저나 오늘은 뭐하고 놀지. 새로 나온 영화가 어떤 게 있더라. 얼핏 눈에 들어오는 옆 사람 손목시계의 바늘이 이제 막 열한 시를 가리키려 하고 있다. 운전학원 예약시간까지 다섯 시간이나 남았다.

 지하철을 빠져나왔다. 방학도 끝난 평일 낮 시간, 땀띠 나게 붙어 다니는 커플들의 닭살스런 애정행각에 스트레스 받을 일도 별로 없는 이 황금 같은 일분일초. 엉덩이까지 푹 덮어주는 티셔츠 한 장만 믿고 지퍼도 다 안 올린 채 팔자걸음으로 혼자서 여기저기 기웃거리는 폼이 내가 생각해도 참 가관이다. 혼자 다니면 여러모로 편하긴 한데 좀 청승맞아 보이는 게 탈이란 말야. 왠지 입이 근질거리는 게, 수다 처방을 할 때가 된 것 같기도 한데 은경이라도 불러낼까. 아니지, 갠 애 낳은 지 얼마 안 됐잖아(결혼해서 애 낳은 친구들한텐 자는 애 깨울까봐 한 번씩 전화하는 것도 망설여지고, 만나자고 불러낼 때도 상당한 용기가 필요한 법이다).

 어디를 가나 여자들 천지다. 남자들이 거의 안 보이는 평일의 백화점이나 영화관, 소문난 맛집에 삼삼오오 몰려다니는 여자들을 볼 때면 마치 딴 세상 사람들을 보는 것만 같다. 팔자 좋은 여자들의 일상이 새삼 부러워진다. 신경 거슬리는 앞머리를 위로 쓸어 올리는데, 문득 길게 늘어진 머리가 무겁다는 느낌이 든다.

 파마나 하러 갈까.

 귀 뒤로 삐질삐질 흘러내리는 파마약이 간지럽다. 목도 아프고 어깨도 뻐근한 게 무료해 죽겠다. 옆에 놓인 패션잡지를 펼쳐본다. 유행에 관심이 없어서인지 어째 읽을거리가 통 없는 것 같다. 이번엔 아줌마들이 즐겨 읽는 고전적인 여성지를 골라 들었다. 이런저런 기사 제목들이 표지를 가득 채우고 있다. 그래, 자고로 책이란 이렇게 내용이 충실해야지.

그간의 잡다한 세상사에 심취하여 한 장 한 장 이를 잡는다. 쳇, 이 더운 여름에, 결혼 애기는 또 왜 이리 많은 거야?(다들 속도위반이라도 했나?) 하지만 그다지 부럽지는 않다. 몇 년 전의 화려했던 결혼사진까지 함께 실린 여배우의 이혼기사를 방금 읽은 탓인지, 새로운 커플들의 사진을 보면서도 어쩌 조만간 이혼이나 파혼 이야기와 함께 다시 이 잡지를 장식할 것만 같은, 그 당사자들에게는 상당히 미안한 생각으로 은연중에 위로받고 있음이다. 뒤로 가니 병원 선전이 수십 장 실려 있다. 후유, 요즘은 피부과도 광고경쟁이 성형외과 못지않다니깐. 하얀 가운을 입고 최대한 사진발 잘 받으러 애쓴 흔적이 역력한 그들의 부드러운 미소가 어쩐지 어색하게만 느껴진다. 그나저나 난 어느 세월에 병원 개업하고 이런 사진 한번 실어 보나.

대충 넘기다 보니, '남자를 사로잡는 섹스'라는 기사제목이 눈에 들어왔다. 나도 모르게 눈에 힘을 주고 정독을 한다.

"저, 머리 풀어드릴게요."

번쩍 고개를 드니, 미용실 총각이 쉰 옥수수 같은 웃음을 흘리며 뒤에 서 있는 게 거울로 비쳤다. 아마 내 앞에 떡하니 펼쳐진 잡지의 커다란 글귀 때문이리라. 꼭 커닝하다 들킨 것처럼 반사적으로 책을 덮어버렸다.

내 참, 진짜 쪽팔려서…….

파마는 그런대로 잘나왔다. 세 시가 다 되어간다. 그 많은 면발과 밥알을 벌써 거뜬히 소화해내고 또다시 일거리를 찾아 울어대는, 존경스럽기 짝이 없는 내 위장이 삼계탕 집으로 나를 인도했다.

후루룩 짭짭…….

한 그릇 후딱 해치우고 콧잔등에 송송 맺힌 땀을 닦으며 운전학원으로 향하는 내 모습에서 문득 생명의 위력을 느낀다.

타고난 기계치인 내게 있어 운전을 배운다는 것은 꽤나 어려운 작업이다. 옆에 앉은 강사 아저씨는 손발이 각기 천방지축으로 놀고 있는 내 운전 솜씨에 벌써 질린 듯하다. 아까보다 얼굴이 꽤 노래진 것이 아무래도 멀미가 나나 보다. 근데, 이 차가 갑자기 왜 이러나? ……어, 어?

"애고!"

"어이쿠! 그게 아니라니깐요, 아줌마!"

"쩝. 미안해요. ……근데, 저 아줌마 아니거든요?"

아직 시집도 안 간 처녀한테 아줌마라니, 이 아저씨가 지금 누구 성격 테스트하나. 그건 그렇고 핸들에 입을 박으면서 혀를 깨물었나 보다. 입 속이 짭짤해온다. 입술도 얼얼하니 조금 부어오르는 듯하다. 룸미러를 들여다봤다.

……엉? ……내 이빨!

이건 또 무슨 일인가. 앞니 한 귀퉁이가 안 보인다. 잠시 머리가 띵한 게 비행기라도 탄 듯 귀까지 먹먹했다. 슬쩍 옆을 보니 강사 아저씨가 코까지 벌름거리며 애써 웃음을 참고 있다. 황당함이 쪽팔림으로 물갈이를 한다.

"에그, 이를 어쩌나. 그러게 조심 안 하고……. 쯧쯧…… 그렇게 자라목을 하고 핸들에 붙어 앉으니 다치지."

"……."

"그나저나 내가 이십 년 가까이 이 일을 하고 있지만 장내 기능교육 중에 이빨 깨먹은 사람은 새댁이 처음이네."

아줌마가 아니라니까 이젠 또 새댁이란다. 안 그래도 속상해 죽겠는데 사람 놀리는 것도 아니고.

"저기요!"

"아이고, 깜짝이야!"

"제가 아저씨더러 할아버지라고 하면 기분 좋으시겠어요? 저, 아직, 결혼, 안 했다니깐요!"

코 높이까지 부어오른 입술을 학원 선전용 부채로 가리고 치과간판을 찾아 헤맸다. 언젠가 철학관에 다녀와서는, 내가 차를 몰면 달리는 폭탄 같은 존재가 될 거라고 했던 엄마 말이 불현듯 뇌리를 스친다. 안 좋은 건 맞다더니…… 이건 더 큰 사고 내기 전에 학원을 관두라는 신호인가. 그나마 코뼈 안 부러진 게 천만다행이네.

가수나 탤런트 중에는 미용 목적으로 앞니 네 개를 다 해 넣는 사람들이 많다던데. 한심하게 입을 헤 벌리고 무방비 상태로 누워 무시무시한 기계들이 내 얼굴 위로 오가는 걸 보면서 문득 그 연예인들이 존경스럽다는 생각이 들었다. 부러진 이빨을 갈아내고 본을 뜨고 임시치아를 만들어 끼우는 데까지 꼬박 세 시간이 걸렸다. 일주일 후에 오란다. 환자 셋을 동시에 눕혀놓고 느릿느릿 오가면서 여전히 공포 분위기를 조성하고 있는 대머리 의사를 한 번 슬쩍 째려보고는 도망치듯 치과를 나왔다. 벌써 어둑어둑해져 있다. 까칠까칠한 임시치아에 자꾸만 혀끝이 간다.

쩝. 이걸 하고 일주일이나 어떻게 견디지. 그나저나 이빨 하나 만들어 끼우는 게 이렇게 비쌀 줄이야. 참, 학원 그만두면 환불은 해줄려나.

어제 치과에서 용을 쓰고 진을 뺀 까닭인지 오늘은 영 기운이 없다. 겨우 진료시간을 채우고 나니 한숨이 다 나온다. 잠시 멍하니 앉아 있는데 데스크캘린더가 눈에 들어왔다. 그러고 보니 추석이 열흘 정도밖에 안 남았네. 이번 추석은 어찌 이리 빨리 들었지. 어쨌거나 이제 가을도 멀지 않았나 보다.

서랍에서 알사탕 하나 꺼내 물고, 막 일어서려는데 준 원장이 들어왔다.

"심 원장, 올 여름 휴가 아직 못 챙겨먹었지?"

"아, 예……."

휴가철엔 어딜 가나 비싸고 붐벼서 차라리 한여름 지난 후에 쉬겠다고 했었다.

"그렇게 입 다물고 있다가 우리가 잊어버리면 나쁜 놈들이라고 욕하고 다닐 거지?"

"아니에요, 저도 잊어버리고 있었는걸요."

"쯧쯧, 띨하긴……. 사람이 자기 건 자기가 챙겨야지. 그래, 언제쯤으로 할래? 추석 연휴 끼워서 한 열흘 푹 쉬게 해줄까?"

이 남자가 뭘 잘못 먹었나, 오늘 도대체 왜 이런대?

"목요일이 심 원장 쉬는 날이지? 어디 보자…… 다다음 주 월요일이 추석이고 화요일까지 휴진할 거니까…… 다음 주 목요일부터 연달아서 쭉 쉬고 18일부터 나오면 되겠네, 어때?"

"어, 정말요?"

이게 웬 떡인가. 여름휴가 분 닷새를 끼워서 열하루를 한꺼번에 놀 수 있게 생겼다. 바이오리듬이 갑자기 상승곡선을 타며 생기 충천한다.

"히히히, 고마워요, 준 원장님."

"그리 고마워할 건 없는데……. 뭐, 정 고마우면 저녁을 사도 좋고."

"좋아요, 오늘은 제가 멋지게 쏠게요. 근데 왕 원장님은요?"

"벌써 몇 시간 전에 나가셨어. 요즘 바쁘시잖아, 병원 일은 뒷전인데 뭐. 닥터 한 명 더 들이든가 해야지, 이거 원."

"그러면…… 참, 그러고 보니 내일 단체회식도 잡혀 있잖아요. 연달아서 술 마시는 것도 좀 그러니까, 다음 주쯤 왕 원장님이랑 같이 시간 맞춰서……."

"에이, 그냥 오늘 우리끼리 먹자. 왕 원장님이랑 같이 가면 재미없는 거 뻔히 알면서. 그리고 술은 나 혼자 마시면 될 거 아냐, 응?"

이 남자가 아무래도 오늘은 같이 놀아줄 친구가 없나 보다.

"아, 예…… 그럼 그러죠, 뭐."

쌀국수가 먹고 싶대서 베트남 음식점으로 왔다. 나는 잘 모르니까 알아서 주문해 달랬더니, 메뉴도 안 읽어보고 일사천리로 주문한다.

"고이꾸온 2인분이랑 짜죠 한 접시, 그리고 그거 다 먹어갈 때쯤 퍼보 한 그릇을 둘로 나눠 주세요."

하는 꼴이, 많이 먹어본 폼이다.

"……근데 왕 원장님은 다음 국회의원 선거에 정말 출마하실 거래요?"

"그런가봐. 공천이나 제대로 받을 수 있을는지 모르겠지만."

"다음 선거가 언제죠?"

"내후년 봄이지 아마. ……대체 알다가도 모르겠어. 그 골치 아픈 정치판이 뭐가 좋다고 그러는 건지."

좀 있으니 끓는 물이 담긴 화려한 냄비가 상 한가운데 놓이고 샤브샤브용 쇠고기를 꽃잎처럼 예쁘게 깔아놓은 자그마한 접시가 나온다. 갖가지 야채며 삶은 새우, 튀겨서 찢어놓은 듯

한 닭고기랑 노란 파인애플 조각들이 가지런히 놓인 커다란 접시도 따라 나왔다. 그리고 커다란 보름달 모양을 한, 손바닥 크기의 얇고 빳빳한 뭔가도 냄비 옆에 수십 장 쌓여 있다.

어떻게 먹는 거지. 종업원 눈치를 보고 있는데, 친절하게도 준 원장이 보름달 한 장을 집어 들고는 알아서 설명을 시작했다.

"이건 쌀로 만들었다고 해서 '라이스페이퍼'라고 하는데, 이걸 요 끓는 물에 부드러워질 때까지 잠깐 담궈. 그리고 건져내서는 이렇게 접시에다 살살 펴놓고 야채랑 고기를 골고루 올려서 쌈을 싸는 거야. 입맛에 맞는 양념도 곁들여서. 자, 요런 식으로……. 그리고 반드시 첫 쌈은 상대방 입에 넣어주는 거래. 자, 여기…… 어서 입 벌려봐!"

이게 그 월남쌈이란 건가. 얼떨결에 입을 벌리고 받긴 했는데 쌈이 얼마나 컸던지 입도 잘 안 다물어진다. 다시 내놓을 수도 없고, 열심히 오물거리며 진땀을 빼고 있는데 눈치 없이 이 남자가 말을 시킨다.

"어때? 맛있지?"

두 눈만 깜박깜박, 고개를 끄떡였다(이 인간아, 너무 커서 잘 씹히지도 않는다. 뭔 맛인지도 모르겠다!).

"이번엔 심 원장이 하나 싸줘 봐."

입 속의 쌈을 부지런히 씹고 대충 삼켜가며 민첩한 손동작으로 그에게 줄 큼지막한 쌈을 싸기 시작했다(그래, 너도 어디 한번 당해봐라!). 해파리처럼 흐물흐물해진 뜨거운 보름달을 건져 올려 접시에 깔고 이것저것 짬뽕으로 듬뿍 섞어놓은 후, 살짝 익힌 소고기까지 한 장 얹어서, "자, 여기요!" 어, 어, 세상에…… 무슨 입이 요렇게 크대? 그 큰 쌈을, 신축성 좋은 입술을 쫘악 늘려서 하마처럼 간단히 받아 넣고 흡족한 얼굴로 여유롭게 씹는다.

"흠, 간이 딱 맞는데? 베리 굿, 베리 굿!"

먹는 걸로 이토록 행복한 표정을 짓는 사람도 아마 보기 드물 거다. 그런데, 혓바닥이 댄스를 하는지 엄지까지 치켜세우며 좋아라 하던 남자의 두 눈동자가 갑자기 한쪽으로 몰리더니 점차 고개까지 삐딱하게 돌아간다. 남자의 음흉하게 반짝이는 시선을 따라가 보니 가린 곳보다 안 가린 곳의 표면적이 훨씬 더 넓어 보이는 이십대 후반의 젊은 여자가 하이힐 소리를 또각또각 내며 카운터 쪽으로 꼿꼿하게 걸어가고 있다. 군살 한 점 없이 늘씬하게 쭉 빠진 다리가 여자인 내가 봐도 환상적이다. 가만 보니 두세 걸음 앞의, 최소한 오십은 넘은 듯한 깔끔한 신사와 동반이다. 장담하건대 저건 분위기상 백 퍼센트 불륜이다.

잠시 후, 로맨스를 즐기는 그 두 남녀가 밖으로 나가자, 준 원장이 가자미처럼 한쪽으로 몰렸던 눈을 아쉽게 풀면서 밥상 위로 수박씨 버리듯 한마디 툭 내뱉었다.

"여자들은 대부분 창녀 기질이 있어."

"예?"

상상력까지 총동원해서, 머리에서 발끝까지 눈 빠지게 쳐다

보고 나서는 꼭 이런 소리 해대는 족속들이 있다.

"아니, 심 원장처럼 중성적인 사람은 빼고 말이야."

이건 칭찬인지 욕인지 알 수가 없다. 보름달 하나를 끓는 물에 넣었다 건져내며 표정관리에 만전을 기했다.

"심 원장도 한번 생각해보라구. 여름만 되면 맨살 드러내놓고 은근히 남자들 시선을 즐긴다니까. 또 돈 많은 남자 안 좋아하는 여자 본 적 있어? 진짜로 죽고 못 살 상대 만나서 눈이라도 뒤집히지 않는 이상 대부분이 조건부터 따지지. 게다가 사랑이니 뭐니 생난리를 치다가도 결국은 부모 핑계 대며 돈 많은 놈한테 가버리는 여자들이 태반이잖아. 그게 다 거래라니까. 몸 파는 거랑 뭐가 다르냐고……. 그리고 어떤 여자든 돈 없고 능력 없고 밥 먹기 힘든 상황에서 술집에 한번 데려다놔봐. 전부 똑같아질걸. 하여간 얼굴이랑 몸매랑 나이가 안 따라주는 여자들 말고는 누구든 아차 하면 그 길로 나갈 소질이 다분하다니까!"

이 망할 놈이 지금…… 중성적인데다 얼굴이랑 몸매는 물론이고 이제 곧 나이까지 안 따라줄 여자를 앞에 두고 화류계로부터 안전지대에 있음을 감사히 생각하라 역설하고 있다. 게다가, 졸지에 세상 여자들의 대표가 되어버린 이 몸이 더 이상 이런 여성비하 발언을 묵과할 수만은 없는 일, 새우를 집다 말고 얌전히 고개를 쳐들었다.

"요즘은 남자들도 만만치 않아 보이던데……. 기둥서방을 꿈꾸는 원초적 본능이 있다면서요?"

"응?"

놈이 뭔 소리냐는 듯이 내 얼굴을 빤히 본다.

"머리 좋은 남자일수록 여자 얼굴보다 조건 먼저 따지는 게 벌써 오래된 추세인데다, 요즘은 아예 와이프 가게 셔터나 올리고 내리면서 살고 싶다는 남자들도 많다잖아요. 또 결혼 준비할 때 내놓고 예단 요구하는 시어머니들은 비싼 값에 아들 팔고 싶어하는 게 포주랑 뭐가 다른지 모르겠어요."

갑작스런 반격에 멍해져 있는 준 원장 얼굴을 보면서 나는 은근히 탄력받기 시작했다.

"말씀대로 직업창녀 —성매매를 아무리 법으로 금한다 한들 창녀이기를 그만두는 창녀가 과연 몇이나 될지는 알 수 없는 일이다— 뿐 아니라 원조교제를 비롯해서 사랑을 사칭해 이런저런 대가를 챙기는 여자들도 다 창녀예요. 그치만 창녀가 혼자서 창녀 되나요? 같이 놀아나는 남자들도 다 똑같은 인간들인걸요. 창녀가 열 명이면 그들이 상대한 남자들은 아마 천 명도 더 될걸요. 은퇴한 창녀에 현직 창녀, 그리고 지금 우유랑 요구르트 먹으면서 열심히 예뻐지고 있는 미래의 창녀들을 합치면 우리나라는 창녀천국이고, 그 숫자에 백만 곱해보세요. 아마 창녀보다 나은 남자는 희귀동물이라 불러야 할 거예요. 또 여자들이 남자에 비해 그나마 점잖은 편이라 수요가 없어서 그렇지, 만약 남자들처럼 내놓고 욕구해소를 위해 껄떡거린다면 엄청난 청년접대부들이 생겨날걸요. 남자들 매춘은 법망에 걸리지도 않는다던데 오죽하겠어요."

어디선가 읽은 기사 내용까지 도용해가며 쉬지 않고 입을 놀리다가 놈에게 마지막 쐐기를 박았다.

"물론 준 원장님은 희귀동물에 속하시겠죠?"

"응?"

우리나라 남자의 대표는 쌈 싸던 손으로 잠깐 코를 만지작거리더니 갑자기 천정을 향해 소리 내 웃었다. 망할 놈! 아직 마흔도 안 된 혈기왕성한 이혼남 주제에 설마 저 웃음이 긍정의 뜻으로 해석되리라 기대하고 있는 건 아니겠지…….

잠시 후, 웃음을 거둔 그가 다소 어색한 표정으로 보름달 하나를 냄비에 떨구었다. 나는 싸던 쌈을 마저 쌌다. 남자에게서 한 차례 다운을 뺏어낸 나는 안 그래도 왕성한 식욕에 더욱 불이 붙었다. 둘 다 말없이 먹는 일에만 열중하고 있는데, 이윽고 종업원이 접시 하나를 들고 와서는 무심히 우리의 정적을 깨뜨렸다.

"짜죠 나왔습니다, 맛있게 드세요!"

가만 보니, 지금 싸 먹고 있는 걸 길쭉하게 말아서 그냥 튀겨놓은 듯한 요리인데, 하나 먹어보니 비슷한 음식이라고는 전혀 느껴지지 않는 게 바삭거리고 맛있다. 연달아 집어 들고 기분 좋게 베어 먹는데, 뭔가가 테이블 위에 톡하고 떨어지더니 다시 튕겨져 나가 바닥 위를 떼구루루 구른다. 뭐지? 순간, 준 원장이랑 눈이 마주쳤다. 그가 씨익 웃길래 나도 그냥 씨익 따라 웃었다. 그런데, 어째 남자의 표정이 이상하다.

"어? 심 원장, 잠깐만!"

그는 없던 쌍꺼풀이 생길 정도로 조그만 두 눈을 뒤집어 뜨면서, 짜죠 반 조각을 마저 입에 넣으려고 하는 나를 방해했다.

"왜요?"

"심 원장, 저기…… 앞니가……."

"……? ……앗!"

갑자기 등골이 싸하다. 그럼, 아까 떨어져 나간 그게? 그러고 보니 내 혓바닥과 입술은 지금 막 형언할 수 없는 허전함을 감지하기 시작했다. 깨진 창에서 바람이 새듯, 시원한 공기가 자유로이 드나드는 입을 반사적으로 가리며 벌떡 일어섰다. 그리고 허리를 굽혀 바닥을 살핀다. 미련한 준 원장도 눈치를 챈 건지 의자 옆에 엉성하게 쪼그리고 앉아 바닥을 훑기 시작했다.

"……아, 여기!"

마치 무슨 보물이라도 찾아낸 듯 준 원장이 탄성까지 내지르며 엉거주춤 일어섰다. 나는 그의 엄지와 검지 사이에서 상아처럼 빛나고 있는 그것을 잽싸게 뺏어들고 화장실로 뛰었다. 아휴, 쪽팔려. 이게 무슨 쪽이람. 도대체 저 웬수는 나하고 전생에 무슨 일이 있었기에…….

사실 내가 준 원장을 싫어하는 데는 다 이유가 있다.

지난 봄, 심하게 앓던 코감기가 거의 다 나아갈 무렵이었다. 계속 흐르던 콧물이 코 속에 자리 잡은 채 그대로 말라버린 건지 아무리 세게 코를 풀어도 나올 생각은 않고, 숨 쉴 때 쌕쌕거리는 소리만 점점 더 심해지는 게, 갑갑해서 거의 미칠 지경이었다. 하는 수 없이 나는 그날 오전 진료가 끝나자마자 본격적으로 코를 후비기 시작했다.

처음엔 손가락으로 하다가 그것도 한계가 있는지라 나중에는 면봉을 들고 확대경까지 들여다보면서 더욱더 적극적인 자세로 임해야만 했다. 몇 번의 감질 나는 실패 끝에 마침내 뭉클한 코 뭉치가 면봉 끝에 걸렸다. 저 깊은 곳까지 면봉을 조심스레 밀어 넣어서 기술적으로 회전시킨 결과였다. 걸린 코 뭉치가 떨어지지 않도록 조심스레 돌려가며 천천히 면봉을 빼내자 고무줄처럼 탄력 있는 연노랑의 굵고 긴 코가 따라 나왔다. 그 느낌은 마치 어릴 적 초등학교 앞에서 팔던 삶은 고둥의 딱지 밑 부분을 이쑤시개로 콕 찍어서 나선 방향으로 돌리며 빼내는 것과 유사했다. 단지 차이가 있다면 끝부분이 //산똥이었던 고둥과는 달리, 점점 더 맑고 투명한 것이 따라 나온다는 점이었다.

아무튼 코에서 목까지 연결된 긴 통로를 막고 있던 두 마리의 거대한 '고둥'을 차례로 빼내고 나니 가슴까지 뻥 뚫리는 게 날아갈 것만 같았다. 넘치는 흡족함으로 휴지 위에 푹 퍼진 그것들을 확인사살이라도 하듯 면봉으로 한 번 더 쓱쓱 휘저어보고는 똘똘 싸서 쓰레기통에 던져 넣고 기분 좋게 일어서려는데, 언제 들어온 건지 문 앞에 떡 하니 기대서서 나를 구경하고 있던 준 원장과 눈이 마주쳤다.

"어? 준 원장님, 어떻게……."

도대체 어디서부터 본 건지 물어보고 싶었지만 차마 입이 떨어지지 않았다.

"아니, 그냥 지나다가 잠깐……. 근데 아까 그거, 색깔이며 굵기가 꼭 갓 삶은 스파게티 면발 같던데?"

"……!"

순간 나는, 그 자리를 지키고 서 있던 남자의 상상을 초월하는 무신경함에 경악을 금치 못했다. 그리고 한 여자의 은밀한 장면을 그토록 노골적으로 표현하면서 싱글거리기까지 하는 그 잔인무도함에 치를 떨었다. 초등학교 시절, 소리도 없이 스르르 열려버린 고장 난 화장실 문 탓에 볼일 보느라 힘주다가 밖에 서 있던 친구랑 눈이 마주쳤던, 무지 쪽팔리는 기억도 그보다는 나았다. 적어도 그 친구는 열린 문을 서둘러 닫아주는 인간미가 있었으니까. 게다가 그 스파게티 사건이 있은 후로는 한동안 나만 보면 피식, 하고 의미 있는 웃음을 흘리던 무례하기 짝이 없는 저 인간을 내가 어찌 곱게 볼 수 있겠는가.

화장실에 들어와 거울 앞에 섰다. 조금 전 준 원장의 동공 위에 떠 있었을 엽기적인 내 모습을 직접 확인해보기 위해 다시 한 번 씨익 하고 입술을 말아 올려 본다. 쩝, 이건 완전히 치마 입은 영구네. 또다시 이런 생쇼를 연출해버리다니. 그냥 집으로 도망쳐버릴 수도 없고, 진짜 돌아버리겠다.

잠시 멍청히 거울만 바라보다 머리를 흔들며 마음을 다스렸다. 그런 다음, 손에 꼭 쥐고 있던 임시치아에 비누를 묻혀 흐르는 물에 뽀독뽀독 씻어서 다시 제자리에 끼우고, 밑으로 빠져 내려오지 않도록 아랫입술에 힘을 주며 옷매무새를 가다듬었다. 그러곤 화장실을 나와 호흡을 고르며 힘차게 테이블로 향했다.

따끈한 쌀국수를 앞에 두고 나를 기다리고 있던 준 원장은 나를 보더니 또다시 웃음을 터뜨렸다. 이미 혼자서 웃을 만큼 웃었을 터이건만……. 쪽팔리는 것도 도가 지나치면 무감각해지나 보다. 태연스레 상황 설명을 했다.

"저기, 사실은 어제 이빨을 다쳐서……. 근데 내일 아침에 조금 늦게 나가도 될까요? 치과부터 잠깐 들렀으면 싶은데."

최대한 입술을 안 늘리고 웅얼거리는 내게 그는 고개를 끄덕이며 나름대로 걱정을 해준다.

"쯧쯧, 조심 안 하고 어쩌다가……. 그건 그렇고 식기 전에 어서 먹자. 참, 국수 먹다 이빨 삼키면 어쩌냐? 차라리 아예 빼놓고 맘 편히 먹지 그래?"

이런 게 승자의 여유인가. 고마운 얘기긴 하지만 더 이상 망가질 수는 없는 일이다. 불의의 사고로 얼떨결에 KO패를 당한 나는, 그냥 최대한 조심하며 얌전히 국수를 빨기 시작했다.

오늘은 한 달에 한 번 찾아오는 단체회식 날이다. 아침에 치과 가서 위생사한테 오만 잔소리 다 해가며 새로 붙여온 임시 치아를 손가락 끝으로 살짝 흔들어본다(실바하니 오늘 또 떨어지진 않겠지).

회식장소에 간호사들과 우르르 떼를 지어 들어가다가 수조 속의 물고기 한 마리랑 눈이 마주쳤다.

"고놈 참 똘똘하게도 생겼네, 맛있겠다!"

"어머, 원장님도……. 전 이런 데 있는 애들 얼굴 보면 밤에 잠이 다 안 오는데……."

서 간호사다. 아주 꼴값을 한다. 좀 예쁘다 싶은 것들은 꼭 이렇게 밥맛 떨어지는 말을 한다니깐.

방에 들어가니, 오늘 휴진이었던 왕 원장이 와이프랑 애들까지 데리고 먼저 와 있다.

"안녕하세요?"

다들 반가운 척 입을 모아 인사를 한다.

저 오만한 왕 원장 와이프는 언제 봐도 참 한결같이 밉상이다. 잘난 척 대단한 척 깔끔 떠는 걸 보면 똥 떨어질 때 물 튈까 싶어 어떻게 변기에 앉아 있을지 궁금하다. 피부 상태를 보아하니 변비도 그냥 변비가 아니겠구만. 암튼 가질 만큼 가진 인간은 시샘해줄 대상까지 필요로 한다는 걸 온몸으로 보여주는 여자다.

수납을 담당하는 미스 최는 후다닥 자기 사촌언니랑 조카들 쪽으로 가서 딱 붙어 앉더니, 왕 원장을 '형부'라 불러가며 평소보다 다소 큰 목소리로 수다를 떨기 시작했다. 우리는 조금 멀찍이 떨어진 곳에 적당히 자리를 잡고 얇은 방석에 엉덩이를 붙였다.

조금 있으니 에스테틱 직원들이랑 행정실 직원들도 차례로 들어왔다. 이제 거의 다 모인 것 같은데 건너편에 수저가 한 벌 남아 있다.

"준 원장님은 잠깐 들를 데가 있어서 조금 늦으실 거래요."

박 팀장이 상황 보고를 했다.

(그냥 회식 끝날 때까지 안 오면 좋을 텐데……. 차나 확 막혀버려라!)

일단 왕 원장의 주도로 소주잔을 높이 들고 일제히 '행복을 위하여!'라고 외쳤다(매번 촌스러워 죽겠네. 아침마다 행복한 하루 만들자고 병원이 떠나가라 입을 모으는 것도 지겨워 미치겠구만. 웬만하면 구호 좀 바꾸지).

소주잔을 홀짝이며 스끼다시를 집어먹고 있자니, 얇게 저미어 가지런히 늘어놓은 하얀 속살 뒤로 그 골격을 완벽하게 드러내고 있는 생선이 커다란 접시에 놓여 들어왔다. 아가미가 한 번씩 벌어졌다 닫히고 꼬리 끝이 바르르 떨리는 게, 이보다 화려한 데커레이션은 없으리라.

"아이 참, 꼭 이렇게 가져와야 하나?"

서 간호사가 눈살을 찌푸리며 깻잎 한 장으로 물고기 얼굴을 가린다. 깻잎이 몇 번 더 들썩이다 만다. 어느새 꼬리 끝의 미세한 떨림도 사라졌다. 하긴, 곰곰이 생각해보니 조금 잔인한 것도 같다. 아까 수조 속의 그 똘똘해 보이던 녀석도 지금 들어온 접시들 중 하나를 차지하고 누웠으려나. 괜히 저 깻잎 한 장이 사람 마음을 심란하게 만드네. 회 접시를 앞에 두고 잠시 삶과 죽음을 생각하는 경건한 시간을 가졌다. 그리고 물고기들의 명복을 빌며 다시 젓가락을 드는데, 정작 깻잎을 덮은 장본인인 맞은편의 서 간호사는 벌써 아무렇지도 않은 듯 태연한 표정으로 하얀 살점을 부지런히 입으로 나르고 있다 (뭐? 물고기가 불쌍해서 잠이 안 온다고? 진짜 웃기는 도토리다). 어느새 평상심으로 돌아온 나는 서둘러 한 점 집어 들고 초장을 푹 찍어서 입에 넣었다. 흐음…… 그래, 바로 이 맛이야! 고개를 끄덕이며 다시 한 젓가락 가져와서 매콤달콤한 초장에 풍덩 빠뜨렸다.

"원장님, 한 잔 더 받으세요."

서 간호사가 발그레한 얼굴로 선이 고운 그녀의 상체를 테이블 위로 내민다. 가끔 내숭으로 밥맛 떨어지는 소리를 하기도 하지만 예쁘다는 이유 하나로 모든 게 용서되는 참으로 복 받은 여인이다. 시원스레 파인 옷 뒤로 깊고 선명한 가슴골이 보인다. 빈 소주잔을 내밀고 잔이 채워지는 동안 나는 그녀의 봉긋한 가슴을 슬쩍 응시하며, 신은 아마도 굉장한 기분파일 거라는 생각을 했다. 기분 좋을 때 심혈을 기울여 빚어낸 인간한테는 이것저것 다 몰아주고, 좀 꿀꿀할 때 주물럭거렸을 나 같은 인간은 그냥 대충 만지다 집어던지고……. 사람들은 가끔 신이 공평하다고 느낄 수 있는 증거 —예를 들어, 아주 잘생긴 남자의 자라목이나 아름다운 여인의 무 다리 같은— 를 찾아두고 마음의 위안을 삼기도 하지만, 그건 아마도 작업 중인 신에게 갑자기 언짢은 일이 생겼던 것일 뿐이리라.

그건 그렇고, 아무래도 나는 모자라도 한참 모자라나 보다.

여자들은 보통 자기보다 이쁜 여자를 보면 모락모락 피어오르는 경계심으로 시기와 질투를 일삼기 마련이라는데 난 오히려 남자들처럼 눈 꼬리 축 늘어뜨리고 그저 감상하는 데 여념이 없으니…….

"박 팀장, 한번 잘해봐. 진짜 괜찮은 사람이니까."

저쪽에서 언뜻 들려오는 말에 나도 모르게 솔깃하여 갑자기 귓불까지 바르르 떨린다. 솔로 노처녀의 본능적 조건반사다. 보아하니 왕 원장 부인이 박 팀장에게 남자를 하나 소개시켜줬나 보다. 사감선생 같은 박 팀장 얼굴에 요즘 한 번씩 배시시하고 번지는 파장의 정체를 드디어 알아냈다.

"내 오늘, 사랑받는 여자가 되는 방법을 하나 가르쳐줄게. 두고두고 쓰일 테니까 다들 잘 들어두라구."

원래 말이 거의 없는 편인 왕 원장이 어쩐 일이지. 저 진달래색 얼굴을 보아하니 오늘은 좀 과하게 마셨나 보네.

"여자는 모름지기 무던하고 푸근하고 어딘지 좀 모자라 보이는 게 예뻐. 저기 왜, 이런 말 있잖아, 뭐니 뭐니 해도 여자는 백치미가 제일이라고……. 생각해봐. 항상 일 때문에 시달리는 남자가 여자친구까지 경계의 대상이 되면 얼마나 힘들겠어. 아무리 사랑했다 하더라도 똑똑한 척 이것저것 따지고 드는 여자는 결국엔 정나미 떨어지게 돼 있어. 그러니까 남자 앞에선 일부러라도 조금 '맹한 척' 해주라구. 만약에 막말로 결혼해 살면서 남자가 삼시 반 밥이라도 밋있다 치자, 그리디기도 언뜻 '우리 띨한 마누라, 지금 집구석에서 콩나물대가리 다

듣고 멸치 똥이나 따고 있겠지' 싶은 생각이 들면 어떻게 딴 짓이 되겠냐고. 진짜 독하고 못된 놈이 아닌 한 바람도 제대로 못 핀다니깐."

하기야 여자가 영리한 척하면 남자는 안 들키기 위해서 더 영리하게 바람을 피우겠지. 그리고 그런 스릴이 있어야 더 재미있게 느껴질 테고.

"그러니까 다들 사랑받고 싶거든 무조건 남자 편하게 해주는 게 제일이라는 것만 명심해둬. 그리고 말 나온 김에 한마디 더 하자면, 남녀가 헤어지는 직접적인 이유는 싸움의 원인이라기보다 싸우는 방식이라니까 아무리 화가 나더라도 쟁점을 벗어난 비난이나 경멸이 섞인 말은 절대로 하지 마. 진심으로 사랑하는 사람이라면 말이지."

깐깐한 자기 와이프한테 바라는 바, 희망사항이었는지 아니면 정말 우리 모두를 위한 도움말이었는지 알 수는 없지만 암튼 전혀 일리 없는 말은 아닌 듯하다.

"다들 병원 빨리 때려치우고 시집이나 가!"

이건 또 웬 귀신 씨나락 까먹는 소리야? 돌아보니 준 원장이다. 버르장머리 없이 저보다 일곱 살이나 많은 형님 말허리를 댕강 끊으며 등장하는 그의 얼굴이 땀이랑 개기름으로 번질거린다. 저 인간은 회식자리에 한번 빠져주면 어디가 덧나나. 임시치아의 매끄럽지 못한 표면에 나도 모르게 자꾸만 혀끝이 간다(엊저녁 일을 술안주로 꺼내는 불상사는 없어야 할 텐데).

"다들 하루빨리 좋은 남자 물어서 인생 즐기며 살라구. 자고로 여자는 집안 살림하는 게 제일 좋은 팔자라니까. 그리고 상류층으로 신분상승하고 싶으면 시집갈 밑천 마련보다 옷이나 화장품에 과감히 투자하도록 해. 아님 성형을 좀 하든지."

 저 인간이 어디서 쥐약을 먹고 왔나. 늦게 왔으면 얌전히 앉아서 음식쓰레기 줄이는 일에나 전념할 일이지, 하는 일이라곤 쇼핑에 몸단장이 전부인 지 형수 앞에서 왜 착하고 성실하게 살아가는 여자들의 염장을 지르고 지랄이야.

 생각할수록 기분이 나빠진다. 근데 상류층이란 말에 내가 왜 이렇게 과민반응을 하는 걸까. 어쩌면 나하곤 영원히 무관할 단어라서 그런가. 하기야 예쁘장한 서 간호사는 어떨지 모르겠으나 그녀를 제외한 '우리'는 드라마나 영화에서 있을 법한 행운을 기대할 만큼 그리 낙천적이지 못하다. 예전에 동성동본의 결혼을 금했던 것처럼 부자들끼리의 결혼을 법으로 금지시키지 않는 한, 우리의 고단한 소 팔자를 늘어진 개 팔자로 인생 역전시키는 건 로또 일등 당첨만큼이나 어려운 일임을 너무나 잘 알고 있기 때문이다.

 "그럼 먼저 갈 테니 다들 재미있게 놀고 주말 잘 보내요!"

 왕 원장 부부가 먼저 일어섰다. 미스 최도 자기 사촌조카들 손을 잡고 그 뒤를 따랐다.

 "저기, 요즘 새로 입증된 사실인데……."

 왕 원장이 자리를 뜨자마자, 어느새 얼큰하게 취해 있던 준 원장이 다시 주접을 떨기 시작했다.

 "거 왜, 섹스 할 때 말야, 오르가슴에 도달하면 남자뿐 아니라 여자도 백 명에 다섯 명 정도는 사정을 한대."

히야, 저 인간이 드디어 제대로 미쳤나 보네. 에스테틱 직원들까지 여기 여자들이 자그마치 스물여섯, 그것도 다 미혼이다. 게다가 오늘은 유일한 남자 직원인 행정실의 이 실장마저도 미스 최를 좇아 먼저 내빼고 없다. 젊은 여자들 틈에 혼자 쪼그리고 앉은 놈이 하고 있는 말이라니. 이혼을 당해도 싸지, 싸!

"물론 그건 남자들 꺼하곤 달라. 하지만 어쨌거나 다들 알아두라구. 보통 그걸 오줌인 줄 알고 창피해하고 숨기는데, 절대 아냐. 그러니까 혹시라도 앞으로 그런 일이 생기면 부끄러워하거나 고민하지 말고 기뻐하라구. 그만큼 속궁합이 잘 맞아떨어진다는 증거니까. 다시 말하자면 그건 골반에서 시작해서 척추를 타고 올라 머리끝에서 폭발하는 완벽한 환희의 산물인 셈이지."

할 수 없다. 저 대책 없는 남자에게 브레이크를 걸려면 노련한 내가 총대를 메는 수밖에.

"전 머리에 털 나고 그런 소린 처음 듣는데……. 암튼 그 환희의 산물 땜에 괜히 죄 없는 이불보랑 세탁기만 죽어나겠네요. 그리고 준 원장님은 아무래도 과를 잘못 택하셨나 봐요. 부부관계 클리닉 같은 거 하면 진짜로 사람들이 줄을 설 텐데."

"글쎄, 그것도 괜찮았겠네. 하기야 말이 나왔으니 하는 말이지만 솔직히 재능이 너무 많다 보니 어떤 게 진짜 내 적성에 맞는 건지 잘 모르겠더라니깐. 그림을 끝내주게 잘 그렸으니까 그쪽으로 나갔으면 지금쯤 틀림없이 유명한 화가가 돼 있었을 텐데, 그리고 집에서 반대하는 바람에 중간에 관두긴 했지만 초등학교 때까지는 교내 야구부 주전 투수였다구. 알 게 뭐야, 계속했으면 메이저리그에 진출해서 국민영웅이 돼 있었을지도."

얼씨구, 하여간 저 인간은 꼴값 떠는 방법도 참 여러 가지다. 아무튼 엊저녁 이빨 사건도 있고 하니 저 주책없는 인간을 지금 적으로 만들 수는 없는 일, 간간이 고개를 끄덕여주며 머릿속으로는 애국가를 불렀다.

이런 날은 빨리 흩어지는 게 상책인데. 2차까지 갔다간 아무래도 폭탄이 터질 것만 같다.

잠못드는밤에는 자위를

변기에 앉다가 깜짝 놀라 눈을 떴다. 몽중방

뇨의 결과란 잠시 짜릿하니 따끈했다가 서서히 차가워지는, 말할 수 없는 우울함과 두고두고 쪽팔리는 지도의 기억임을 경험으로 이미 터득하고 있는 까닭이다. 그건 그렇고 꿈을 꾸고 있으면서 그게 꿈속이란 사실을 나는 어떻게 알았을까. 난 이럴 때마다 내가 한 번씩 존경스럽다.

천근같은 몸을 일으켜 욕실로 향했다. 일단 볼일부터 보고, 손을 씻다가 거울 속에 비치는 내 얼굴을 빤히 들여다본다. 갓 일어나 세수도 안 한, 인간미가 물씬 풍기는 부스스한 몰골……. 갑자기 한숨이 새어나온다. 미간은 왜 이리 쓸데없이 넓은 거야. 코랑 입술은 또 왜 이리 가깝고(차라리 내가 미의식과는 전혀 무관한 세계의 인간이면 좋겠다. 그냥 그런대로 만족하고 살게). 일굴형이며 눈 코 입 하나하나 뜯어보면 분명 전부 수준급인데. 쩝, 조합 배치상의 문제다 보니 딱히 방법이 없다. 성형선진국인 대한민국, 하지만 그 혜택과 전혀 동떨어진 사각지대에 놓여 있는 내 얼굴.

언뜻 가영이가 떠올랐다. 쌍꺼풀이랑 코 수술, 그 성공적인 결과로 미인의 반열에 가볍게 올라선 가영이가 부럽다 못해 얄미워 죽겠다. 차라리 성형수술 같은 게 없다면 얼마나 좋았을까. 그럼 나도 중간 이상은 충분히 될 텐데.

욕실에서 나와 방금 빠져나간 수분을 또 물 한 잔으로 보충했다. 근데, 엄마는 어디 갔지. 아참, 오늘부터 백화점 세일이랬지. 벌써 열두 시가 다 되어간다. 머리가 아프다. 방금 들어간 물 한 잔이 꼬륵꼬륵 굽이치는 배를 안고 냉장고 문을 열었다. 평소 같았으면 이것저것 들춰보고 꺼내보고 하겠는데 오늘따라 냉장고 특유의 냄새가 상당히 비위에 거슬린다. 콩나물국이 들어앉은 냉장고 문을 닫아버리고 그냥 라면을 끓이기 시작했다.

얼큰한 라면국물에 쓰리던 속이 알싸하게 풀려오는 느낌 뒤로 양체도 없는 나른함이 또다시 고개를 쳐든다. 남긴 면발을 개수대에 쏟아 붓고 TV 앞에 비스듬히 누웠다. 그러고는 이 채널 저 채널 돌려가며 마루에 깔린 돗자리 위를 징하게 뒹굴거렸다.

밤이다. 자려고 누웠는데 잠이 안 온다. 먹는 거랑 자는 거만큼은 전천후인 내가 그깟 낮잠 좀 잤다고 이렇게 잠이 안 올 리가 없는데…….

갑자기 '여자들의 불면증엔 자위가 최고'라고 주장하던 김 선배의 말이 머리를 스쳤다. 대부분의 여자들이 자위를 할 때면 반드시 오르가슴에 도달하게 되는데, 그 결과 예민하게 깨어 있던 뇌가 나른해지고 따라서 잠이 오기 마련이라는 논리였다.

정말 효과가 있을까.

……안 된다. 될 듯 될 듯 하면서 정점에 도달하질 못한다.

그도 그럴 것이 잠을 못 이룬다는 건 의식이든 무의식이든 뭔가 고민을 안고 있는 경우일진대 어떻게 그쪽으로 정신집중이 되고 오르가슴에 오르느냐 말이다.

그건 그렇고 지금 내가 뭔 고민을 하느라 이렇게 잠이 안 오는 거지. ……관두자. 무의식세계의 고민까지 떠안아서 뭘 어쩌려고. 그나저나 내일 아침엔 다크서클이 꽤나 환상적으로 생기겠구먼.

잠 못 드는 이에게 밤은 기나니…….

이럴 땐 인터넷처럼 고마운 친구도 없다. 미시들의 수다방으로 들어갔다. 남편 흉보고 시집식구 욕하고 애들 걱정에 늘어가는 주름 고민까지……. 근데 이렇게 그녀들의 삶을 들여다보고 있자니 어째 이 밤이 더욱 서글퍼지는 것만 같다. 아마 말로는 표현되지 않는 그녀들만의 어떤 오만함을 발견한 까닭이리리(그렇다. 그들에게는 그들을 아내로 맞아준 남편이 있다).

뿅뽀로뽕.

꽤나 방정맞은 소리와 함께 휴대폰 문자가 떴다. 누구지, 이 시간에.

— 자냐? 안 자면 전화해라!

대학병원 정신과에서 일하는 현주다. 이 야심한 시간에 연락할 수 있는 가장 만만한 후보자 명단에 올라 있다는 건 그리 기뻐할 일이 못 된다. 그래도 반갑다. 늦은 밤 솔로끼리 나누는 수다의 미학은 즐겨본 자들만이 안다.

이런저런 수다로 벌써 한 시간째 전화기를 붙들고 누워 있다.

"근데 솔로와 싱글은 어떻게 다른 거지? 솔로는 처녀·총각, 싱글은 이혼녀·이혼남, 설마 그런 건 아닐 테고."

"글쎄, 솔로는 혼자인 걸 즐기는 사람이고 싱글은 외로운 사람이란 뉘앙스를 풍기는 것 같은데?"

"아냐, 어쩜 함께 놀아줄 상대가 아쉬운 사람을 솔로, 함께 자줄 상대가 아쉬운 사람을 싱글이라 하는지도 몰라. 거 왜, '싱글' 하면 우선 싱글침대부터 떠오르잖아?"

난 잠시 내가 솔로에 가까운지 싱글에 가까운지 생각했다. 그녀도 마찬가지였으리라.

"참, 있잖아······."

뭔가 생각난 듯 현주가 가라앉았던 목소리 톤을 갑자기 정상궤도로 끌어올렸다.

"지난주에, 결혼한 지 2년째라는 한 젊은 여자가 상담을 왔었는데 말야, 글쎄 남편이 갈수록 변태 짓을 하는 바람에 미치겠다는 거야."

나는 귀를 쫑긋거렸다.

"변태 짓? ······어떤 식으로?"

"머리를 못 자르게 한대. 파마도 못하게 하고."

"그게 변태랑 무슨 상관인데?"

"그러니까······ 단정하게 묶은 긴 생머리를 뒤에서 말고삐처럼 틀어쥐고서 하는 걸 즐기는 거지. 마무리는 꼭 그 체위로 한다나봐. 게다가 마지막 사정할 단계에 접어들면 '이랴, 이랴' 하면서 더 세게 죄고 더 빨리 흔들라고 엉덩이까지 때린대, 그것도 있는 힘껏!"

"그 남편, 혹시 지루 아냐?"

"그런지도 모르지."

"어쨌거나 그 여자도 어느 정도는 그걸 즐기는 부분이 있는 거 아닐까? 그렇지 않고서야 어찌 그렇게 시키는 대로 대주고 사냐. 정도의 차이야 있겠지만 원래 섹스라는 게 여자는 피학적으로 될 소지가 다분한 게임이잖아."

"글쎄, 뭐 그 정도까진 자기가 허용할 수 있는 범위였는지도 모르지……. 근데 그 다음부터가 문제야. 얼마 전엔 성인용품점에서 수갑이며 채찍 같은 걸 사왔더랜다. 그것도 몇 개씩."

"흐음, 꽤나 엽기적이네."

"그리고 요즘은 잠자리를 가질 때마다 아예 '오늘은 어떤 걸로 맞고 싶냐, 아님 맨손으로 때려줄까' 하면서 시작한대. 그럴 땐 전혀 다른 사람이 된다나."

"그 얘긴, 결국 그 여잔 골라 맞는 묘미를 두고두고 즐길 만큼 피학적이진 못했단 얘기네?"

보통 여자라면 펄쩍 뛰고 질색을 해야 할 이야기에 어째 나는 기분이 쬐끔 묘해진다(내게도 마조히스트적인 성향이 있었나?). 삼십육 년간 굶어온 본능에 빈약한 상상력이 총동원되면서 도무지 수다에 집중할 수가 없다. 나도 모르게 불두덩을 거쳐 다리 사이로 손이 간다. 현주도 나랑 비슷한 욕구를 느꼈음인가. 우린 누가 먼저랄 것도 없이 쫓기듯 서둘러 잘 자란 인사를 나누었다.

나는 두어 시간 전에 실패했던 그 행위에 다시 도전했다. 이번엔 엎드려서……

질펀한 전초작업 때문이었는지 이내 전율을 느끼고 만다. ……너무 빨리 끝나서일까. 이렇게 허탈하고 모자란 느낌이 드는 건. 베개를 끌어안았다.

— 얼씨구, 잘한다, 잘해……. 그래, 뿌듯하냐?

β다.

(그래, 올 줄 알았다. 이 타이밍을 놓칠 니가 아니지…….)

갑자기 잠이 쏟아진다. 수면제가 따로 없다던 김 선배 말이 맞나 보다. β의 저 깔깔한 목소리가 이렇게 자장가로 들리는 걸 보니.

아마도 내일 아침, 나의 피부는 광채를 발하리라…….

우리가 홀로 외로이 있을 때는
당당한 자부심 따위는 그림자도 없이 사라진다

화려한 외출

난 지금 혼자서 감당하기 벅찬 여유로움을 즐기고 있다. 늦은 아침을 먹고 TV 앞에 들고 앉은 아이스크림 통은 어느새 바닥을 보이기 시작했다. 열하루간의 금쪽같은 휴가의 첫날, 벌써부터 살찌는 소리가 들린다. 도대체 뭘 하고 놀아야 하나. 효율적으로 놀아야 살도 덜 찌고 후회도 안 남기는 법인데.

아참, 오늘 치과 가는 날이었지. 그럼 나가는 길에 운전학원 들러서 환불부터 받고……. 서둘러 아이스크림 통을 싹싹 긁어 비웠다. 그리고 오랜만에 공들여 화장을 했다. 작년 세일 때 큰맘 먹고 산 겐조 원피스를 꺼내 입고 머리도 틀어 올렸다(흠, 나도 꾸미면 가끔은 그런대로 괜찮단 말야). 아끼던 구찌백을 치켜들고 방을 나왔다.

"어디 가니, 남자 만나는 거야? 누군데, 뭐하는 사람?"

어휴, 또 시작이다. 앵무새도 아니고, 녹음기도 아니고……. 엄만 내가 치마만 입으면 이 난리다.

"남잔 무슨 남자요. 학원비 환불받으러 가는데. 엄마가 그랬잖아요, 물건 바꾸거나 환불받을 땐 최대한 멋 부리고 나가서 콧대 높게 굴어야 한다고."

"그건 그렇지. 어쨌거나 보기 좋으네. 평소에도 그렇게 좀 하고 다니지, 나이 서른여섯에 만나는 남자 하나 없이 그게 뭐냐?"

"……다녀올게요."

"선이라도 좀 보면 좋을 텐데……. 쯧쯧, 저게 대체 뭘 믿고 저러는 건지."

 엄마의 혼잣말을 뒤로 남기고 집을 나섰다. 맞선 볼 남자 한 번 제대로 알아봐준 적도 없으면서 만날 말만 저런다. 하기야 나도 뭐, 선보고 싶은 마음은 없으니까(분명히 밝혀두지만 난 연애결혼을 하고 싶다).

 쳇, 뭐? 남은 교습시간의 반밖에 못 돌려준다고? 그게 규정이라고? 나쁜 것들……. 어쨌거나 완전히 떼인 건 아니니 다행이라면 다행일 수도 있다. 그래, 대형사고 칠 사주팔자에다 타고난 기계치 주제에 겁도 없이 학원 등록한 내 잘못이지 뭐.
 팥빙수 하나 시원하게 사 먹고 치과에 갔다. 임시치아를 떼내고 완성된 인조이빨에 접착제를 발라서 끼워 넣는 데까지 십 분도 채 안 걸렸다. 생각보다 간단하네. 거울을 들여다본다. 그런대로 잘나온 것 같다. 혀끝에 닿는 매끌매끌한 감촉도 환상적이다.
 그나저나 환불도 받았겠다, 이빨도 해 넣었겠다, 이젠 뭘 하나……(한 시간 공들인 화장에 치마까지 입고 나온 마당에 이대로 들어갈 순 없는 노릇이다).
 고민 끝에 백화점에 갔다. 이제 곧 추석이라 그런지 꽤나 사람들이 북적댄다. 머리핀이나 한 개 사볼까 하고 액세서리 코너를 기웃거리는데 귀에 익은 목소리가 스쳤다. 반사적으로 돌아보니 삼 년 전 나한테 상처 주고 유유히 등 돌렸던, 괘씸무쌍한 그놈이 서 있다. 여자 허리에 한 손을 척 두르고 삐딱하게 붙어 서서는 이 반지 저 반지 끼웠다 뺐다 생난리를 떨고 있다. 망할 놈! 일 년 넘게 헌신적으로 따라다닌 나한텐 생일날에도 만둣국 한 그릇에 파전 한 접시로 때우고, 선물 사달라니까 마지못해 남대문에서 무릎 터진 청바지 하나 달랑 사주고 말더니만. ……흥, 그새 많이 삭았네!

  잽싸게 화장실로 갔다. 거울을 본다. 다행이다. 화장하고 나와서……. 머리를 다시 만지고, 분칠 한 번 더 하고, 립스틱도 진하게 덧발랐다. 참, 향수도……. 그래, 이 정도면 됐겠지. 입꼬리를 살짝 말아 올리며 마무리 표정 연습(절대 웃으면 안 된다. 미간이 더 퍼지고 인중이 더 짧아 보이니까. 그냥 도도하게 '생긋' 하고 말아야 한다). 근데, 뭐라고 인사하지? 말없이 고개만 '까딱' 하는 게 나으려나? 어쨌거나 최대한 쿨하게 보여야 할 텐데……. 구질구질하게 매달리던 그때의 내가 아님을 깨닫게 해줘야 하는데……. 사귀는 남자가 있는 듯 여유로움을 풍겨야 하는데……. 거울에 옆모습 뒷모습까지 요리조리 비춰보며 화장실을 나왔다. 다시 액세서리 코너로 급히 걸었다.

  어? 어디 갔지? 분명히 여긴데, 그새 고르고 계산까지 끝냈을 리는 없는데, 다른 거 고르러 간 거라면 아마 이 근처에 있을 텐데……. 그를 찾아 두리번거리는 내 꼴이 우습다.

  지하 식료품 매장으로 내려왔다. 이것저것 닥치는 대로 집어먹으며 공격적으로 시식에 임했다. 화가 난다. 왜 화가 나는지 나도 모르겠다(그렇게나 따라다녔건만 키스 한번 해준 적 없는 매너 '빵' 인 자식, 내 그 자식하고 잠 안(못) 잔 게 이렇게 다행스러워질 줄이야!).

근데, 회사에서 잘렸나? 주말도 아닌데 이 시간에 여자랑 백화점이나 싸돌아다니고. 염병할 놈······.

휴가 사흘째.

점심 먹고 한숨 잤더니 벌써 다섯 시다. 또 이렇게 하루가 속절없이 지나간다. 우려했던 증상, 뱃살이 두꺼워지기 시작했다. 다른 여자들은 살이 찌면 가슴도 같이 커진다더니만 나는 어째 전부 뱃살로만 가는지 모르겠다.

엄마가 들어왔다. 시장 다녀오는 길인가 보다.

"뭘 그렇게 잔뜩 샀어요?"

"추석이잖니. 어휴, 힘들어. 장 좀 같이 보러 가면 좋을 텐데, 넌 무슨 낮잠을 그리 정신없이 자니? 기집애가 코까지 골면서."

나는 엄마 몰래 입을 삐죽거렸다. 아빠가 그랬었다. 엄마 이빨 가는 소리보단 내 코고는 소리가 그래도 낫다고.

가만, 명절 때 집에 있어봐야 쌓이는 거라곤 노처녀 스트레스밖에 없는데······. 어디 여행이나 다녀올까. 그래, 결혼한 여자들이 스트레스 받고 힘들어할 이 뜻 깊은 명절을 맞이하여 오직 싱글만이 즐길 수 있는 우아함을 한번 떨어보자. 어디로 갈까. 제주도. 그래, 그러자. 그렇담 일각도 지체해선 안 된다. 내일 추석음식 준비할 때 빠져나가느니 오늘 '가출' 하는 편이 낫다. 벌떡 일어나 여행 가방을 꺼냈다. 화장품 살 때 샘플로 얻었던 스킨 로션이랑 속옷 몇 장, 그리고 갈아입을 면 티에 청바지 하나를 쑤셔 넣고 나니 달리 더 준비할 게 없는 듯했다.

참, 그러고 보니 거긴 관광진데, 여자 혼자 가면 남들이 실연여행인 줄 알 거 아냐. ……차라리 거기나 갈까. 지난달 친구 아들 녀석 돌잔치 했던 그 호텔, 꼭 한번 자보고 싶었던 그 세련되고 화려한 호텔! 거기면 추석날 나 혼자 비집고 다니더라도 그저 캐리어우먼이 급한 비즈니스 관계로 머무는 줄 알겠지 뭐. 어차피 호텔방에서 우아 떠는 게 목적이라면 일부러 제주도까지 갈 필요는 없지, 암.

호텔 로비에 들어섰다. 왠지 긴장된다. 결혼식이나 돌잔치 등 피치 못해 얼굴도장 찍어야 할 일이 있을 때나 몇 번 들러본 초특급 호텔이다.

머뭇머뭇 프론트데스크로 다가섰다.

"저기…… 한 이삼 일 있을 건데, 방 있나요? 예약을 따로 안 했는데."

머리를 단정히 묶은 예쁜 아가씨가 생긋 웃으며 종이 한 장을 내민다. 온통 영어투성이인 용지에 난 그냥 한글로 대충 적어냈다. 금연실로 할 거냐고 묻는다. 고개를 끄덕이니 또 방긋 웃는다. 눈매가 참 예쁘다.

"오늘 내일은 주말패키지로 32만 원, 다음 주는 추석패키지 기간이라 26만 원입니다. 양쪽 다 사우나 포함된 금액이시구요, 2만 원에 조식뷔페 이용하실 수 있습니다."

호텔방에도 세일기간이 있는 건가? 암튼 왕재수다. 하루에 60만 원도 더 한다고 들었던 초특급호텔을 사우나까지 맘대로 하면서 그 반값으로 묵을 수 있다니……(내친김에 한 닷새 있어버릴까).

"29층 71호실입니다. 그럼 좋은 시간 되세요!"

목소리마저 고운 그녀를 뒤로하고 키 크고 잘생긴 안내직원을 따랐다. 29층이다. 엘리베이터에서 내려, 근사한 협탁과 화려한 거울이 달린 벽을 지나 긴 복도를 한참 걸었다. 직원이 멈춰 섰다. 여기가 '내 방'인가 보다. 그는 문고리 위에 나 있는 가느다란 홈으로 포인트 카드처럼 생긴 열쇠를 살짝 밀어 넣었다 빼면서 방문을 열었다. 벽에 붙은 인식 케이스에 카드키를 꽂자 방 여기저기서 일제히 반짝반짝 샛노란 불이 들어온다.

"편안한 시간 되십시오."

짤막한 인사말을 남기고 그는 사라졌다.

"우와, 전망 죽인다!"

나도 모르게 야호를 외칠 뻔했다. 넓게 난 창으로 발그스름한 석양에 물든 서울이 한눈에 들어왔다.

방을 둘러본다. 파스텔 톤의 우아한 인테리어, 화려한 욕실…… 완벽한 나만의 공간! 휴대폰을 꺼버리고 커다란 침대에 큰 대자로 벌렁 드러누웠다. 여기 있는 동안은 누구에게도 방해받지 않는 나만의 시간을 보내리라. 밀려드는 해방감에 공중부양이라도 할 것만 같다. 창도 안 열리는, 철저히 밀폐된 공간에서 맛보는 이 오묘한 자유…….

대리석이 깔린 삐까뻔쩍한 욕실에서 마치 패리스힐튼이라도 된 듯 황홀한 기분으로 샤워를 했다. 그리고 눈같이 하얀 가운을 알몸에 날개처럼 걸치고 나왔다.

차가운 캔 맥주 하나 꺼내 들고 소파에 올라앉았다. 편안하다. 창밖을 본다. 두꺼운 유리 위로, 반짝이는 야경과 하얀 가운을 입은 내 모습이 오버랩 된다. 모아 올린 두 무릎이 꽤나 섹시하게 비친다. 살짝 다리를 벌려본다(히히, 내가 봐도 무지 야하다).

맥주를 한 모금 물고 눈을 감았다.

……난 지금 파라다이스에 와 있나 보다.

눈을 떴다. 눈부신 아침 햇살에 얼굴을 찡그린다. 목이 뻣뻣하고 등이 아프다. 내 참, 바로 뒤에 저렇게 좋은 침대를 놔두고 청승맞게 소파에서 새우잠을 자버렸네.

배가 고프다. 그러고 보니 캔 맥주 두 개에 트림하고 호텔방 분위기에 취해서 어젠 배고픈 줄도 모르고 저녁을 굶어버렸다. 우선 밥부터 먹고 오자. 조식뷔페가 몇 층이었더라. 일어서려는데 언뜻 테이블 위에 PRIVATE DINING이라고 쓰인 얇은 책자가 눈에 들어왔다. 접시 들고 왔다 갔다 하느니 차라리 폼 나게 룸서비스나 시켜먹을까. 버터와 잼을 곁들인 따뜻한 모닝 빵에 크로왓상, 햄과 스크램블, 그리고 예쁘게 담은

과일접시가 향기로운 커피와 함께 품위 있게 놓이는 룸서비스를 밝은 아침햇살이 들어오는 창가에 앉아 즐겨보는 건 내 꿈이었잖아. 비록 영화에서처럼 근사한 연인과 함께 하는 건 아니지만……(이런들 어떠하리, 저런들 어떠하리).

메뉴판을 뒤적였다. 뭐? 우동 한 그릇이 이만 팔천 원이고 우거지탕이 삼만 오천 원이라고? 세금과 봉사료 20프로까지 더하면 도대체 얼마야? 이런 건 먹고 안 체하나?

난 우아하게 내 소녀시절의 꿈이 담긴 사만 이천 원짜리 유럽식 조찬을 시켰다.

잠시 후 벨이 울렸다.

영화에서 본 것처럼 룸서비스를 그냥 가운차림으로 맞이했다. 안에 속옷도 제대로 안 입고. 젊은 남자가 방에 들어와 꼼꼼히 상을 차리고, 전표에 내 사인을 받고, 맛있게 먹으라며 인사하고 나갈 때까지, 난 마치 그에게 내 알몸을 보여주는 듯 요상한 짜릿함을 느꼈다(어쩜, 난 변태인지도 모른다).

향긋한 스프 냄새가 방 안 가득 퍼진다. 잠깐 배고픈 것도 잊고, 예쁘게 차려진 테이블에 앉아서 따가운 아침 햇볕을 누렸다(자외선이고 뭐고 모르겠다. 지금의 내겐, 얼굴에 멜라닌 색소 올라오는 것보다 이 느낌이 우선이다). 테이블 건너편에 남자 하나만 앉아 있으면 아주 금상첨화겠구만…….

나는 아주 느긋하게, 고독하고 우아한 유럽식 조찬을 즐겼다.

밤새 불편하게 잔 탓인지 여기저기 결린다. 커다란 침대에 누웠다. 옆으로 한 번, 두 번, 세 번을 굴러도 여유가 남을 만큼 넓다. 갑자기 궁금한 게 하나 생겼다. 일반 방이 이 정도면 다른 방들은 얼마나 더 좋게 꾸며놨을까. 리모컨으로 커튼을 열었다 닫았다 하면서 이 뻐근한 고급스러움에 한껏 취해본다.

TV를 켰다. 채널을 이리저리 바꿔 봐도 딱히 볼 만한 프로가 없다. 페이TV나 볼까? 제일 야할 것 같은 제목으로 한 편 골라 눌렀다.

히야, 참 리얼하게도 찍었다. 벽에 붙은 커다란 평면TV 가득히 두 남녀의 겹쳐진 엉덩이가 클로즈업된다(저거, 혹시 진짜로 하는 거 아냐?). 집중력이 뛰어난 나는 —이럴 때만— 어느새 화면에 몰입하여, 배꼽 아래 자유분방하게 자라는 무성한 털들을 만지작거리고 있다.

그런데 잠깐, 아무래도 저 사람 어디서 본 적이 있는 것 같은데……. 누구더라? 과일가게 총각도 아니고 피자집 배달원도 아니고……. 맞다! 드디어 생각났다. 몇 달 전에 팬티 대신 꽉 끼이는 수영복 입고 와서 삐져나온 털 없애 달라던 바로 그 남자다! TV 홈쇼핑에서 속옷모델 한다더니 그건 아르바이트고 본업은 따로 있었구나(좋겠다. 취미와 실익을 겸할 수 있는 직업이니).

암튼 나는 그의 도움으로…… 한가위 전날, 결혼한 친구들이 시댁 가서 명절음식 준비하느라 분주할 이 시간, 복털미와 무릎 뒤로 촉촉한 땀이 배이도록 그렇게 삶은 계란 하나 정도의 열량을 소비할 수 있었다.

 참, 사우나가 무료라고 했지? 한번 다녀올까나…….
 하나에서 열까지 고급스럽기 짝이 없는 사우나 시설이 동네 찜질방 체질인 나를 압도한다. 간단히 샤워를 하고 적외선 사우나도크로 들어갔다. 목소리 큰 아줌마 둘이서 입에 게거품까지 물고 대통령 흉을 보고 있다. 뭐 또, 자기네들 땅값, 집값 떨어지는 정책이라도 발표한 게지. TV에서는 알아듣지도 못하는 영어로 떠들어대고 있다. 리모컨이 자기 소유인 양 끼고 앉은, 저기 저 부처님 같은 아줌마는 과연 저 말을 다 알아듣는 걸까. 자막도 안 나오는데…….
 정신 사나워서 그냥 나와 버렸다. 이번엔 습식사우나라고 적힌 도크로 들어갔다. 워낙 촌스럽게 살아와서 그런지 이런 건 처음이다. 천정에서 안개 같은 뜨거운 입자가 뿌옇게 쏟아져 내려온다. 파리가 가습기 입구에 앉으면 이런 기분일까. 감지도 않은 머리가 순식간에 다 젖어 물까지 뚝뚝 떨어진다. 신기해서 한참을 있다가 숨을 헐떡거리며 나왔다. 생수 한 잔 빼 마시고 찬물을 뒤집어썼다. 그리고 이번엔 커다란 조개껍질을 연상시키는, 만화에서나 본 듯한 환상적인 욕조로 다가갔다. 탕 안에는 연보라색 물이 풍풍 치솟고 있다. 다섯 계단을 올라, 마치 인어공주라도 된 듯한 기분으로 그 '조개껍질' 속에 우아하니 몸을 담그고 기댔다. 강력한 월풀 기능……. 욕조 여기저기서 내뿜는 물줄기와 공기방울들이 이 노처녀의 지난 반

평생 누적된 스트레스를 다 풀어주겠다는 듯 온몸을 거칠게 애무하며 감싼다. 눈을 감았다. 그냥 이대로 뻗어버리고 싶을 만큼 기분이 좋다.

벌써 몇 시간째 이 도크 저 도크, 이 탕 저 탕 오가며 평소 운동으로 못 빼던 묵은 땀도 열심히 빼고, 아랫배를 두드리고 주무르며 지방분해에 열을 올리고 있다. 드디어 내 한계에 봉착했나 보다. 모래시계를 한 번 더 뒤집으려는데 현기증이 밀려든다. 비틀거리며 도크를 빠져나왔다.

땀을 너무 지나치게 뺀 걸까. 사우나를 끝내고 나니 갑자기 허기가 진다. 호텔 내 중식당으로 가려다가 발길을 돌려 호텔 밖으로 나왔다. 밖은 아직 후덥지근한 여름 공기가 남아 있다. 하긴, 이번 추석은 다른 해보다 꽤 이른 편이지.

힘들게 발견한 모퉁이 중국집에서 짜짬 세트메뉴를 배꼽이 뒤집히도록 실컷 먹고, 납득할 수 있는 대가를 지불하며 기분 좋게 나왔다. 그나저나, 암만 땀 흘리면 뭐하나. 소모한 칼로리를 이렇게 당장 이자까지 쳐서 야무지게 보충해버렸으니. 방금 들어간 짜짬 세트메뉴의 부피만큼 볼록 부풀어 올라 있는 상복부에 새삼 짜증이 밀려든다(에이, 저녁에 사우나 한 번 더 해버릴까?).

호텔로 돌아가는 길에 편의점에 들렀다. 환타나 하나 사 마실까 하고 들어갔는데 언뜻 생수가 눈에 들어온다. 호텔방에선 조그만 생수 한 병에 칠팔천 원씩 했던 것 같다. 냉큼 생수를 집었다. 그리고 그 다음 순간, 나는 뭔가에 홀린 듯 캔 맥주며 과자며 컵라면에 삼각김밥까지 골고루 바구니 속에 집어넣고 있었다.

아무도 방해 못할 나만의 공간으로 돌아왔다. 청소도 말끔히 끝나 있다. 들고 있던 비닐봉지를 테이블에 올려놓고 보니 기분이 좀 그렇다. 에이, 참…… 여기 있는 단 며칠만이라도 궁상떠는 일 없이 고상하게 지내볼까 했더니만.

뼁뽕.

벨소리에 눈을 떴다. 잠깐 잠이 들었었나 보다. 근데, 누구지? 나가보니, 하우스키핑이다.

"저, 타월 갈아드릴까요?"

(싹 다 새로 갈아놨더니만, 또?)

"아뇨, 아직 하나도 안 썼어요."

"달리 필요하신 건 없으세요?"

참 친절하기도 하다. 그 지나친 친절에 나는 단잠을 깨버렸다. 문을 닫고 들어오면서 'Do not disturb!'를 외치는 심정으로 뒤늦게 DD버튼을 꾸욱 눌렀다. 다시 누워보지만 잠이 올 것 같지가 않다. 일어나 앉았다. 어느새 어두워진 창밖을 내다보는데, 갑자기 술이 당긴다. 그래, 추석 전날이니 사람들 북적댈 일은 없겠지. 이 기회에 솔로 주나 한번 폼 나게 마셔볼까.

스카이라운지로 올라왔다. 예상대로 손님이 거의 없다. 바에 사뿐히 걸터앉아 제일 복잡하고 긴 이름의 칵테일을 주문했다. 잠시 후, 환상적인 바다 색깔의 칵테일이 내 앞에 놓였다. 왠지 슬퍼 보이는 그 푸른빛을 잠깐 물끄러미 바라보다가 이내 목마름을 기억해내고는 원샷을 했다. 쩝, 이건 뒷맛이 왜 이리 짜대? 한 잔 더 시켰다. 이번엔 꽤 큰 잔이 나온다. 부담스러울 만큼 짙은 선홍색의 칵테일, 꽂힌 빨대로 쪽 하고 빨아본다. 이거 달달하니 예상외로 맛있네, 체리 맛이 나는 것 같기도 하고 석류 맛이 나는 것 같기도 하고.

"후유……."

갑자기 긴 한숨이 시름처럼 새어나왔다. 요렇게 맛있는 걸 앞에 두고 왜 이리 기분이 꿀꿀한지 모르겠다. 바텐더가 뭐라 말을 걸어오는데 그저 입술 근육만 살짝 움직여 나답지 않게 절제된 미소로 답을 대신했다. 눈치 빠른 그는 서비스로 빨간 석류 알 서른 개 정도를 예쁜 크리스털 그릇에 담아 내밀더니 저쪽으로 가준다.

은근한 조명 밑에서 투명하게 반짝이는 촉촉한 석류 알이 마치 보석 같다. 석류 알 하나를 입술 사이로 밀어 넣고 앞니로 톡하고 터뜨리면서 기분전환을 시도했다. 새콤달콤한 향이 입 안 가득 퍼진다(이왕이면 씨가 없으면 좋겠구만). 그렇게 한 알 두 알 집어 먹다 보니 어느새 눈앞엔 뽀얀 석류 씨만 소복이 쌓여 있다.

혼잣말을 했다.

"미녀는 석류를 좋아한댔지, 아마……."

바텐더가 슬쩍 쳐다본다.

석류를 좋아한다고 다 미녀는 아니라는 듯이…….

잠시 후, 일어나서 카운터로 향했다.

"계산, 룸으로 올려주세요."

"몇 호실인가요?"

"2971호요."

"심가인 선생님이신가요?"

"네."

내미는 전표에 사인을 했다. 어차피 체크아웃 때 해야 할 계산이긴 하지만 지갑 없이 맨손으로 사인만 하고 나오는 기분이 꽤 쏠쏠하다. 문득, 〈더블크라임〉이란 영화에서 여주인공이 호텔에 투숙하는 귀부인 이름과 그 방 번호를 알아내서는, 그 안에서 쇼핑이며 식사며 하고 싶은 거 다 하고 다니던 장면이 떠오른다. 의외로 간단히 '한 건' 할 수 있는 곳이 호텔일지도 모르겠다 싶다.

방으로 들어오자마자 침대 위로 몸을 던졌다. 베개에 얼굴을 파묻은 채 한참을 엎드려 있었다.

— 이봐, 심가인. 너 오늘 좀 이상해. 왜 그러는 거야?

β 다.

— 몰라. 그걸 왜 나한테 물어? 언젠 나보다 날 더 잘 알고 있다더니…….

잠시 후, β 가 낮은 목소리로 말했다.

— 어쩜 그동안 너무 아등바등 살아와서 그런지도 모르지.
— ……아등바등?!

듣고 보니 그럴지도 모른다는 생각에, 갑자기 코끝이 찡해 오며 눈시울이 후끈해진다. 파라다이스 같은 곳에 잔칫집 개 팔자마냥 늘어져 있으면서.

초등학교 5학년 때, 아빠 고무호스 공장에 불이 났다. 그 후 아빠의 연이은 사업실패에 따른 경제적 어려움은 항상 우리 집 지붕을 무겁게 짓누르고 있었다. 재수까지 해서 간신히 턱걸이로 들어간 이류대학 의대 시절엔 학비 마련 때문에 초·중학생들 가르치느라 영화 한 편 볼 시간이 없었고, 인턴과 레지던트 시절엔 그 쥐꼬리만한 월급까지도 생활비에 보태느라 옷 한 벌 마음대로 못 사 입었다. 그리고 전문의 따서 병원에 취직한 후부터는 너무나 자연스레 내가 가족의 생계를 책임지게 되었다. 그리 적지 않은 월급을 받으면서도 처음 몇 년간은 엄마의 밀린 빚 갚아내느라 정신이 없었고, 또 지난해부터는 아빠 PC방 차리느라 들어간 은행 대출금 상환 때문에 허리가 휠 지경이다. 게다가 PC방 수입으로도 왠지 턱없이 부족한 생활비 충당이며, 가영이 어학연수비 대느라 난 여태껏 해외여행 한번 제대로 못했다(재작년, 동기 모임에서 단체로 갔던 홍콩여행 2박 3일이 전부다).

그 와중에, 내 딴에는 이 황금 같은 휴가를 한번 폼 나게 즐겨보고자 정말 큰맘 먹고 찾은 곳이 여기다. 그런데, 이곳은…… 내가 감동해 마지않는 모든 것들을 너무나 당연한 일상으로 여기고 있는 사람들뿐인 것 같다. 그런 이질감이 소외감으로 변하면서 어느새 난 이 낯선 세상에 어울리지 않는 이방인이 되어 있다. 사실, 늘 빠듯하고 쪼들리게 살아왔던 지난 시간들에 비하면 그나마 요즘은 꽤 여유롭고 풍족한 생활이라 나름대로 만족해왔었는데……. 이곳 풍경은 나의 그런 성취감과 자부심을 너무나 초라한 것으로 만들어버렸다.

다시 β가 한마디 덧붙였다.
— 그래도, 이런 호사스런 연휴를 즐기면서 그런 청승을 떨면 남들이 욕해.
— …….
하기야, 정말 힘들게 악착같이 사는 사람들이 알면 몰매 맞을지도 모르는 일이다. 머리를 흔들었다. 가끔은 절대빈곤보다 상대적 빈곤감이 사람을 더 구차한 바닥으로 끌어내리는 것 같다.
— 계속 이럴 거면 차라리 당장 짐 싸들고 집에 가서 송편이나 빚어!
어쩐 일로 오늘은 β의 가시 돋친 말이 그리 기분 나쁘게 들리지 않는다.

시끄러워 눈을 떴다.
TV소리. 어젯밤엔 추석특선 영화를 조금 보다가 그대로 곯아떨어졌나 보다. 몸이 왜 이리 무겁지. 침대에서 일어나기가 힘들다. 마치 시트에 본드라도 발라둔 것처럼. 칵테일 두 잔 마셨을 뿐인데……. 아무래도 어제 사우나가 너무 과했나 보다. 룸바에 설치된 캡슐 커피머신을 이용해서 일단 커피를 한 잔 진하게 뽑아 마셨다. 조금 살 것 같다. 목젖을 타고 들어간 카페인이 순식간에 온몸으로 퍼지면서 축 늘어져 있던 말초신경들을 깨워주는 것만 같다.

그나저나 지금쯤 집에선 엄마가 내 욕하느라, 차례상 차리느라 여러모로 바쁘겠다(차례상이라……. 생전에 맛있는 거나 좀 사드릴 일이지, 벌써 저세상으로 멀리멀리 가 있을 할아버지 할머니가 상 차려 놓는다고 올 수 있는 것도 아닐 텐데). 삼촌이랑 숙모는 같이 왔으려나. 이혼한다 어쩐다 말이 많더니.

어제 사둔 컵라면이 눈에 들어왔다. 슬슬 배가 고파온다. 포트에 물을 끓이고 냉장고에 넣어둔 삼각김밥을 꺼냈다. 컵라면에 뜨거운 물을 붓고 삼각김밥의 비닐을 벗겨낸다(집에 있었으면 갖가지 나물에 고추장이랑 참기름 듬뿍 넣고 맛있게 비벼 먹을 텐데). 밥알 하나하나가 따로 노는 듯한, 차가운 김밥 한 귀퉁이 베어 물고 컵라면 뚜껑을 열었다. 강렬한 냄새가 코 점막을 파고들며 식욕을 자극한다. 김밥 서너 번 베어 먹고 라면 두세 젓갈 집어 먹고 나니 어느새 끝나버린 식사. 항상 느끼는 바지만, 이상하게 컵라면은 먹어도 먹은 것 같지가 않단 말야…….

나는 이렇게, 한번 기품 있게 쉬어보고자 들어온 이 비싼 호텔방에 궁상맞은 컵라면의 추억을 새겨버리고 말았다.

 따분하다. 벌써 세 시간째 이 채널 저 채널 돌려가며 TV를 보고 있다. 이럴 줄 알았으면 만화라도 빌려오는 건데……. 꺼둔 휴대폰만 만지작거린다.
 옷을 입었다. 오늘은 추석이니 나가봤자 밥 파는 데도 없을 테고……. 호텔 내 한식당으로 내려가서 비빔밥을 먹으며 적당히 추석 기분을 내고 로비라운지에서 커피 한 잔 점잖게 마신 후 여권도 없이 호텔면세점으로 들어가 한두 시간 눈요기를 했다. 다시 방으로 들어와 잠시 TV를 보다가, 또 한숨 늘어지게 자고 일어나서는 밤늦게 룸서비스로 옥돔구이 정식을 시켜먹었다. 녹차 한 잔 우려 마시고 또다시 TV를 본다. ……지루하다. 이제 겨우 사흘짼데 벌써 지겹다. 배 위에 과자 한 봉지를 올려놓고 누웠다.
 내일은 그만 집으로 가야겠다. 지루함을 느낀다는 건 아마도 우아를 떨 만큼 떨었다는 증거일 테니까.

 집에 왔다.
 제주도에 다녀왔노라 거짓말을 했다. 엄마는 벌써 한 시간째 따라다니며 잔소리다. 메모 한 장 달랑 남겨놓고 나가선 어디서 뭐하다가 이제 기어들어 왔냐고, 휴대폰까지 꺼둔 이유가 도대체 뭐냐고 묻고 또 묻는다. 명절 준비 안 거들어서 화나고, 말 안 하고 나간 게 괘씸하고, 연락 안 된 게 짜증났었나 보다. 평소 거의 말이 없는 아빠도 오늘은 한두 마디 거든다. 자고로 명절은 가족과 함께 보내야 하는 거라고…….

악녀의자존심

열하루간의 길고도 아쉬운 휴가가 끝나고 오늘로 사흘째.

어째 머리가 띵한 게…… 감기기운이 있나? 항상 휴가만 끝나면 일하는 게 더 힘들다. 심기일전해서 잘하기는커녕 빌빌거리며 몸살을 앓는다. 그나마 내일이 목요일. 다행이다, 주중에 쉬는 날이 있어서.

병원 끝나기가 무섭게 집으로 왔다. 엄마가 없다. 밥 차려 먹기도 귀찮아 식탁 위에 놓여 있는 홍시 하나 발라 먹고, 감기약을 먹었다. 그리고 잠을 청했다.

딸그락거리는 소리에 잠을 깼다.

밤 열한 시가 조금 넘었다. 마루로 나가니, 엄마가 활처럼 등을 구부리고 이 잡는 사세로 앉아 있다.

"뭐해요?"

"응, 가영이 고것이 위가 좀 안 좋잖니."

밤 껍질을 까고 있다. 또 속껍질 말려놨다가 가영이 오면 보리차 대신 끓여 먹이려는 거다.

"그렇게 허구한 날 술 퍼마시는데 속이 좋을 리가 있어요?"

왠지 짜증이 난다. 화가 나는 것 같기도 하고 슬퍼지는 것 같기도 하다. 나한텐 술 마신 다음날 설탕물 한번 타준 적 없으면서……. 왜 그런지, 요 몇 년 새 시샘이 부쩍 늘어버린 것 같다. 예전엔 그저 그러려니 하고 지냈었는데.

출출해서 우거지 국에 식은 밥 한 덩이 말아 먹고 방으로 들어왔다. 엄마는 여전히 밤 까느라 여념이 없다. 내일 아침, 등짝깨나 아프게 생겼다.

다시 누웠다.

그래, 독립을 하자. 가영이가 오기 전에 이 집을 나가는 거야. 왜 진작 이런 생각이 안 들었을까. 휴가 때 해버렸으면 좋았을걸. 어쨌거나 쇠뿔도 단김에 빼랬다. 당장 방부터 구하자. 마침 내일, 쉬는 날이 아닌가.

눈을 떴다. 아침도 먹는 둥 마는 둥하고 고양이세수에 머리는 대충 묶었다. 트레이닝복 차림에 모자 하나 눌러쓰고 집을 나선다. 천고마비의 계절이라 했던가. 날씨가 참 좋다. 지하철역으로 향하는 발걸음이 그 어느 때보다도 가볍다.

지하철에 올랐다. 참, 원룸을 얻으면 가전제품이랑 살림살이랑 기본적으로 구입해야 할 게 꽤 있을 텐데. 갑자기 머리가 아프다. 좀 전까지 만끽하고 있던 때 이른 해방감과 새로운 생활에 대한 설렘은 어디론가 사라지고, 아직 한참은 더 갚아나가야 할 은행대출금이며 꼬박꼬박 나가는 이자, 그리고 우선 마련해야 할 원룸 보증금과 앞으로 매달 지불해야 할 월세를 생각하니 가슴이 답답해진다.

어느새 논현동. 숫자로 뒤범벅이 된 머리를 무겁게 이고 지하철역을 빠져나와, 인터넷에 올라 있던 원룸 전문 부동산을 찾았다.

집에서 체크해온 물건 네 곳을 다 둘러보았지만 그리 썩 내키는 곳이 없다. 지난밤 컴퓨터 앞에서 소비한 두 시간이 무지 아까워진다. 이번엔 부동산 직원이 추천하는 곳으로 가보았다. 13평. 아담한 6층짜리 신축건물의 3층이다. 예쁜 욕실이랑 반짝이는 싱크대가 마음에 들었다. 병원에서도 가깝다. 지하철역에서 조금 떨어진 게 흠이긴 하지만, 아무렴 어때, 깔끔한 새 집에서 살 수 있다는데 그 정도 다리운동쯤은 감수해야지. 보증금 천만 원에 월세가 80만 원이란다. 백만 원을 걸고 바로 계약해버렸다. 새로운 생활이 눈앞에 펼쳐지는 것 같아 다시 마음이 부푼다.

그래, 너무 조급하게 생각하지 말자. 대출금이야 조금 천천히 갚으면 되지, 뭐. 일단은 보증금부터 마련해야겠다. 가만, 카드론을 하면 이자가 어떻게 되더라?

이사는 다음 주 목요일, 일곱 밤 남았다!

일요일. 드디어 독립선언을 했다. PC방 수입이 변변치 않으니 독립을 하더라도 매달 얼마씩은 따로 더 부쳐달라는 엄마의 요구에 순순히 응하고, 아빠엄마의 허락을 가볍게 받아냈다.

할인마트를 찾았다. 물건 고르는 거 도와주겠다고 따라나선 엄마의 발그레한 두 볼에 생기가 넘친다. 그러고 보니, 엄마랑 이렇게 쇼핑을 하는 게 도대체 얼마만인지 모르겠다. 기억조차 나지 않는다. 그래서 그런지 엄마랑 보조를 맞춰 나란히 걸어 나니는 게 어색하기 싹이 없다. 게다가 한 번씩 어울리지 않게 팔짱까지 껴온다. 막상 독립한다고 하니 갑자기 맏딸에 대한 애틋함이 느껴지는 걸까. 아님, 좀 전에 사준 전자제품들에 기분이 좋은 탓일까.

⟨오늘, 엄마의 어록⟩

냉장고를 고르고 있자니,
— 집에 냉장고도 꽤 오래 썼는데 이참에 바꿔버릴까? 오래된 건 전기도 많이 먹는다던데.

세탁기 코너에선,
— 세탁기도 수명이 다된 건지 요즘 부쩍 덜덜거리더라.

TV 고르면서,
— 니 아빠가 안방에도 TV 하나 들였으면 하던데…….

밥솥 코너에선,
— 요즘 밥에서 쉰내 나는 것 같지 않디? 아무래도 보온 기능에 이상이 생겼나봐.

무선 전기포트를 보더니,
— 이거, 정말 편하다더라. 안 그래도 하나 사려던 참이었는데…….

결국 오늘 내가 카드로 긁은 물건들 중 상당수는 다음 주 내로 엄마에게 배달될 것이다. 마트 안의 텁텁한 공기가 미세한 먼지들과 함께 내 폐부 깊숙이 들어와서는 먼지만 그대로 남겨둔 채 다시 빠져나가는 듯한 느낌에, 순간 턱하니 숨이 막힌다.

할인마트를 나와 택시에 몸을 실었다. 하루종일 마트 내에서 뱅뱅 돌았더니 피곤하다. 지친 기색 하나 없이 라디오에서 흘러나오는 태진아 노래를 따라 부르고 있는 엄마를 잠시 쳐다본다. ……행복해 보인다.

나른한 월요일, 따분한 화요일, 지루한 수요일이 지나고 드디어 목요일.

이사를, 아니 독립을 했다. 바라던 바를 이루었다. 속상할 일도 스트레스 받을 일도 앞으론 반 이상 줄어들 것이다. 내 나이 서른여섯, 이젠 나도 내 삶을 즐길 수 있어야 한다.

대충 정리도 끝났으니, 우선 예쁜 머그컵에 커피부터 한 잔……. 그리고 그담엔……. 이젠 뭘 하지? 원하던 것을 이루고 난 후의 허탈함이란 게 바로 이런 걸까. 삼십 년 가까이 꿈꿔온 순간인데 무엇을 기뻐하고 어떻게 즐겨야 할지 모르겠다.

그저 넋 나간 사람처럼 멍하니 앉아서 시간 가는 줄도 모르고 꼬박 날밤을 새워버렸다.

요 며칠, 짐징리 하느라 조금 무리를 했더니 몸살기운이 돈다. 태반주사라도 하나 맞고 퇴근해야겠다.

"저기, 플라센타 하나 준비해주세요."

민 간호사에게 부탁해놓고 시술대에 누웠다. 셔츠를 말아 올리고 바지 지퍼를 내리고 배꼽을 드러내고, 그렇게 만반의 태세를 갖추고 있는데 머리 위쪽으로 찍찍 끄는 슬리퍼 소리가 울린다. 이건 준 원장 냄샌데…….

"어? 심 원장. 왜 그래, 어디 아파?"

"아, 아뇨. 그냥 좀 피곤해서 태반 하나 맞고 가려구요."

말아 올렸던 셔츠로 배꼽을 재빨리 가리며 일어나 앉았다.

"그래? 난 또……. 실은 나도 하나 맞을까 해서 왔는데……. 민 간호사, 내꺼도 하나 준비해줘. 난 혈관으로, 알지? ……참, 심 원장도 이왕이면 혈관으로 하지 그래?"

"혈관으로요?"

"괜찮아. 쇼크 좀 오면 어때? 여긴 병원이고 내가 이렇게 옆에 있는데……. 그리고 그건 만 명에 한 명도 안 되는 확률이라구. 혈관으로 놓는 게 확실히 효과가 좋다니깐."

하기야 내가 주사를 다 맞고 일어날 때까지 고개를 돌려줄 매너 있는 남자가 아니다. 이 남자 앞에서 배꼽을 까고 볼록한 복부지방에 주사를 맞고 다시 지퍼를 끌어올리며 일어나는 것도 모양새가 좀 그렇다. 이럴 줄 알았으면 칸막이 있는 주사실로 갈 것을.

잠시 후, 준 원장과 나는 나란히 놓인 시술대에 사이좋게 누웠다.

"심 원장은 사귀는 남자 없어? 한창 바빠야 할 토요일 저녁에 이러고 있음 어떡해?"

앞으로 삼사십 분 정도, 난 또 이 남자의 수다에 장단을 맞춰줘야 한다.

"지금 열심히 물색 중이에요."

"그럼 내 후배 녀석 하나 소개시켜줄까? 꽤 괜찮은 놈이 있는데······."

준 원장과 친하다면 분명 내 이상형과는 거리가 멀 터······. 그냥 만나는 사람 있다고 해둘 걸 잘못했나.

"저기요, 준 원장님. 뭐 하나 여쭤 봐도 돼요?"

준 원장의 성의를 거절할 적당한 말 한마디가 궁하던 차에, 마침 그의 손등에 주사바늘을 꽂던 민 간호사가 고맙게도 말의 흐름을 끊어준다.

"······원장님은 왜 이혼히 셨어용?"

민 간호사답다. 평소 말수도 별로 없이 얌전하다가도 한 번씩 엉뚱한 말을 앞뒤 없이 꺼내놓곤 한다(근데, 병원에 들어온 게 언젠데, 바람난 와이프한테 이혼 당했단 얘길 아직도 못 들었나?). 아무리 그녀만의 정신세계가 따로 있음을 이해한다 하더라도 이런 생뚱맞은 물음에 기분 좋을 사람은 없다. 살짝 준 원장의 눈치를 살폈다.

"······다 ······내 잘못이지 뭐."

그답지 않게 너무나 간단한 설명.

"그리고······ 주사 끝나면 우리가 빼고 갈 테니 민 간호사 먼저 퇴근해."

내 손등에 마저 바늘을 꽂고 일어서던 민 간호사는 그의 싱겁고 성의 없는 대답에 무척 실망스러운 듯 씨익 웃고 나갔다.

그러고 보니, 이 남잔 이혼한 와이프 얘기만큼은 그렇게 오만 주접을 다 떠는 술자리에서조차 단 한 번도 꺼낸 적이 없다. 보통 천생연분이니 뭐니 떠들어대다가도 갈라서고 나면 상대방 욕하느라 거품 물게 되는 게 인지상정인데 말이다. 가끔 자신의 이미지 관리차원에서 감정절제의 필요성을 느낄 때야, 그냥 '서로 안 맞았다'는 애매한 말로 대신하기도 한다지만 이 남잔 이미지 관리 같은 거에는 전혀 관심 없는 캐릭터이지 않은가. 혹시 아직도 미련이 남아 있나? 어쨌거나 보기보단 꽤 괜찮은 남자일지도 모른다는 생각이 아주 잠깐 뇌리를 스쳤다. 슬쩍 쳐다보니 이마에 팔 하나를 걸친 채 눈을 감고 있다. 아무래도 기분 좀 풀어줘야겠다.

"그래도 서른일곱 노총각으로 있는 것보단 이혼남이 낫잖아요. 전 가끔 이런 생각도 해요. 노처녀보다 이혼녀였음 차라리 좋겠다고. 그쪽이 훨씬 폼 나니까……"

지하철을 탔다.

참, 가영이가 오늘 온다고 했었는데. 근데 왜 아직 연락이 없지. 지금쯤 도착했을 텐데. 어? 가방 속을 이리저리 뒤져봐도 휴대폰이 없다. 아무래도 병원에 두고 왔나 보다.

지하철을 바꿔 타고 다시 병원으로 향했다.

누가 아직 남아 있나? 아님 도둑이라도 들었나? 행정실 쪽에서 야릇한 불빛이 새어나오는 병원 문을 열고 들어섰다.

살짝 열린 행정실 문틈으로, 서로 입술 크기 재느라 여념이 없는 이 실장과 미스 최가 보인다. 가만 보아하니 이제 곧 주사실이나 시술실 침대로 직행할 것 같다. 내 참, 이것들이 지금 신성한 병원에서 영화를 찍네(하려면 문단속이나 제대로 해놓고 할 일이지). 병원이 무슨 모텔방인 줄 아냐고 한마디 해버릴까. 그러면 제 사촌형부 병원이랍시고 도도하게 구는 저 기집애가 앞으로 조금은 수더분해지려나. 아니다, 그래도 인격 있는 내가 그럴 순 없는 일이지. 그냥 교양틱하게 얌전히 자리를 떠주자.

뒤꿈치를 들고 고양이걸음으로 내 방에 들어갔다. 그러곤 살금살금 휴대폰을 들고 나오는데, 이 눈치코치 없는 휴대폰이 그만 '웨엥' 하고 요동을 친다. 조용한 곳에서는 진동음도 꽤 크게 울리는 법이다. 두 남녀의 토끼눈이 이쪽을 향했다.

"아, 아니…… 저, 휴대폰을 깜박하는 바람에……. 저기…… 하던 거 계속해요. ……지, 지금 나가니까. ……그리고 …… 문, 잠그고 나갈게요."

도망치듯 병원을 빠져나왔다.

저 두 사람, 박 팀장한테 걸렸으면 아주 혼쭐이 났을 텐데. 그건 그렇고, 오늘 박 팀장 불러내서 술이나 한잔 할까? 지난번 왕 원장 와이프가 소개해준 남자하고도 깨졌다는데(요즘 히스테리가 극에 달해 있으면서도 눈썹이랑 입술라인 이쁘게 해줬다고 그러는지 나한테만큼은 미소로 대하고 살갑게 구는 그녀다).

 도착했으니 집으로 놀러오라는 가영이 문자를 무시하고 박 팀장에게 전화를 했다.

 삶은 홍합 한 사발에 소주를 앞에 놓고 박 팀장을 기다리고 있자니 한숨이 절로 나온다. 하기야, 나도 뭐 숫처녀 딱지 뗄 기회가 아주 없었던 건 아니다. 인턴시절, 병원에서 그것도 짝사랑하던 선배의 손이 내 바지 지퍼를 내리려 한 황홀한 순간이 있긴 했다. 하지만 하필이면 이틀 동안 거의 한숨도 못 자고 샤워도 못한, 후덥지근한 여름밤에 그럴 게 뭐란 말인가. 짝사랑하던 사람과의 첫 관계에서 향긋한 샴푸냄새를 풍기며 뽀송뽀송한 느낌은 못 줄망정 땀 냄새 나는 찌든 느낌을 안겨줄 수는 없었다. 나는 속으로 '제발 다음에, 다음 기회에······ 아니, 내일······' 이라고 외치며 처절하게 거부했다(그때만 해도 이렇게 본능 앞에서 맥 못 추고 허우적거릴 나이는 아니었으니까). 하지만 그 '다음 기회' 란 내게 영영 찾아오지 않았다. 너무 완강히 거부하느라 나도 모르게 그만 그 선배의 급소를 걷어차 버렸기 때문이다. 너무나 사랑했기에, 사랑하는 만큼 더 필사적으로 밀어낼 수밖에 없었던 여자의 고뇌를 그가 알 리 만무했다. 그렇다고 그 선배한테 찾아가서 사실은 어제 겨드랑이 털도 안 깎고 사흘째 팬티도 못 갈아입은 상태였다고, 그래서 그럴 수밖에 없었다고 자초지종을 털어놓을 수는 없는 노릇이었다. 그래, 급소는 무사하냐고 안부를 물어보지도 못

했다. 더욱이, 오늘 아침엔 샤워하면서 린스 들이붓고 향수까지 뿌리고 나왔는데 오늘밤 어떻게 안 되겠냐고 새삼스레 유혹할 용기도 없었다. 결국 그 선배는 자기처럼 멋지고 완벽한 남자를 거부한, 발칙하기 짝이 없고 분수도 모르는 고매한 인격(?)의 소유자로 평생 날 기억할 것이다. 하긴, 하룻밤 안기고 잊혀지는 여자보다야 그렇게라도 평생 기억에 남는 여자가 되는 게 나을지도 모른다(아무리 생각해도 그 선배가 나한테 마음이 있어 그랬던 것 같지는 않으니까). 하지만…… 그날 밤 내 허벅지에 닿았던 그 단단한 느낌은 아직도 문득문득 나를 아쉽게 하고 한숨짓게 만든다.

박 팀장이 왔다.

늘 잔털 하나 안 남기는 빡빡한 올림머리 스타일인 그녀가 웬일로 머리를 늘어뜨리고 나왔다.

"머리, 그러니까 훨 낫네요."

"그래요?"

"예쁜데, 그러고 다니지."

"머리 풀면 꼭 브래지어 안 한 것 같아서 말이죠."

"안경 한번 벗어볼래요?"

"왜요?"

"암튼, 잠깐만 벗어 봐요."

안경까지 벗으니 진짜 딴 사람이다. 평소, 나이보다 다섯 살은 족히 많아 보이던 그녀가 자기 나이를 되찾은 듯하다.

"훨씬 부드럽고 좋아 보이는데, 내가 남자라면 사귀고 싶을 정도로."

"후훗, 원장님도 참."

"안경 대신 렌즈로 바꿔 봐요, 머리도 올리지 말고. 그러면 분명히 일 년 내로 시집갈 수 있을 테니. 아참, 노브라면 더 좋겠네!"

나도 참, 내 주제에 이런 주접 떨 여유가 있다니.

"원장님은 화장 좀 하고 다니세요. 치마도 좀 자주 입구요. 그럼 원장님도 분명히 일 년 내로 시집갈 거예요."

"아니, 난 어쩜 타고난 건강미와 포기의 산물인 자연미로 밀어붙이는 게 더 빠를지도 몰라요, 히히히."

우린 마치 거울을 마주한 듯 서로를 바라보며 밤늦도록 소주를 마셔댔다. 이런 걸 동병상련이라 했었지, 아마.

지난밤엔 술이 너무 과했나 보다. 머리가 지끈거리고 몸이 무겁다. 몸살기 땜에 태반주사까지 맞아놓고는 그렇게 마셔댔으니……. 바닥엔 초콜릿 껍질들이 이리저리 뒹굴고 있다. 어젯밤, 들어오는 길에 편의점에 들러서 초콜릿만 잔뜩 사왔던 것 같다(박 팀장이 그랬다. 초콜릿을 먹을 때면 우리 뇌에는 섹스 할 때와 동일한 '쎄타(θ)파'가 흐른다고. 따라서 싱글들 정신건강엔 초콜릿이 최고라고). 초콜릿을 또 하나 까먹는다.

휴대폰을 보니 집에서 전화가 몇 번이나 들어와 있다. 전화를 했다. 엄마가 받는다. 하나뿐인 동생이 왔는데 언니라는 게 얼굴도 안 내밀고 뭐하는 거냐고 다짜고짜 한마디 하더니, 냅다 가영이를 바꿔준다.

"언니, 어제 문자 보낸 거 봤어?"

"응."

"근데 왜 안 온 거야? 늦게까지 기다렸는데. 전화도 안 받고."

"중요한 모임이 있었어. 진동으로 해놔서 못 들었구."

"지금 올래?"

"오늘은 몸이 좀 안 좋네. 내일 퇴근하면서 들를게. 너도 어제 오느라고 피곤했을 텐데 오늘 하루 푹 쉬어."

전화를 끊었다. 독립하고 나흘째. 다른 건 다 좋은데 밥 먹는 게 문제다. 그래도 집에 있을 땐 냉장고만 열면 뭐든 꺼내 먹을 게 있었고 이렇게 배고플 일은 없었는데. 오늘은 뭘 먹지, 한참을 고민하다 또 길 건너 분식집에 충무김밥이랑 수제비 한 그릇을 주문해버렸다.

다시 한 주가 시작되었다.

커피를 두 잔이나 마셨는데도 자꾸 졸음이 쏟아진다. 오후 진료까지 아직 삼십 분 정도는 시간이 있다. 아무래도 안 되겠다. 잠시 눈 좀 붙이자.

연신 하품을 하며 주사실로 향하는데 누가 내 등짝을 사정없이 내리친다.

"언니!"

가영이다. 근데, 이 기집애…….

"너, 머리가 왜 그래?"

폭탄이라도 맞은 듯한 헤어스타일.

"헤헤, 어때? 안 어울려?"

"네가 뭐 인순이라도 되는 줄 알아? 도대체 그게 뭐야?"

갑자기 성냥불 하나 그어 저 뽀글거리는 머리 속에 확 던져버리고 싶은 충동이 인다.

"당장 풀어! 못 봐주겠으니깐. ……그건 그렇고, 피곤은 좀 풀린 거야?"

"응, 어제 하루 푹 쉬었잖아."

"저녁에 들른다 그랬는데 뭐 하러 일부러 나와?"

"그래도 동생인 내가 움직이는 게 도리 아니겠어? 그리고 온 김에 필링이라도 한번 했음 좋겠는데……. 거기서 햇빛을 너무 쐬고 다녀서 그런지 피부가 좀 그러네."

(그래. 그거 땜에 나온 건 줄 내 벌써 알고 있었다. 그리고 거기서 공부는 안 하고 얼마나 싸돌아다니고 놀았는지 니 피부가 다 말해준다, 이것아!)

인심 써서 IPL을 해줬다. 가족이니 반값에 할 수 있다고는 해도 어쨌거나 내 돈이 나간다.

"언니도 참, 조심 좀 하지. 눈썹이 이게 뭐야?"

요것이 고맙다는 말 대신 성질을 부리고 있다(실은 아까 이마 쪽에 조사할 때 김 간호사랑 사인이 안 맞아서 눈썹을 쬐끔 태워버렸다).

"그 머리 스타일에 아주 딱이구만, 뭘 그래. 이왕이면 한쪽도 마저 태워줄까?"

솔직히 말하자면 아까 눈썹 그을리는 냄새가 살짝 코끝을 스쳤을 때 왠지 쌤통이란 생각이 얼핏 들었다(내 실수가 아니니 그리 미안해할 건 없다).

"참, 언니. 이번 일요일에 언니 집 놀러가도 되지? 언니 주려고 와인도 사왔는데 갖고 갈게."

와인? 내가 언제 와인 좋아했나? 그리고 우리 집엔 와인 잔 같은 거 없는데. 암튼 가영이는 이번 일요일에 집 구경 오겠다는 말을 남긴 채 한쪽 눈썹을 만지작거리며 삐딱빼딱 사라졌다.

그럭저럭 또 한 주가 지났다. 언제나 그렇듯 토요일 저녁은 피곤하다.

"심 원장, 잠깐 이리 와봐."

퇴근 준비를 하는데 준 원장이 부른다.

"부르셨어요?"

"오늘, 시간 괜찮지? 내 '프락셀' 한번 쏘아줄게. 대신, 이담에 저녁 한 번 사야 돼!"

이번에 새로 들인 레이저를 해주겠단다. 저 인간은 꼭 지 실습용으로 내 얼굴을 요구하면서 선심 쓰듯 생색을 낸단 말야. 하기야 별다른 사고만 안 친다면 나도 뭐, 손해 볼 건 없다. 머리를 묶고 마취연고를 발랐다.

"근데, 왜 '프락셀'을 들이셨어요? '픽셀' 놔두고. 그리고 요즘 '글라스'나 '어펌'도 꽤 반응이 괜찮다던데."

"그래도 색소침착엔 이게 최고야. 게다가 다른 것들은 너무 밋밋하거든."

"……?"

"비싼 돈 내고 하는데 붓지도 빨개지지도 않고 제대로 한 겹 벗겨지는 느낌도 안 들면 왠지 들어간 돈이 아까워지는 게 사람 심리야. 그러면 좋아지고 나서도 좋아진 걸 못 느낀다니까."

"하긴."

그렇다. 비슷한 결과라도 과정이 좀 거창한 쪽이 뭔가 훨씬 그럴싸한 느낌이 들 수도 있다.

삼십 분 후, 마취연고를 닦아냈다. 블루용액을 바르고 시술에 들어간다.

"아야! 아야야야……."

흡사 재봉틀 바늘 수십 개가 얼굴 위를 마구 누비고 다니는 것만 같다.

"그래, 많이 아프지? 암만 마취를 해도 이건 좀 아프대더라, 좀만 참아!"

준 원장이 실실 웃어가며 방금 누비고 지난 곳을 또 누빈다(이 인간, 혹시 새디스트 아냐?).

겨우 시술이 끝나고, 진정 팩을 하고 누웠다. 화끈거리고 따갑고 아주 미치겠다. 이런 걸 비싼 돈 들여가며 하는 여자들 속을 모르겠다. 그나저나 참 다양한 기계들이 나온다. 지지고 굽더니, 이젠 살짝 데치는 개념의 레이저라.

쩝, 어젯밤에 그렇게 얼음찜질을 했건만…….

자고 일어나니 얼굴이 족히 두 배는 더 부어올라 있다. 아무래도 이건 하루 이틀에 빠질 부기가 아니다. 그 레이저가 많이 붓는단 얘긴 들었어도 이 정도인 줄은 몰랐다. 다른 사람들도 다 이런가. 아님 그 인간이 혹시라도 에너지 조절을 잘못한 걸까. 만에 하나 그랬단 봐라. 내 가만 안 놔둘 테니.

저녁에 가영이가 왔다. '피오나 공주' 같다고 놀려댄다. 뭐, 지난번에 지 눈썹 태워먹은 벌 받는 거라나.

"참, 언니, 이거! 캐나다 특산품, 아이스와인!"

아이스와인? 와인을 얼린 건 아닐 테고.

"그게 뭔데?"

"몰라? 한겨울에 바짝 언 포도를 따서 발효시킨 거잖아."

(기집애, 오는 길에 김치며 밑반찬이나 좀 싸올 일이지.)

"자, 한번 마셔봐. 무지 달고 맛있어. 사실은 아이스와인 전용 잔에 따라 마셔야 제 맛인데, 그걸 깜박하고 안 챙겨왔네."

한 모금 물어보니 진짜 달다. 달짝지근한 게 정말 맛있다.

"이건 나이아가라 폭포 근처에서 만든 거야."

(나이아가라? 그게 캐나다에 있었나?)

"근데, 얼린 포도로 만든다고 이렇게나 달아지냐? 이거 아무래도 설탕 들이부은 거 같은데?"

"그러니까, 그게…… 바로 급속냉동으로 들어가는 게 아니잖아. 포도를 수확기가 한참 지나도록 안 따고 그냥 두면 날씨가 추워지면서 얼었다 녹았다를 반복하는 시기를 거치게 되고, 그러다 보면 수분이 껍질 쪽에 얼음으로 모이면서 당도가 높아진대. 그걸 영하 10도쯤 될 때 수확해서 와인을 만든다는 거지."

"그건 그렇고, 너 영어는 제대로 배워 온 거야? 방금 니가 한 말, 영어로 한번 그대로 해봐 어디."

"언니도 참. 그런 고급영어를 나한테 요구하면 안 되지! 헤헤……. 간단한 의사소통만 되면 그걸로 족하지 뭘 그래. 그리고 이번에 느낀 건데 영어는 절대 교실에서 배울 게 못 돼. 그저 남자친구 사귀는 게 제일이더라구."

"하기야 니 인생에 남자가 빠지면 뭐가 남겠냐. 근데 그 남자는 어쩌고 이렇게 빨리 나온 거야? 기간도 다 안 채우고."

"남자? 아이 참, 걔들은 그냥 영어공부 차원에서 사귄 거라니깐."

(걔들? 적어도 둘 이상이란 말이지.)

"그래, 됐다. '베드 잉글리쉬' 마스터하고 오느라 그간 고생 많았다!"

"응?"

"못 알아들어? '잠자리 영어' 통달하느라 수고했다고!"

"헤헤, 언니도 참. 그냥 엄마도 보고 싶고 언니 돈 너무 많이 쓰는 것 같아 미안하기도 하고, 그래서 좀 일찍 나온 거야."

"그나저나, 지난번 그 사람이랑은 어떻게 된 거였어? 그때 너 그렇게 가버리고 나서, 한동안 연락처 가르쳐달라고 얼마나 졸라대던지 무지 애먹었단 말야. 조만간 연락해서 한번 만나줘. 엉킨 실타래는 풀고 살아야지, 어디서 우연히 부딪히기라도 하면 그것처럼 어색한 일도 없잖아. 일단 만나서 얘기 좋게 하고 깔끔하게 끝내."

"이제 와서, 엉킨 실타래 풀어서 어쩌게. 엉킨 실타래는 버리는 게 상책이야."

참 편리도 하다. 좀 엉킨다고 해서 팍팍 버려버릴 수 있는 용기는 이쁜 것들, 가진 것들의 전유물인지도 모른다.

"그리고 언니. 다 지난 얘기지만 그 인간은 날 사랑한 게 아니었어. 와이프한테 이혼 요구하면서 나랑 같이 살던 그 두둑한 배짱을 난 사랑이라 착각했던 거야. 그리고 정말 이혼까지 하고 오길래 그 사람한텐 내가 전부일거라 믿었다구."

"근데, 아니디?"

"사실은 내가 지독한 독감으로 앓아누웠을 때, 시 새끼들한테 뭔 일 생겼다고 가서는 꼬박 사흘밤낮을 연락도 없이 안 들어왔었거든. 하기야 그때 그런 게 다행이지 뭐. 그 일이 없었더라면 얼마나 더 오래 그 인간한테 속아 살았을지 모르는 일이니까."

남자들은 어리석다. 절체절명의 상황에서 한두 번만 '너뿐이다, 너 말곤 관심 없다'는 자세를 취해두면 두고두고 이쁨 받으며 살 수 있는데, 그걸 모른다. 남자는 어리석고, 그 어리석음을 이해 못하는 여자 또한 어리석다.

"무슨 큰일이 있었겠지. 독감 정도하곤 비교도 안 되는."

"아니. 아마 애들이랑 여행 가기로 한 약속 지키느라 그랬을 거야. 그리고 설사 무슨 일이 있었다고 쳐, 그래도 그러는 게 아니잖아. 정말 사랑한다면, 사랑하는 사람 아픈 거보다 더 큰 일이 있을 순 없는 거야. 어쨌거나 그렇게 혼자 이불 덮어쓰고 누워 있자니, '이 인간은 나중에 내가 다 죽어가더라도 지 자식 결혼식에는 양복 빼입고 나가겠구나' 싶은 게, 정말 미치겠더라구."

"그건 그러네. 그 웨딩마치 울릴 때 타이밍 좋게 네 숨이 넘어가주면 그나마 그 사람 여생에 마음 아파할 건더기라도 남길 수 있겠지만, 제 할 짓 전부 다하고 왔을 때 임종할 기회까지 주면서 세상 뜨면 그야말로 죽는 너만 불쌍하겠네."

"언니도 참. 그냥 말이 그렇단 얘기지, 아무리 미인박명이라지만 그래도 그 인간보다 내가 먼저 죽어서야 쓰겠어?"

(하긴 눈꺼풀에 칼 대고 코에 보형물 넣기 전, 니 얼굴 생각하면 벽에 똥칠할 때까지 참 오래도 살겠다!)

"암튼 난, 밤새도록 기침하고 땀 흘렸던 그 침대 머리맡에다 내 눈에 씌었던 비늘 수십 장까지 같이 빼놓고 나왔어. 그랬더니 하루 만에 온 세상이 달라 보이더라."

"……."

"그리고 지금 생각해보면 내가 그때 그렇게 힘들었던 건 단순한 서운함이나 그 사람 사랑에 대한 실망감 때문이라기보다, 어쩜 견딜 수 없는 모멸감 때문이었는지도 몰라."

"모멸감?"

"응. 그때, 그 사람 행동은 마치 '니가 내 앞에서 아무리 옷을 벗고 다리를 벌려본들 난 너 같은 것보다 내 자식이 훨씬 소중하다'고 말하는 것처럼 보였거든."

그래. 남자의 무관심이나 냉대에도 굴하지 않고 꿋꿋하게 지고지순한 사랑을 펼칠 수 있는 능력은 주로 조금 덜 생긴 여자들의 몫이지.

"그래도 너 땜에 이혼까지 한 남잔데 좀 불쌍하잖니."

"불쌍하긴. 또 다른 여자 만나 시시덕거리며 잘 살겠지. 어쩌면 애들 엄마한테 싹싹 빌고 다시 처가 그늘로 들어가 있을지도 모르고."

"……."

"왜 그렇게 쳐다봐? 왜, 내가 악녀 같아 보여? 괜찮아, 난 악녀라 불리는 걸 두려워할 만큼 비겁하진 않으니까. 모름지기 악녀는 악녀다워야 한다고 했어. 어중간한 악녀는 오히려 주위사람들을 더 힘들게 만들 뿐이래. 심지어 자신까지도 불행해지고. 난 그러기 싫거든. 차라리 악녀면 악녀답게, 악녀의 자존심을 지킬 거야!"

악녀라…… 악녀의 자존심이라…….

멍하니 TV에 눈을 꽂고 달달한 와인만 연거푸 마셔댔다. 아참! 얼굴 이럴 때 술 마시면 안 좋은데. 가영이 저것 땜에 내 얼굴 상태를 그만 깜박했다.

"참, 언니."

"왜."

"언니네 병원, 왕 원장 동생 말이야."

"준 원장?"

"응. 그 사람 이혼했다 그랬었잖아."

"그래."

"재혼했어?"

"아니."

"사귀는 사람은 있대?"

"몰라."

"그 사람, 남편감으론 딱인 것 같던데."

"뭘 봐서?"

"일단, 돈 많고 의사고 순하게 생겼잖아. 와이프 말 엄청 잘 들을 스타일이던데. 내가 한번 꼬셔볼까?"

내가 가장 싫어하는 부류의 말, '꼬시면 넘어온다'는 자신감 없이는 절대 쓸 수 없는 말이다.

"니 취향 아니잖아!"

"언니, 난 이제 결혼에 취향 같은 거 안 따지기로 했어. 취향이 밥 먹여주냐? 조건이 밥 먹여주지. 그리고 따로 애인 하나 만들면 다 해결될 일을 뭐 하러 결혼하면서 따져. 조건 따지기도 바쁜 세상에."

"관둬, 바람난 와이프한테 이혼당한 불쌍한 남자야. 니가 안 그래도 충분히 딱한 인간이라구. 그 사람 말고도 조건 좋은 사람 많을 테니 딴 데 가서 알아봐!"

침대를 뺏겼다. 어느새 가영이가 내 침대 중앙을 차지하고 곯아 떨어졌다. 거울을 본다. 아무래도 하루는 더 은둔생활이 필요할 것 같다. 일요일과 월요일을 연달아 쉬는 준 원장에게 전화를 했다. 내일 진료 좀 대신 봐달라고, 대신 목요일에 나 대신 쉬라고, 그리고 조만간 너도 프락셀 한번 하는 게 어떻겠냐고.

첫경험 그리고 프러포즈

오랜만에 준 원장과 술잔을 마주했다.

"……근데, 무슨 일이세요?"

"응?"

"아까 저한테 할 얘기 있다 그러셨잖아요."

"아, 저기, 혹시 무슨 걱정거리라도 있나 해서."

"네?"

"아니, 요즘 심 원장 얼굴이 계속 까칠해서 말이야, 힘도 없어 보이고."

그럼, 지금 이렇게 날 끌고 다니며 밥 사주고 술 사주고 하는 게 다 내가 힘없고 얼굴 까칠한 이유가 궁금해서였다? 거참, 호기심 한번 왕성하네.

"아뇨. 제가 원래 가을을 좀 타잖아요. 찬바람 불기 시작하니까 좀 그러네요."

"아닌데, 작년 가을엔 싱싱했던 것 같은데. 혹시 남몰래 좋아하는 남자라도 있는 거 아냐?"

"준 원장님도 참. 남자 있으면 제가 지금 이러고 앉아 있을 리가 있나요. 금쪽같은 토요일 밤 시간을."

"아니, 그게, 그러니까…… 혼자서만 좋아하고 있는 거 아니냐구. 그 상대가 혹시…… 나라든가."

기가 찬다. 너무 썰렁해서 웃어주기도 뭐한 농담이다.

"사실 내가 이래뵈도 눈치는 좀 빠르거든. 나한테 마음 있는 거, 꽤 됐지?"

술기운에 하는 농담 치곤 눈빛이 너무 진지하다.

"왜 그렇게 생각하시는데요?"

"저기, 지난번에 내가 후배 하나 소개시켜주겠다 그랬을 때, 그때 심 원장 표정이 좀 이상했거든."

"아, 그 플라센타 같이 맞던 날이요?"

"응. 암튼 그때, 뭐랄까, 좀 슬퍼 보였다고나 할까. 남자 소개시켜주겠다는데 올드미스가 그런 반응이면 뭔가 사연이 있는 거잖아. 그리고……."

"그리구요?"

"그래서, 그날 집에 가서 곰곰이 생각해봤는데…… 왜, 여자들이 이유 없이 은근히 가시 돋친 행동을 할 땐 남자한테 관심 있단 증거잖아. 심 원장이 나한테 그러거든. 게다가 요즘 계속 옆구리 시린 표정만 짓고 있고."

이 남자 정말 심각한 도끼병이다. 뭐든 자기 나름대로 생각하고 해석하고 믿어 의심치 않는다(뭐, 이유 없이 가시 돋친 행동을 한다고? 다 나름대로 이유가 있었는데). 이럴 땐 그냥 무시하고 다른 얘기 꺼내는 게 최고다. 언뜻 지난번 민 간호사의 생뚱맞은 질문이 떠올라 리바이벌했다.

"근데, 준 원장님. 왜 이혼하셨는지 여쭤 봐도 돼요?"

술도 마셨겠다, 오늘은 좀 더 구체적인 뒷얘기를 끌어내보자(결혼 일 년 만에 마누라가 바람나서 집 나갔다는 소문은 익히 들었다. 또 그 상대가 준 원장이 각별히 아끼던 후배, 쉬즈 피부과의 차 원장이란 것도 벌써 알고 있다. 그 두 배신자가 이미 오래전 부부가 된 사실도 모르는 바 아니다. 내가 생각해도 참 악취미다).

"내 잘못이 커. 거 왜, 잡힌 물고기한텐 먹이 안 준다고 하잖아. 내가 너무 심했나 봐. 많이는 못 주더라도 적당히는 줬어야 했는데. 일 년 새 그물망을 빠져나갈 정도로 그렇게 야윌 줄 누가 알았겠어."

(그래. 하기야 식성 까다로운 물고기가 한결같은 먹이에 지겨워서, 아님 매일 듬뿍듬뿍 퍼주는 먹이 먹고 힘내서 그물 뚫고 도망쳤다는 얘기보단 그 편이 꽤나 폼은 나겠다.)

농담을 가장한 진담을 던졌다.

"혹시 잡힌 물고기는 준 원장님 아니셨어요? 이전 사모님이 낚시꾼이고. 잡아놓고 보니 맘에 안 들어서 도로 바다에 풍덩 던져버린 것 같은데."

"글쎄, 그런가? 그럼 난 그 덕에 아무런 수고 없이 다시 자유를 되찾은 거네?"

(아니지, 이 인간아. 넌 분명히 바다에 던져지는 마지막 그 순간까지도 '밥 안 줘도 좋으니 제발 이 그물 안에서 놀게 해달라'고 처절하게 부르짖고 몸부림쳤을 거야.)

한동안 부어라 마셔라 하며 술잔만 비웠다. 기분이 점점 알딸딸해진다.

"여자들은 참 이상해."

준 원장이 먼저 말을 꺼냈다.

"뭐가요?"

"맘에 들어서 같이 자고 싶다 그러면 그걸 냉큼 기분 좋게 받아들이는 경우가 잘 없거든. 일단은 튕긴다구. 심지어는 '날 어떻게 보고 그런 소릴 하냐'고 성질까지 부려대는 여자도 있다니까. 어떻게 보긴 뭘 어떻게 봐. 여자로 보니까 같이 자자 그러지. 게다가 그 진솔한 남자의 마음을 바람둥이 기질 어쩌고 하면서 매도하기 일쑤고."

이 남자가 어디서 배부르고 복 까부는 여자들만 만나고 다녔나. 한번 같이 자줄 남자가 없어서 만날 다리 사이에 베개 끼고 자는 싱글들이 얼마나 많은데. 어디 지금 나한테 그 말 한번 해봐라. 내 당장 그 소원 들어줄 테니. 그것도 파열될 날만 오매불망 기다리고 있는 처녀막이 고스란히 존재하는 신성한 공간이다(첫 경험에 대한 환상 같은 건 이미 접은 지 오래다. 나처럼 그 행위에 대한 순결함을 간직한 남자를 찾겠다고 어린 남학생들 뒤를 따라다니며 원조교제할 수는 없는 노릇 아닌가. 그리고 잘생기고 멋진 남자가 어디 여자가 없어 나한테 작업을 걸겠는가. 순결하거나 잘생기거나 멋진 남자는 다들 어리거나 예쁘거나 매력 있는 여자들 몫임을, 영리한 나는 이미 알고 있다).

그래, 그냥 한번 자버리자. 그리고 이왕 하는 거, 지가 말 꺼낼 때 기다렸노라 넙죽 받아들이는 것보다야 내가 먼저 유혹하는 편이 낫다. 절구통에 치마만 둘러놔도 목이 돌아갈 남자니까 설마하니 거부하진 않겠지.

히야, 굉장하다! 이런 걸 스위트룸이라고 부르나. 이런 방은 하룻밤 자는 데 얼마나 할까. 이 정도면 이혼남에 못생기고 안 멋진 남자라 해도 첫 경험이 그리 궁상맞게 기억되진 않을 것 같다(준 원장이 이 방을 선택한 건 나에 대한 존중이나 배려라기보다 우리나라 상위 0.1프로 안에 충분히 들어가고도 남을 그의 두둑한 지갑과 자존감 때문이란 걸 모르는 바 아니지만, 어쨌거나 나는 나의 여성적 가치가 갑자기 업그레이드 된 듯한 뿌듯함을 만끽할 수 있었다).

"우리, 한잔 더 할까?"

그가 넥타이를 풀고 와이셔츠 단추 하나를 끄르면서 물었다. 그래, 어쩌면 조금 더 취하는 게 나을지도 모르겠다. 고개를 끄덕였더니 그는 룸바에서 미니어처 위스키를 꺼내왔다. 하나 따서 내 손에 쥐어주더니, 자기도 하나 따서는 굵고 짧은 목을 있는 대로 뒤로 젖혀 꼴딱꼴딱 들이킨다. 떡하니 활명수 마시는 폼이다(이왕이면 분위기 있게 얼음 잔에 부어 오면 어디가 덧나나?). 나도 질세라 그의 흉내를 냈다. 목젖을 거쳐 목구멍을 타고 쫄쫄 내려가는 뜨거운 기운에 촌스럽게 기침이 난다. 함부로 따라할 짓은 못 되나 보다.

잠깐, 근데 어째 순서가 좀 그러네. 이런 건 보통 샤워부터 하고 나서 하얀 가운 차림으로 연출하는 장면일 텐데. ……아니지, 이 상황에서 내리치는 물줄기에 머리꼭지를 들이미는 건 위험한 짓이다. 이왕 여기까지 온 마당에 혹시 제정신이라도 돌아오면 그야말로 뻘쭘하기 짝이 없는 일 아닌가. 그냥 계속 미친 척하자. 난 오늘밤 무슨 일이 있어도 이 숫처녀라는 오명을 벗어던지는 대업을 완수해야만 한다. 그리고 내일 아침, 필름이 끊긴 척하면 그만이다.

이윽고 준 원장과 나는 하나의 성취를 위하여 '우리'라는 공동체가 되어 침대를 향했다. 그는, 약간 휘청하며 섹시하게 비틀고 눕는 나를 보더니 부리나케 셔츠랑 바지를 벗어던졌다. 그리고 러닝셔츠를 말아 올리며 침대로 기어 올라온다. 연분홍색 삼각팬티에 까만 양말을 신고서. 비록 십 초도 안 되는 짧은 순간이었지만 그의 몸매를 감상하기에는 충분하고도 남음이 있었다. 쯧쯧, 진짜 밋밋하기 그지없구먼. 근육 하나 없는 저 몸으로 여자 앞에서 불도 제대로 안 끄고 벗어재끼다니, 도대체 저 거침없는 자신감은 어디서 나오는 걸까. 그리고 그 나이 먹도록 바지보다 양말 먼저 벗는 게 이뻐 보인다는 것도 모르나. 하여간 양복 차림이나 속옷 차림이나 참 일관성 있게 폼이 안 나는 남자다.

평생을 굶어온 노처녀 주제에 바로 눈앞에 벗은 남자를 두고도 그리 동하지 않는다(내가 눈이 너무 높은 까닭일까?). 이런 내 고충을 아는지 모르는지 그는 어느새 내 옆에 모로 붙어 누웠다. 그리고 마치 뱀이 기어 다니는 듯한 손놀림으로 여기저기 더듬더니 이내 내 한쪽 어깨를 드러나게 만든다. 가만, 근데 내가 오늘 속옷을 뭘 입고 나왔더라. 이럴 줄 알았으면 야한 걸로 하나 사 입는 건데.

"저, 저기…… 불 좀……."

"왜? 난 밝은 게 좋은데."

"그럼, 이불이라도 덮고……."

"아니, 난 다 보이는 게 좋다니까."

술기운이 더해진 그의 팔 힘도 그리 만만치만은 않다. 난 필사적으로 몸을 틀었다.

"안 돼요, 절대로…… 불 안 끄면 절대로……."

아무리 호텔방의 누리끼리한 불빛이라곤 하지만 이런 일을 치르기엔 내게 너무 밝다. 실리콘 접착 브래지어와 딸기무늬 면 팬티, 그리고 들어가야 할 곳과 나와야 할 곳이 대책 없이 헷갈린 내 바디라인…… 이 지방배치도를 그대로 적나라하게 공개할 순 없는 일이다, 절대로.

마침내 준 원장이 양보했다. 그는 무슨 여자가 이렇게 힘이 세냐는 듯 고개를 절레절레 흔들더니 불을 끄기 위해 무거운 몸을 일으켰다.

그런데 일어서는 그의 연분홍 삼각팬티 옆, 사타구니 라인 쪽으로 뭔가 시꺼먼 그늘이 보인다. 눈을 가늘게 떠서 초점을 맞춰보니 너덜거리는 신문지 조각이다. 가랑이에 웬 신문지?

"……저기, 그건 뭐예요?"

그는 내 손가락이 가리키는 대로 엉거주춤 자기 아래쪽을 내려다보더니, 다리 하나를 젖혀 벌리며 사타구니를 만지작거리기 시작했다.

"응, 이거? 종기가 나서 고약 붙여놓은 거야."

"고약이요? 그걸 신문지로?"

"응. 사타구니다 보니 다른 종이는 걸어 다닐 때 따갑고 쓸

러서. 그렇다고 휴지로 하자니 허연 먼지가 흩어지고. 보드랍게 비빈 신문지가 제일이더라구."

(이왕이면 한지를 사용할 일이지. 그럼 그나마 기품 있게 보일 거 아냐.)

"내가 왜, 어릴 때 야구부 했었다고 그랬잖아. 단체기합 받으면 꼭 엉덩이를 얻어맞았거든. 그때 놀란 피가 아직도 그 부근에서 맴도는지 엉덩이나 사타구니 근처에 종기가 자주 생겨."

조금 민망했나 보다. 부풀어 올라 있던 팬티 앞부분이 고새 폭삭 꺼졌다.

"고약이 잘 듣긴 해요?"

"응. 내 경우는 고약으로 곪겨서 터뜨리는 게 최고야."

(쯧쯧, 놀란 피니 고약이니 어쩌고 하는 게 딱 한방 타입이구만. 차라리 그 계통으로 나갈 일이지.)

작아진 그가 물어왔다.

"우리, 술 좀 더 마실까?"

"그러죠, 뭐."

오줌이 마려워 눈을 떴다.

드르렁거리는 소리에 고개를 돌리니 준 원장의 비행접시 같은 얼굴이 내 코끝에 닿는다. 새벽 네 시. 셔츠 단추랑 청바지 지퍼가 그대로인 걸 보니, 결국 '우리'는 술만 주거니 받거니 하다 그대로 잠들어버렸나 보다.

돌아누워 베개에 얼굴을 파묻었다. 이젠 어쩌지. 이 남자가 깨기 전에 먼저 나가야 하나. 아님, 좀 있다 해장국이라도 같이 먹으면서 간밤에 아무 일도 없었음을 확실히 해둬야 하는 건가. ……아니다, 내 눈은 이미 그의 팬티 차림을 보았으며 그의 손은 이미 내 몸 구석구석을 더듬었다. 그의 콧김이 내 귓불과 목덜미에 닿았으며 그의 입술이 내 입술에 잠시나마 포개졌었다. 벌써 엎질러진 물이다. 여기서 후퇴할 순 없다. 그냥 어른답고 쿨하게 여기 들어온 목적은 달성하고 나가자. 오히려 그 편이 훨씬 깔끔하고 상쾌할 거다. 하룻밤 인연은 이 남자도 익숙할 텐데 뭐.

그럼, 우선 볼일부터 보고, 샤워도 좀 하고……. 무방비 상태의 남자를 위에서 덮치는 야한 상상을 하며 욕실로 향했다.

― 넌 매사가 어째 그 모양이야?

몸에 와 닿는 물줄기의 느낌 탓에, 단잠을 자고 있던 β가 정신이 든 모양이다(깜박했다. 샤워를 하는 게 아니었는데). 다짜고짜 내뱉는 첫마디가 간밤의 일을 전부 꿰뚫고 있는 눈치다. 이상하다. 술만 마시면 약 먹은 병아리처럼 비실대며 내가 뭔 짓을 해도 잘 모르더니(이젠 β도 주량이 좀 늘었나?).

― 왜 하필 준 원장이냐구. 앞으로 병원생활 불편해질 거 생각 안 해?

하긴 맞는 말이다. 하룻밤 인연으로 끝낼 수 있는 남자가 아니었다. 싫으나 좋으나 계속 볼 수밖에 없는 관계다. 아무리 필름이 끊긴 척한들 어색함은 두고두고 남을 것이다. 그래, 그냥 나가자. 그리고 엊저녁 일은 모두 술 탓으로 돌려버리자.

머리를 대충 닦고, 뽀송한 가운 대신 구겨진 셔츠를 주워 입었다.

어둠 속에서 준 원장이 헤 벌어진 입을 하고 무아지경으로 자고 있다. 누가 보면 내가 술에 약이라도 탄 줄 알겠네. 잠결에 이불을 걷어내는 그의 넓적하고 두꺼운 발이 여전히 그 까만 양말을 덮어쓴 채 숨가빠하고 있다. 양말을 벗고 자야 피곤이 풀리는 법인데. 이래저래 미안한데 양말이나 벗겨주고 가자.

"어, 심 원장?"

미련해 보이는 남자가 꽤 예민한 구석이 있다. 양말 좀 잡아당겼기로서니 잠을 깨다니.

"이리 올라와."

자다 깬 준 원장이 다짜고짜 내 팔을 잡아당긴다. 난 엉덩이를 뒤로 빼면서 버텼다.

"아, 아니, 저기요, 지금 나가려고, 어젯밤엔 술기운에 그런 거고."

"이리 와, 암말 말고."

어젯밤보다 훨씬 힘이 세어진 것 같다(아니, 내가 약해진 건가?). 벌어진 가운 사이로 보이는 그의 연분홍 팬티도 뚫어질 듯 부풀어 올라있다. '힘없는' 여자가 거부하고 발버둥쳐본들, 뭐 별수 있겠는가. 잠시 후, 나는 고분고분 알몸이 되어 있었다.

"몸에 힘 빼."

"……"

어느새…… 내 위에서…… 보름달 같은 그의 얼굴이…… 해파리처럼 부유하고 있다…….

역사는 이루어졌다.

사타구니에 고약 하나 달랑 붙인 맨몸으로 그는 곧 다시 잠들었고, 난 한참을 멍하니 누워 있었다. 아니, 무슨 생각을 한 것 같기도 한데 그게 어떤 생각이었는지 모르겠다. β도 찾아오지 않았다.

"심 원장, 그만 일어나, 밥 먹어야지."

날 깨우는 남자의 낯선 목소리. 준 원장이다! 드디어 아침이 와버렸음이다. 어써시. 잠에 취한 적 돌아누우며 이불을 뒤집어썼다. 내가 언제 잠들었지. 이럴 줄 알았으면 옷이라도 좀 챙겨 입고 잘 걸. 그나저나 지금부턴 표정관리에 만전을 기해야 한다. 술자리나 잠자리나 오십보백보인 듯 담담하고 쿨하게 굴어야 한다. 세련된 현대여성으로 행동해야 한다.

나는 일단 두어 차례 크게 심호흡을 했다. 그런 다음, 태연스레 하품을 하며 이불 밖으로 얼굴을 쏘옥 내밀었다. 날 내려다보고 있던 준 원장의 퉁퉁 부은 얼굴이 클로즈업되어 눈에 들어온다.

"어서 일어나. 자더라도 일단 밥은 먹고 자야지, 한 끼 굶어버리면 그건 평생 못 찾아 먹는다구."

벌써 룸서비스까지 시켜놓았단다. 그가 가져다주는 가운을 걸치며 침대에서 일어났다. 가만, 팬티가 어디 갔지. 분명히 여기다 쌍박아 뒀었는데. 베개를 이리저리 들추며 딸기무늬 면 팬티를 찾고 있는데, 등 뒤에서 준 원장의 굵은 목소리가 마치 사래라도 걸린 듯 갈라졌다.

"어, 심 원장! 혹시 처음이었어?"

"네?"

돌아보니, 마치 사팔뜨기처럼 몰린 준 원장의 두 눈이 침대시트 중앙으로 꽂혀 있다. ……! ……붉은 장미가 만발해 있는 시트…….

"아, 아뇨! 그럴 리가요. 새, 생리 시작하나 보죠, 뭐."

이 나이에 처음이라 말하는 건 내가 얼마나 매력 없는 여자인지 광고하는 일이다.

"그래? 난 또 천연기념물인 줄 알고 하마터면 감동받을 뻔했네. 난 한 번도 처녀막을 뚫어본 적이 없어서 말이야."

둘러대길 잘했다. 혹시라도 감동받고 책임지겠노라 들러붙으면 골치 아플 일 아닌가.

침실을 나와 커다란 테이블이 놓인 공간으로 들어섰다. 미역국이랑 사골우거지탕이 놓인 토속적인 밥상. 이 분위기 있는 스위트룸에서 이런 메뉴를 고르다니(누가 애 낳았나. 미역국을 시키게). 그래도 그냥 감사히 먹자. 솔직히 지금 내 뱃속 상태를 고려하면 국이나 탕이 정답일지도 모른다. 그래, 난 해장국이 필요한 한국인이 아닌가.

"뭐 먹을래? 먹고 싶은 걸로 먹어."

"미역국이요."

방금 빨갛게 물든 침대시트를 보고 온 까닭인지 자꾸만 아랫도리에 신경이 쓰인다. 나는 미역국이 놓인 쪽으로 얌전히 엉덩이를 붙였다.

"우리, 결혼해버릴까?"

미역국에 말은 밥을 열심히 퍼먹고 있던 내 귀에 갑자기 징소리가 울렸다.

……결혼?

지금 이 남자가 나한테 프러포즈를?

하룻밤 잤다고 결혼?

아니면, 병원에서 껄끄러워질까봐 내친김에 결혼?

에이, 설마…….

혹시…… 지난밤, 나의 타고난 색기에 홀리기라도 했나?(내 은밀한 부위가 보기 드문 명기였다거나, 뭐 그런…….)

그것도 아님, 어쩌면 혹시 날 좋아하고 있었던 걸까?

나는 일부러 헛기침을 했다.

"왜 갑자기 이상한 농담을 하고 그래요. 하마터면 밥알 튀어나올 뻔했네. 왜요, 속궁합이 잘 맞는 것 같아서?"

"허허, 심 원장도 참. 글쎄, 뭐랄까, 같이 있으면 그냥 편하다고 해야 되나?"

"……?"

"심 원장이라면 무난할 것 같은데. 살면서 한눈팔 일도 없을 것 같고."

어쩐지! 그러니까 이번엔 예쁘지도 매력적이지도 않은, 그래서 딴 남자들이 집적댈 염려가 없는 나 같은 여자를 마누라로 삼고 싶다? 사랑한다 어쩐다 해도 생각해볼까 말까 한데. 내 참, 지나치게 솔직한 남자다.

"혹시 〈가족의 탄생〉이란 영화 봤어?"

"아뇨."

"가족이란 거, 그거 별거 아냐, 같이 살다 보면 가족이 되는 거지. 아마 사랑이나 핏줄보다 훨씬 더 큰 역할을 하는 게 인연일 거야."

"그럼 나하고 어떤 인연이라도 있는 것 같단 말이에요?"

"그야 모르지. 혹시 알아? 내가 실연의 아픔으로 줄담배를 피워댄 바로 그 벤치에서 심 원장이 첫 키스를 했을지?"

에그, 좀 그럴듯한 예를 들 일이지.

앗! 그러고 보니, 얼떨결에 첫 키스 상대도 간밤에 이 남자가 돼버렸다! 인턴시절, 그 아쉬웠던 여름날 밤, 그 선배가 내 입술을 살짝 스치고 지나긴 했어도 '키스' 라는 단어에 걸맞은 농도는 아니었던 것 같다. 왠지 억울하고 무지 손해 본 듯한 느낌에 갑자기 콧김이 뜨거워지면서 한숨까지 새어나온다.

나도 모르게 신경질적으로 쏘아붙였다.

"자고로, 수많은 우연이 맞아떨어져야 필연이 되는 거고, 그 필연이 모이고 겹치고 쌓여야 비로소 인연이란 게 만들어지는 거래요. 인연이라는 그 귀한 단어를 그렇게 발칙하게 사용하면 안 되죠!"

"그게 그러니까, 하여간 생각하기 나름이야. 어찌 보면 우리 관계도 거듭된 우연과 반복된 필연의 소산물일 수 있다구. 생각해봐, 이 넓은 지구 위에서 하필 같은 병원에 있게 된 우연을, 그리고 지금 이렇게 한 방에서 같이 밥 먹고 있는 필연을!"

"……."

"얼마나 좋아? 이제 말끝마다 꼬박꼬박 시옷(ㅅ)자 안 넣고 편하게 얘기하니."

하긴 그러고 보니 엊저녁까지만 해도 '제가' 어쩌고 하면서 꽤나 깍듯이 경어를 써왔던 것 같다.

남들은 하룻밤에 만리장성을 쌓는다는데, 이 남자와 나는 그저 시옷자를 생략하는 사이가 되어버렸다.

속고 싶은 거짓말, 속기 싫은 거짓말

가을이 지나고 어느새 겨울이 왔다. 올해도
한 달이 채 안 남았다.

그간 비디오가게를 수없이 드나들었다. 〈가족의 탄생〉을 빌려봤다. 〈러브 액츄얼리〉도 빌려 봤다. 〈내 생애 가장 아름다운 일주일〉도 빌려 봤다. 그 외에도 사랑이나 결혼에 관련된 내용을 두루 섭렵했다(물론 그 속에는 에로 비디오도 몇 편 꼽사리 끼어 있었다).

사랑에 대해서, 인연에 대해서, 결혼에 대해서, 많은 생각을 했다. 그리고 '내 팔자에 사랑이란 단어가 들어 있다면 그건 아마 짝사랑이나 외사랑일 것이며, 고로 내 삶에서 결혼이라는 현실이 사랑이라는 환상과 연결될 가능성은 극히 희박하다'는 우울한 결론을 내렸다. 어쩌면 ―내 팔자를 고려한다면― 준 원장의 프러포즈를 받아들이는 것도 그다지 나쁘진 않을 것 같다.

"심 원장, 우리 얘기 좀 하자."

퇴근하려는 나를 준 원장이 붙잡는다. 그래, 그 성격에 한 달 반이면 정말 많이 참은 거다. 그동안 내 눈치 보느라 꽤 조신하게 굴었던 거 인정한다. 빈말이라도 사랑한단 말 한마디 없는 프러포즈를 받아들인다는 게 좀 찜찜하긴 하지만, 그냥 이쯤에서 대답해주자. 솔직히 사랑이 뭐 별건가. 엄마 말대로 돈 있으면 없던 사랑도 생길지 알 게 뭐야. 내 나이 서른여섯임을 감안하면 조건이 뭐 그리 나쁜 것만도 아니다.

이혼 경력이 있긴 하지만 딸린 애가 있는 것도 아니고, 가진 것도 많다. 무지 주책없긴 해도 나쁜 성격은 아니고 그만하면 인간성도 괜찮다. 또 상당히 못생기긴 했어도 덕분에 같이 다닐 때 화장에 신경 안 써도 될 테고, 굽 높은 구두도 신을 필요 없어 좋다(단지 2세가 어떻게 나올지 그건 심히 걱정된다). 그냥 이 남자 말대로 무난하게 정들며 사는 게, 죽고 못 살던 사랑이 식어가는 걸 느끼며 사는 것보다 훨 나을지도 모르는 일이다. 이왕이면 기분 좋게, 흔쾌히, 결혼하겠다고 얘기해주자. 그래도 나를 침대에서 여자로 만들어준 유일한 남자고, 결혼하잔 얘길 꺼내준 둘도 없는 남자가 아닌가.

줄담배를 피워대는 폼이 꽤 긴장한 것 같다. 거, 되게 뜸들이네. 밥도 먹었겠다, 술도 마셨겠다, 이쯤에서 결혼 얘길 한 번 더 꺼내주면 좋을 텐데. 아니 어쩌면 아까부터 내 대답만 하염없이 기다리고 있는 건지도 모른다. 그래, 그렇다면······.

"저······."

막 말을 하려는 찰나에 준 원장이 낮은 목소리로 나를 불렀다.

"······심 원장."

"네!"

나는 반갑게 대답했다. 그는 담배연기를 다시 한 번 길게 내뿜더니 다 기어들어가는 목소리로 뜨문뜨문 힘겹게 운을 뗐다.

"저기, 나, 아무래도 가영 씨랑…… 결, 혼, 해야 할 것 같아."

(가영이? 내 동생? 아니, 내가 뭘 잘못 들었나?)

"네?"

"가영 씨가, 임신을, 해버려서……."

갑자기 어디선가 꽹과리 소리가 들려온다.

"뭐, 뭐라고요?"

(임신이라면, 같이 잤단 얘기잖아. 언제, 도대체 언제?)

"지난번 학회 땜에 심 원장이 자리 비웠던 날 말야. 진료 마쳐갈 때쯤 가영 씨가 왔었는데……."

그래, 그때 나 대신 준 원장한테 IPL 치료받고 근사한 저녁에 비싼 술까지 얻어먹었단 얘긴 가영이한테 들었다. 처제 될지도 모르는 사람한테 점수 따느라 그런 줄 알고 내심 갸륵하게 생각했었다. 근데…… 그날, 둘이서 사고를 쳤다고? 다른 사람도 아닌 내 동생이랑? 나한테 프러포즈한 지 일주일 만에? 아니, 백만 번 양보해서 술기운에 그럴 수도 있다 치자. 그렇지만 그 하룻밤 때문에 생긴 아이의 아빠가 되겠다고? 아니지, 어쩌면 하룻밤이 아닐 수도 있겠다.

나도 모르게 세상에서 가장 유치한 질문이 튀어나왔다.

"그래서 그동안 몇 번이나 같이 잔 건데요?"

"……그날, 딱 한 번뿐이야."

다행이다. 그나마 덜 비참해질 수 있는 답변을 해줘서.

"정말 실수였어."

같이 잔 게 실수라고 하는 건지 임신시킨 게 실수라고 하는 건지 알 수가 없다.

"……."

"사실은 나도 좀 혼란스러워. 분명히 밖에다 했거든."

(병신! 그러게 콘돔 좀 들고 다닐 일이지, 이 준비성 없는 인간아!)

아무리 완벽하게 질외사정을 한다 하더라도 중간 중간 멋대로 새어나오는 쿠퍼액까지 어쩔 순 없는 일이다. 가끔 억세게 운 나쁘면 그 안에 섞여 나온 정자 한두 마리가 사고를 칠 수도 있는 노릇 아닌가.

"가영이는 나하고 있었던 일, 알아요?"

"응, 얘기했어."

(언제? 자기 전에? 자고 나서? 아님, 임신 사실 알고 나서?)

"그날 술김에 그러고는 어떻게 수습해야 하나 머리를 싸매고 있던 차에, 한 사흘 후였나? 가영 씨가 한 번 더 찾아왔었는데, 그때 얘기했던 것 같아."

그러니까, '난 너랑 자기 전에 니 언니랑 이미 잤고 벌써 프러포즈까지 해버린 상태. 미안하지만 엊그제 일은 잊어 달라, 잘못했다, 내가 죽일 놈이다. 그리고 제발 부탁이니 니 언니한텐 비밀로 해 달라.' 뭐, 이런 얘기?

"그 후론 아무 말이 없기에 그냥 덮어진 줄 알았지. 근데 지난주에 임신했다고 다시 연락이 와서……."

히! 그럼, 그렇게 덮어졌으면 나랑 결혼해서도 아무 일 없었다는 듯 '형부', '처제' 하면서 그 일을 둘만의 추억으로 간직

할 작정이었냐? 나쁜 놈! 차라리 솔직해져라. 나보다 열 배는 더 예쁘고 오백 일이나 더 젊은 여자를 보니까 욕심이 났던 거겠지. 견물생심이잖아. 아님 남자 경험 풍부한 그 기집애의 화려한 테크닉에 홀렸거나. 암튼 가영이랑 사고 치고 나선, 나하고 잤던 거며 청혼해버린 거며 몽땅 후회하고 지내다가, 임신했다니까 얼씨구나 하고 프러포즈 취소하고 있는 거잖아. 책임감 있는 남자가 되겠단 명분이 생겼으니 얼마나 다행한 일이야?

"심 원장."

"……"

"지금, 속으로 잘됐다고 생각하고 있지?"

"……?"

"기절히고 어찌고 할 껄끄러운 일이 사라졌으니 시원할 거야, 그치?"

"……?"

"가영 씨한테 다 들었어. 심 원장이 세상에서 제일 밥맛으로 생각하는 게 나 같은 남자라며?"

"……!"

하, 내 참, 고놈의 기집애!

머리도 나쁜 주제에 그런 말은 뭐 하러 여태 안 까먹고. ……그러니까, '어차피 언니는 조만간 당신 청혼을 거절할 거다. 그러니 언니한테 미안해할 필요는 없다. 나하고 결혼해서 애 낳고 잘 살자!' 뭐, 이런 얘길 했단 말이지. 갑자기 압력밥

솥의 거센 증기가 내 두 귀와 두 콧구멍에서 뿜어져 나오는 것만 같다. 생각할수록 괘씸하기 짝이 없다. 나쁜 건 준 원장이라기보다 가영이 고것이다.

그래, 처음엔 몰라서 한번 같이 잤다고 치자. 원래 남자 밝히는 건 자타가 공인하는 바니까(필시 고것이 먼저 꼬리를 쳤을 거야). 그런데 지 언니한테 이미 청혼 상태인 남잔 줄 알고도 임신했다고 다시 연락을 해? 예전엔 혼자서 잘도 지우더니만(또, 허구한 날 외박하길 밥 먹듯 하면서 그 애가 진짜 준 원장 앤지는 어떻게 알아?). 게다가 입 싸게 고자질까지 하면서 결혼 합의를 받아내? 언젠가 준 원장이 남편감으론 딱이니 뭐니 하면서 눈독들이더니, 이게 정말 작정하고 일 저지른 거 아냐? 그동안 통 연락이 없었던 이유를 알 것 같다. 나쁜 년!

하긴, 어릴 적부터 욕심이 많았고 제 마음에 드는 건 뭐든 손에 넣어야 하는 성격이다. 애 딸린 유부남한테 이혼 재촉하면서 동거했던 기집애다. 그리고 결국 이혼까지 시켰던 기집애다. 그런데 이미 지 형부가 된 것도 아닌데, 프러포즈 상태니 뭐니 그런 게 무슨 대수였겠는가. 차라리 다행이라 생각하자. 그래도 남편을 뺏긴 건 아니니 말이다.

"암튼 미안해. 하필 심 원장 동생이랑 이렇게 돼버려서."

콘돔 없이 한 건 마찬가진데 임신은 가영이만 한 걸 보면 준 원장이 그토록 중요하게 생각하는 그 인연은 아마 가영이였나 보다.

"뭘요. 참, 요즘은 사타구니에 종기 안 나요?"

애써 깔깔거리며 웃었다. 내게 있어 하룻밤 섹스 정도야 흔하디흔한 일인 듯, 미역국과 사골우거지탕을 나눠 먹은 일 따위는 벌써 기억 저편에 가물가물 묻혀버린 듯.

최대한 서둘러 식을 올릴 거라는 그의 말에 축하한다고, 잘 살라고, 그리고 그 애가 딸이라면 부디 아빠 닮는 일은 없길 바란다고, 좋게좋게 얘기하면서 따라주는 족족 받아 마시고 또 받아 마셨다. 그리고 일어섰다. 시계를 보니 열 시가 넘었다. 엄마 집으로 향한다. 일단 가영이 얼굴을 좀 봐야 할 것 같다.

집 앞이다. 그런데 들어가기가 싫다. 가영이 휴대폰으로 전화를 했다.

"너, 잠깐 나올래?"

이내 문이 열리고 가영이가 나왔다.

"언니, 추운데 왜 들어오지 않고. 안 그래도 기다리고 있었어, 왠지 올 거 같았거든."

참하게 찰랑거리는 머리를 귀 뒤로 넘기며 너무나 자연스레, 태연스레 나를 반긴다(인순이 머리는 언제 풀었지?). ……분명 무슨 할 말이 있었던 것 같은데 말이 안 나온다.

"오뎅이나 한 그릇 먹으러 가자."

길 건너 포장마차로 갔다. 가영이가 먼저 말을 꺼냈다.

"성준 씨한테 얘기 다 들었지?"

(뭐, 성준 씨? 그래, 그렇지. 니네 둘, 그런 사이였지.)

"그래. 사실 준 원장 땜에 어찌나 불편하던지 다른 병원 알아보고 있던 참이었는데. 고맙다, 니 덕에 병원 옮길 필요 없어져서."

거짓말은 나도 꽤 잘한다.

"근데 어떻게 된 거야? 너 그때 준 원장한테 술 얻어먹었단 얘긴 하면서 같이 잤단 얘긴 왜 빠뜨려?"

"남자랑 자면 언니한테 일일이 다 보고해야 돼?"

"아니, 그게 그런 말이 아니라, 임신에다 결혼 얘기까지 주고받으면서 그동안 왜 나한텐 한마디도 없었던 거냐구. 진작 얘기해줬으면 좋았잖아."

(그러고 보면 나도 준 원장하고의 일은 아무에게도 말한 적이 없다.)

"성준 씨가 당분간 얘기하지 말래서……."

"……?"

"사실은 그날, 섹스 끝나고 나서 언니 얘길 하더라. 어쩌다 결혼하자 해버렸는데 아무래도 실수한 것 같다고."

실수? 이번엔 프러포즈가 실수라고? 그만 뚜껑이 열린다.

나쁜 자식! 개자식! 썩을 놈!

잠깐, 아니지, 이건 어디까지나 순전히 이 기집애 말일 수도 있다. 비록 사랑한단 말은 없었지만, 그때 준 원장 눈빛은 그 어느 때보다도 진지했었다. 입에 물고 있던 오뎅을 다시 애매하게 씹으며 조용히 뚜껑을 닫았다.

"다행히 언니도 별 생각이 없는 것 같긴 한데, 그래도 일단 언니랑 완전히 정리될 때까지 당분간 우리 얘긴 비밀로 하자면서……."

가영이가 특히 힘주어 말한 '다행히'라는 한마디에 내 귓속 달팽이관이 경련을 일으켰다. 요것이 지금, 내 앞에서 보인 그 남자의 행동은 모두 실수에 위선이며, 제 앞에서 보인 그 남자의 행동은 더할 나위 없는 진실이라 얘기하고 있다. 그리고 내가 별 생각 없어 보이더라는 그의 말을 마치 면죄부라도 되는 양 옆구리에 알뜰살뜰 끼고 있다.

나는 또 한 번, 세상에서 가장 유치한 질문을 던져버리고 말았다.

"그래서, 그동안 몇 번이나 같이 잔거야?"

"글쎄……."

(뭐? '글쎄'라고?)

어떤 놈이 이떤 거짓말을 했는지, 어떤 년이 어떤 사기를 치는지, 또 내가 누구한테 얼마나 속고 있는지…… 도대체 알 수가 없다. 삼자대면을 해본들 비참해지는 건 나뿐이다. 단 하나 확실한 건, 그동안 내가 쓸데없는 고민으로 두 달째 밤잠을 설쳐왔다는 사실이다.

"엄마한텐 얘기했어?"

"아니, 아직. 일단 언니가 먼저 알아야 할 것 같아서."

"그래, 그럼 이제 얘기하면 되겠네. 가능하면 나하고 준 원장 사이에 있었던 얘기는 빼라."

"언니두 참, 내가 어린애야? 엄마한테 그런 말까지 하게."

괜한 말을 했다. 아마 얘기하지 말라는 그 말까지 그대로 전할 텐데·······.

— 일요일

 눈을 뜨니 오후 두 시(어젯밤, 꼬박 뜬눈으로 밤을 새고 아침에 해 뜨는 거 보고도 한참이 지나서야 겨우 잠들었던 것 같다). 엊저녁, 줄담배를 피워대던 준 원장의 옆얼굴이 떠오른다. 포장마차에서 생글거리던 가영이 얼굴도 내 동공을 어지럽힌다. 내가 혹시 꿈을 꾼 걸까? 아니다, 그건 현실이었다. 준 원장의 말이, 가영이의 말이, 엉망으로 뒤섞여 끊임없이 내 귓가를 맴돈다. 배도 안 고프다. 한두 시간을 더 그렇게 누워 있었다.

 엄마한테서 전화가 왔다. 꽤나 들뜬 목소리다. 준 원장이 어떤 사람인지, 괜찮은 남잔지, 이것저것 물어온다. 엄마가 듣고 싶어 할 말만 적당히 해주고는 전화를 끊었다.

 잘못했다. 그날, 준 원장이 프러포즈했을 때 그냥 그 자리에서 오케이 해버릴걸. 아니, 일주일 안에만 대답해줬어도 이런 불상사는 없었을지 모르는데. 놓친 물고기는 커 보인다 했던가. 그보다 더 커 보이는 건 아마 '뺏긴' 물고기일 것이다. 박탈감이 자아내는 아쉬움의 무게에 하루종일 몸살을 앓았다.

— 월요일

 힘들게 출근 준비를 한다. 이렇게 일 나가기 싫은 것도 아마 처음이지 싶다(아직은 그 인간 앞에서 웃어줄 기분이 아닌데). 거울을 본다. 방금 세수를 하고 미끈미끈한 로션으로 도배까지 했는데도 얼굴이 영 푸석푸석하다. 립스틱이라도 진하게 발라볼까. 쥐 잡아먹은 고양이처럼 새빨갛게 칠해놓고 보니, 어째 입술만 둥둥 떠 보인다. 안 되겠다, 눈 화장도 좀 해야지. 아이라이너를 막 꺼내드는데 그제야 깜박깜박 후두부에 들어오는 형광등. 그렇다. 오늘은 준 원장이 쉬는 요일이었다. 아이라이너를 놓고, 티슈로 다시 입술을 쓱쓱 문질러 닦아버렸다. 그리고 새집 같은 머리에 플라스틱 브러시로 박박 빗질만 해댔다.

— 화요일

사흘 만에 보는 준 원장. 왠지 낯설다(이 남자와 내가, 정말 같이 자긴 잤었나?). 내 하나뿐인 귀한 동생, 아무쪼록 많이 사랑해주라고 너스레를 떨어본다.

— 수요일

현주에게서 전화가 왔다. 결혼을 한단다. 그것도 바로 열흘 후에!
기집애, 얼마 전까지만 해도 독신생활의 장점이 어쩌고 하면서 떠들어대더니만. 뭐, 선본 지 한 달 만에 벌써 결혼이라고?

— 목요일

그날, 내 위에서 거친 숨을 몰아쉬던 준 원장의 얼굴이 자꾸 아른거린다. 내 다리 사이를 사정없이 찔러대던 남자. 그 단단

했던 느낌이, 그 기억이, 하루종일 나를 괴롭힌다.

……준 원장과 내가 뒹군다.

……가영이와 준 원장이 뒹군다.

……가영이와 준 원장과 내가 동시에 뒹군다.

집에 누워 있자니 별별 오만생각이 다 든다. 침대머리에 걸터앉은 β의 잔소리도, 충고도, 위로도 다 귀찮고 성가시기만 하다.

밖으로 나왔다. 그리고 무작정 걸었다. 삼성동. 다리 아픈 줄도 모르고 어느새 지하철 두세 구간 거리를 걸어와 버렸다. 길 건너, 요가학원이라 쓰여 있는 곳으로 들어가 본다. 내가 좋아하는 연예인들 사진이 줄줄이 걸려 있다. 내친김에 등록을 해버렸다.

— 금요일

아무래도 어젠 너무 많이 걸었나 보다. 하루종일 그 후유증에 시달렸다.

— 토요일

점심때 시켜 먹은 회비빔밥에 배탈이 났다(같이 먹은 준 원장은 괜찮다는데).

오후 내내 화장실을 들락거렸다.

외로움이란 스스로를 고독에 빠지도록 하는 것이 아니라
언제나 한테두리 안에서 벗어나지 못하는 자아이다

만남

Encounter

우문우답

— 일요일

요가교실에 왔다. 이미 포기한 지 오래인 몸매를 다시 어찌해 볼 생각은 아니다. '마음을 다스리기 위해서, 정신수양을 하기 위해서'라는 좀 더 고차원적인 이유를 안고 나는 이곳에 왔다. 일체유심조라고 했던가. 그렇다, 모든 건 마음먹기에 달렸다.

요가를 마치고 나오는 길에 근처 던킨도너츠로 들어왔다. 하얀 가루설탕을 뒤집어쓴, 새알 같은 먼치킨 도넛 몇 개랑 초콜릿이 듬뿍 발린 링 도넛, 그리고 커피 한 잔을 앞에 둔 이 푸근한 간식 타임. 그래, 나한테도 이런 행복은 있었지!

도넛을 한입 크게 베어 무는데, 누가 내 테이블에 주스 한 잔을 올린다.

"같이 앉아도 되죠?"

어디서 본 듯한 얼굴. 누구더라. 일단은 고개를 끄덕였다. 여자는 손에 들었던 윗옷과 핸드백을 옆 의자에 내려놓으며 내 앞자리에 매끈하게 걸터앉았다. 봉긋한 가슴에서 잘록한 허리를 지나 엉덩이와 허벅지에 이르는 굴곡이 그대로 드러나는 타이트한 니트 원피스 차림, 한마디로 섹시함이 물씬 풍긴다. 여자인 내가 이렇게 느낄 정도면 남자들은 어떨까. 아마 허리 아래 자율신경이 요동을 치겠지.

붙임성이 꽤 좋다. 아까 요가교실에서 딱 한 번 봤을 뿐인데 마치 아주 친한 친구 대하듯 한다. 삼십 분도 채 안 돼, 그녀의 신상파악이 끝났다. 이름은 최정윤, 나이는 서른일곱(나보다 네댓 살 아랜 줄 알았더니 오히려 한 살 위다. 도대체 어떻게 관리했길래). 몇 년 전에 이혼했고, 수입 인테리어 가구점을 하고 있단다. 자연스런 속 쌍꺼풀이 예쁘고 마늘쪽 같은 코에 도톰한 입술이 육감적이다. 짧은 커트머리 밑으로 살짝 드러나는 하얀 목선이 아름답다.

그녀도 내가 마음에 들었나 보다. 나보고 친구하잔다. 그러자고 했다. 친구 된 기념으로 저녁을 같이 먹잔다. 좋다고 했다. 뭐가 먹고 싶냔다. 스테이크, 라고 대답했다.

잠깐 들를 데가 있다는 그녀가 먼저 일어섰다. 시간이 남아도는 난, 다 식은 커피를 홀짝거리며 삼사십 분 정도 더 앉아 있다가 약속장소로 향했다.

오늘따라 차가 왜 이리 안 막히는 거지. 너무 일찍 도착해버렸다. 잠시 근처를 배회하다가 바람이 차가워서 이내 레스토랑 안으로 들어왔다. 그리고 한참을 기다렸다. 드디어 저쪽에서 그녀가 들어오는 게 보인다. 나도 모르게 번쩍 손을 들었다. 마치 몇 년 만에 만나는 반가운 친구라도 되는 양. 그녀는 상큼한 미소로, 앉아 있던 뭇 남성들의 눈동자를 교란시키며 사뿐사뿐 내게 다가왔다. 예쁜 여자를 보는 건 남자의 권리이자 의무라 했던가. 내가 이 정도 시선을 끌려면 아마 미니스커트에 배꼽티 입고 머리라도 빡빡 밀어야 하리라.

"많이 기다렸어?"

"아뇨, 별루."

"아까 말 놓기로 하고선 또 그런다!"

(아참, 그랬었지.)

메뉴판을 뒤적인다.

"자긴 뭐 먹을래?"

(자기? 기분 좋은 울림이다.)

"그냥 언니가 알아서 시켜줘."

"그럼 자긴 샤또브리앙 먹어. 그거 잘한다고 소문난 집이니까. 참, 여기 양송이스프도 일품이야. 그리고 난…… 오늘은 스파게티가 먹고 싶네."

주문한 음식을 기다리며 그녀가 물어왔다.

"자기, 혹시 무슨 고민 있어?"

"응?"

"사실은, 아까 요가교실에서 말야. 자기 표정이 꼭 도 닦는 사람 같았거든."

"그냥 노처녀 스트레스지, 뭐."

별일 없다는 듯 씩씩하게 대답했다.

"사귀는 남자 없어?"

"응, 언니는?"

"만나는 사람이야 있지."

그래, 당연한 일이다. 세상 남자들이 이런 여자를 가만 놔둘 리가 없지.

잠시 후, 테이블 위를 장식한 양송이스프와 마늘빵 그리고 샐러드. 근사한 분위기 탓인지 예쁜 그릇 탓인지 무지 맛있다. 섭시를 싹싹 비워살 때쯤 느디어 주 요리노 나왔다. 샤또…… 뭐라더라? 아무튼 소 한 마리당 2인분밖에 안 나온다는 그 안

심 중의 안심으로 만든 스테이크를 큼지막하게 한입 썰어 먹는다. 입 속에서 살살 녹는 게 정말 끝내준다(그러고 보니 지난 한 주간 먹는 게 영 부실했었다).

"그나저나 하나님은 안 먹어도 살 수 있게 생명체를 만들 순 없었을까? 그럼 다들 평화롭게 살 텐데."

그녀가 불쑥 고차원적인 얘기를 꺼낸다(난 이런 대화에 약한데).

잠깐 고민하다가 간단히 대답했다.

"우리가 연료 없이 움직이는 차를 못 만드는 거랑 똑같겠지, 뭐."

크림스파게티 면발을 포크로 똘똘 말면서 그녀가 다시 말했다.

"왜 다들 남의 살을 먹고 살아야 하는지 몰라."

(남의 살?)

그러고 보니, 난 지금 '소의 살'을 먹고 있다. 양손에 삼지창과 칼을 쥐고 열심히 썰어재끼는 내 모습이 갑자기 야만인처럼 느껴진다. 스파게티를 시킨 그녀는 혹시 채식주의자인가.

그녀가 말을 이었다.

"잡식이나 육식동물은 물론이고, 초식동물들도 풀잎사귀의 '살'을 먹잖아. 또 곤충 잡아먹는 식물도 있다 그러고. 차라리 살아가는 동안 필요한 모든 영양소를 몸속에 미리 저장해주면 좀 좋아. 전지전능하신 하나님이 그 정도도 못하실 리 없을 텐데. 그러면 서로 먹고 먹히는 일도 없을 테고, 허기지는 일 없이 다들 평생 여유롭게 살 수 있을 거 아냐."

"……."

"그리고, 모든 생명체들이 한평생 먹는 데 소비하는 시간이 대체 얼마나 되는 줄 알아?"

"그럼, 먹는 만큼 싸야 할 테니 볼일 보는 시간도 거기 포함시켜야겠네?"

(나도 참, 밥 먹으면서 무슨 말을 하고 있는 건지 모르겠다.)

나는 말을 이었다.

"근데, 먹는 게 없으면 대체 무슨 낙으로 살아? 게다가 언니 말대로라면 온 세상이 무덤천지가 되게? 지구 환경보존을 위해서라도 서로 먹어줘야 하는 거 아냐?"

"수명 다됐을 때 연기처럼 사라지게 만들면 그 문제는 해결되잖이."

"아마 하나님한테도 그 작업은 어려웠겠지."

"아니면, 생명이 끝난 개체만 먹이로 취할 수 있도록 어떤 룰을 만들어놓든지."

"언니도 참, 언제 어디서 어떤 놈이 자빠질 줄 알고 기다리고 있겠어. 감나무 밑에서 입 벌리고 있는 게 차라리 낫지. 그리고 태어나서 좀 살다가 다른 생명 위해서 살신성인하는 것도 그리 나쁘진 않잖아. 잡아먹힐 때 좀 무섭기야 하겠지만. 그래도 이만하면 창조주가 참 잘 만들어 놓은 편이야. 쇼크 상태에 빠지면 아픔을 거의 못 느낀다니까. 그것만 해도 축복이지, 뭐."

"자긴, 사자 우리에 들어가서도 그런 말 나오겠어?"

"그런 소리 할 여유가 어딨어? 도망치기도 바쁠 텐데."

"이담에 '내셔널 지오그래픽' 볼 일 있으면 포식자 입장에서만 보지 말고 먹이 입장에서 한번 봐봐. 살아남는 일이 얼마나 처절한지."

"알았어, 그래볼게. 그건 그렇고 이 스테이크, 정말 연하고 맛있는데. 어때, 한입 먹어볼래?"

"됐어, 자기나 많이 먹어!"

그녀는 모태신앙이라고 했다. 대학시절까진 꽤나 착실히 교회를 다녔단다. 그러다 올해로 십수 년째 길 잃은 양으로 살고 있단다.

식사를 끝내고 그녀가 즐겨 찾는다는 와인바로 자리를 옮겼다. 깔끔하고 은은하고 향긋한 분위기. 그녀와 잘 어울리는 곳이다.

와인을 앞에 두고 그녀는 또 다른 주제를 풀어놓기 시작했다.

"에덴동산에서 말야, 잘못한 건 아담이랑 하와랑 뱀뿐인데 왜 다른 동물들까지 똑같이 벌을 받아야 했을까? 먹을 것 구하느라 고생하고 새끼 낳느라 아파하는 게 비단 사람만은 아니잖아."

"하긴, 배로 기어 다니는 것도 뱀뿐은 아니네. 지렁이도 있고 달팽이도 있고. 그런데 언니, 오늘 왜 자꾸 가만있는 하나님한테 트집 잡고 그래? 혹시 생리중이야?"

내 말엔 대꾸도 않고 그녀는 하던 말을 이었다.

"……그리고, 그 원죄라는 것 때문에 다시 흙으로 돌아가라는 형벌까지 줬으면 사는 동안만이라도 아플 일이 없도록 해주면 좀 좋아."

"그럼 우리 의사들은 뭐 먹고 살게? 공장에서 똑같이 찍어내는 장난감 로봇에도 불량품은 있기 마련이고, 또 아무리 잘 만들었어도 시간이 지나면 여기저기 고장 나기 마련이야. 똑같은 거 아냐?"

갈수록 우문우답이다.

"가재나 게들은 다리 하나 다치면 스스로 그 다리를 뽑아버린다고 하잖아. 그럼 그 자리에서 다리가 새로 올라온다며? 다른 생명체도 그렇게 만들 순 없었을까?"

"언니, 겨드랑이나 다리 털 뽑아봤지? 그거, 암만 뽑아도 며칠만 지나면 간질거리면서 새로 올라오잖아. 그리고 상처가 나더라도 금세 새살이 차오르고. 다 정도의 차일거야. 게다가 사람이 손가락 다쳤다고 그 손가락 뽑아버리는 거 한번 상상해봐, 오히려 끔찍하지 않아?"

이번엔 내가 생각해도 꽤 만족스런 대답을 한 것 같다. 와인잔을 다시 채웠다. 그녀는 내가 따라준 와인으로 도톰한 입술을 촉촉이 적시더니 다시 조용히 입을 열었다.

"하나님은 그리 공평하신 분이 아닌 것 같아. 예수님 보내서 인간에게 죄 사함의 기회를 부여했다곤 하지만 그 시절에 예수님이 전 세계를 돌아다닌 것도 아니고, 예수님 오시기 전에 죽어버린 사람들도 그 기회와는 전혀 무관한 거고. 결국 혜택

받는 사람들은 정해져 있었잖아?"

그래. 만약 신이 공평하다면 그녀와 내 얼굴을 이렇게 차이 나게 만들진 않았겠지. 그 '신'이 하나님인지 삼신할매인지는 몰라도.

"그야말로 하나님 맘이겠지, 뭐. 고아원에서 아이 하나 데려올 때 그 아이가 '다른 애들은 왜 같이 안 데려가냐'고 물으면 그 양부모 될 사람이 뭐라 대답할까?"

"그럼, 그건 그렇다고 쳐. 근데, 법 없이도 살 착한 사람이 고생하는 거며 나쁜 사람들이 승승장구하는 건 왜 보고만 계신지 몰라. 혹시 인간들끼리 오글오글 붙어살면서 서로 지지고 볶고 싸우는 걸 즐기시나?"

"글쎄, 어쩜 지구 말고도 달리 벌려놓은 일들이 많은 건지도 모르지. 바쁘다 보면 일일이 신경 못 쓸 수도 있잖아. 그리고 언닌, 강아지나 고양이 키울 때 지들끼리 으르렁거리고 싸우면 꼭 나쁜 놈 골라내서 벌주고 때려? 어떨 땐 싸우는 것도 귀엽잖아. 때론 한 녀석이 다른 놈 먹던 거 뺏어먹더라도 그냥 우습고 사랑스러울 수 있고."

그나저나 어쩌다가 지금 내가 이렇게 하나님 고문변호사 노릇을 하고 있지. 교회라고는 어릴 적, 부활절이나 크리스마스 행사 때 말고는 가본 적이 없는 내가.

암튼 내친김에 하던 말이나 계속하자.

"그리고 어쩌면 하나님은 이 세상의 부나 명예, 건강 따위에는 아무런 의미나 가치를 두지 않을지도 몰라. 어차피 그런 것들은 하나님 입장에선 정말 찰나(불교 용어였나?)에 불과한 인생, 그리고 그 짧은 시간 동안 입다 버릴 육체에 관계된 것들이니까. 그래서 사회가 맞물려 돌아갈 수 있도록 대충 사주팔자라고 불리는 운명 같은 거 하나씩 던져주고 묵묵히 돌아가는 거 지켜보다가 나중에 괜찮은 놈만 골라내서 천국 데려가는 거 아닐까? 솔직히 그 '괜찮은 놈'의 기준이란 게 믿음의 유무뿐이란 점이 교인이 아닌 나로서는 상당히 섭한 일이긴 하지만 말야."

내 말에, 안 그래도 우울해 보이던 그녀의 얼굴이 더욱 어두워졌다.

"만약 내일 예수님이 재림하시면, 교회에 등 돌리고 이렇게 투덜거리고 있는 난 버려지겠지?"

"글쎄, 그럴지도. 그렇게 불안하면 종교를 바꿔. 자비로운 부처님이 인도하시는 극락으로 가면 되잖아. 극락은 욕심만 버리면 누구나 갈 수 있나 보던데."

"욕심 버리기는 어디 쉬워?"

"그럼 '나무아미타불'을 열심히 외든지. 원효대사가 그랬대. 나무아미타불만 열심히 외면 극락 간다고."

(석가모니는 처음부터 끝까지 우리와 똑같은 인간이었다. 그 마지막 순간까지도 설사병으로 돌아가신 아주 인간미 넘치는 분이셨다. 어쩜 극락이 천국보다 시설 면에서 훨씬 인간친화적일지도 모른다.)

와인을 한 병 더 땄다. 내일 아침이 조금 걱정된다(난 와인

마신 다음날엔 두통이 심한데).

그녀가 뜬금없이 물어왔다.

"자기, 모란시장 가봤어?"

"아니, 왜?"

"엊그제 올케언니 따라서 처음 가봤거든. 우리나라 최대의 민속장터라는 말도 들은 적 있고 해서."

"그런데?"

"처음엔 멋모르고 이것저것 구경하면서 지나다가, '살아 있는 개 잡아드립니다' 라는 간판이 언뜻 눈에 띄길래 돌아보니까, 그 근처 철장에 갇힌 개들이 전부 식용이었던 거야. 길 양쪽으로 개고기집들이 끝없이 늘어서 있고. 거긴 흔히 '똥개'라고 불리는 누렁이들만 있는 것도 아니더라. 코커스파니엘, 아프간하운드, 알라스칸말라뮤트 같은 종류들도 간간이 보이더라구."

하기야 떠돌아다니던 유기견들이 그쪽 사람들 손에 잡히면 조그만 애완견까지도 식용으로 쓰인다는 말을 얼핏 들었던 것 같기도 하다.

그녀는 한숨까지 폭폭 내쉬며 말을 이었다.

"철장 안에 들어있는 개들이랑 눈이 마주쳤는데 정말 미치겠더라구. 그 속에서 죽을 순간만 기다리는 그 녀석들 심정이 어떻겠어. 살아 있는 생명을 잡아먹더라도 최소한의 예의는 있어야 하는 거 아냐? 개 잡는 곳이며 흘러내리는 핏물이 빤히 보이는 데다 개들을 놔두면 그 개들이 어떻게 되겠냐구. 낑

낑대지도 짖지도 않고 전부 혀 내밀고 넋이 나가 있었어. 게다가 한 아줌마는, '어떤 놈으로 할 거냐'는 거기 아저씨 말에, 그 불쌍한 개들 관상까지 요모조모 살피면서 고르고 있더라니까. 어휴, 개처럼 사람 잘 따르는 동물이 세상에 또 어딨어. 제 어미나 새끼보다도 주인을 더 좋아하는 녀석들인데. 우리나라 사람들은 그런 녀석들을 어쩜 그렇게 잔인하게 배신하냐구."

(그 아줌마, 혹시 우리 엄마 아니었나?)

사실은 보신탕을 즐기는 엄마와 몸이 유난히 약한 아빠를 따라 가족끼리 설렁탕집 드나들 듯 보신탕집에 드나든 경력 ―최소 열 번은 될 거다― 이 있는 나다. 지난여름엔 아빠 정력 강화용으로 엄마가 내려온 개소주를 몇 봉 훔쳐 먹기도 했다(혹시나 피곤 좀 풀릴까 하고). 그런데, 만약 이 사실을 그녀가 알게 된다면…….

나도 모르게, 큰 목소리로 그녀의 역성을 들기 시작했다.

"그러게 말야. 그런 쇼크 상태에 방치되어 있던 개를 먹으면 오히려 몸에 독이 될 수도 있을 텐데. 게다가 성분분석을 해보면 오히려 개고기가 콜레스테롤이 제일 높게 나온대. 대체 우리나라 사람들은 왜 그러는지 몰라. 개소주나 보신탕에 특별한 성분이 포함된 것도 아닌데, 그치?"

어쩨 그녀의 표정이 약간 떨떠름하다(내 설명이 좀 부족했나?).

"암튼 엊그제 멋모르고 들어간 길이 온통 도살의 아수라장이었어. 닭들의 비명, 엉덩이를 뒤로 빼면서 끌려들어가는 개,

바닥엔 군데군데 피가 흥건하게 흐르고……."

입에 대려던 붉은 와인 잔을 그냥 내려놓았다. 드디어 알 것 같다. 오늘 그녀가 스테이크를 안 먹은 이유며 몇 시간 동안 철학의 세계, 종교의 세계를 넘나들며 비관론을 펼치고 있는 까닭을(그나저나 이런 얘기 하면서, 핏빛 와인은 꼴딱꼴딱 잘도 마셔대는 그녀의 감성체계가 내겐 참으로 난해하게 다가온다).

조금 다른 얘길 하고 싶었다.

"언니, 혹시 집에 강아지 키워?"

"아니, 왜?"

"글쎄, 그냥 그런 느낌이 들어서."

"키울 수 있음 좋지. 근데 난 알러지가 너무 심해서. 유기견 한두 마리라도 데려다 키우고 싶은데 그러질 못하니까 속상해."

그녀는 동물보호협회 회원이라고 했다.

"달리 어떤 활동이나 행사에 참가하는 일은 없어. 그저 기금 얼마씩 내는 걸로 자기만족이나 하는 셈이지, 뭐. 부끄러워."

"……"

또 한숨을 길게 내쉬며 그녀가 재차 무거운 이야기를 꺼냈다.

"후유, 하여간 인간처럼 잔인한 건 없는 것 같아. 생명을 갖고 놀거든. 일전에 무슨 집회 퍼포먼스로 살아 있는 아기돼지 능지처참한 사건 기억나?"

"응. 그때 얼떨결에 동영상 보고 나서 얼마나 쇼크였는데. 난 사람들이 그렇게 잔인할 줄 몰랐어."

말해놓고 보니 원래 잔인한 게 인간의 본성일지도 모른다는 생각이 얼핏 든다. 옛날에 그런 형벌이 있었다는 것 자체가 그 증거다.

"태국에선 낫처럼 생긴 쇠꼬챙이로 어린 코끼리의 이마 정수리를 내리꽂고 귀를 찍어가며 공공연하게 길을 들인대. 관광객들은 그렇게 길들인 불쌍한 코끼리 등에 올라타서는 좋다고 사진이나 찍어대고. 게다가 소싸움이며 닭싸움이며, 서로 들이받아 찢어진 얼굴에 피가 줄줄 흐르는 걸 보면서 손뼉치고 웃어대는 그 심리는 도대체 뭘까?"

"사람끼리 싸우는 것도 보고 즐기는데, 뭐. 권투며 레슬링이며 K-1, 재밌잖아?"

"그 경우엔 돈이든 명예든 피터지게 싸우는 당사자한테 돌아가기라도 하지, 싸움소나 싸움닭이나 투견들은 지네들이 이겨봐야 얻는 게 뭐냐구."

"그날 저녁밥이나 좀 푸짐하게 얻어먹겠지, 뭐."

어느새 새벽 두 시가 넘었다.

두 손으로 턱을 괴며 그녀가 중얼거린다.

"쏟아져 나오는 쓰레기며 공해며 어쩌면 이 지구를 구하려면 하루빨리 인류가 멸망하는 길밖에 없을지도 몰라."

멸망? 언젠가는 그리 되겠지. 공룡이 화석으로만 남아 있듯이, 지금 이 순간에도 지구 한 모퉁이에서 조용히 사라져가는 종이 있듯이, 굳이 서두르지 않더라도 다들 죽을 때가 오듯이.

반쯤 풀린 눈으로 그녀가 물어왔다.

"하나님 말야. 대체 태양계는 왜 만들고 은하계는 왜 만드셨을까?"

완전히 풀린 눈으로 내가 대답했다.

"글쎄, 심심해서? 갖고 놀 장난감이 필요해서?"

그녀와 난 그렇게 새벽 늦도록 하늘을 불평하고 세상을 욕하고 삶을 지겨워했다. 그런데 이상한 것은, 그렇게나 무겁고 우울한 얘기를 나누면서 오히려 내 마음이 편안해졌다는 사실이다. 죽고 싶지도 않았고, 준 원장이나 가영이를 떠올리는 일도 없었다.

가장 아름다운 만남은 손수건과 같은 만남이다
힘이 들때는 땀을 닦아 주고 슬플 때는 눈물을 닦아 주니까

죽고 싶은 날엔 섹스를

점심 먹고, 커피 한 잔 하고 있는데 준 원장이 말을 걸어온다.

"심 원장, 일요일엔 같이 나와 줄 거지?"

어젯밤, 상견례가 이번 주 일요일로 잡혔다는 가영이 전화가 있었다. 푹 퍼진 외모와는 달리 추진력깨나 있는 남자다.

"그럼요, 당연히 나가야죠. 왕 원장님 내외분도 나오신다죠?"

"응."

왠지 준 원장 목소리에 힘이 없다.

"고마워, 심 원장."

"뭐가요?"

"암튼. 그냥 전부 다, 여러 가지로."

얼굴이 어둡다. 상견례를 앞둔 예비신랑 얼굴이 왜 저래. 혹시 미안해서 표정관리라도 하고 있나. 하긴, 싱글벙글하는 것보다야 낫다. 안 그래도 어젠 수화기 너머로 깔깔대던 가영이 태도에 괜히 속이 뒤틀려서 잠을 설쳤는데.

가영이와 준 원장의 폭탄선언을 들은 지 오늘로 열하루째. 한 번씩 억지로 농담도 던지고 오버해서 웃고 떠들며 아무렇지 않은 듯 지내다 보니, 처음의 그 껄끄럽던 느낌도 이젠 꽤 무디어졌다. 그래, 열흘만 더 견디자. 그럼 다시 예전처럼 편해질 거야.

그나저나 오늘은 왠지 술을 좀 마시고 싶다. 최정윤, 그녀와 함께 정신없이 마셔댄 게 지난 일요일이었고, 오늘이 화요일이니 분명 이틀밖에 안 됐는데 한 몇 달 술맛을 못 본 술꾼처럼 술이 땡긴다.

그녀에게 전화를 했다.

"응, 자기구나. 웬일이야?"

"그냥. 저기, 오늘 저녁에 시간 돼?"

감기기운이 있다는 그녀를 억지로 꼬드겨 약속시간을 정했다. 어쩌면 술 생각이 난다기보다 그녀와 이런저런 이야기를 나누고 싶은 건지도 모르겠다.

입맛 없어하는 그녀와 치즈퐁듀로 저녁을 때웠다(사실 난 청국장만큼이나 치즈를 싫어한다. 꼬릿하고 느끼해서 죽는 줄 알았다). 그리고 야경이 멋진 호텔 스카이라운지로 자리를 옮겼다. 나는 그녀의 몸 상태를 고려해서 거의 과일주스에 가까운 칵테일을 특별주문했다. 그녀가 맛있다며 방긋 웃는다.

그녀를 보고 있으면 궁금해지는 것이 있다. 어떤 머리에 총 맞은 놈이 이렇게 사랑스러운 여자의 이름 옆에 제 이름 석 자를 나란히 쓰고 이혼도장을 찍었을까.

"왜 이혼했는지 물어봐도 돼?"

나도 모르게 튀어나온 한마디. 이제 겨우 두 번째 만나면서 이런 걸 묻다니, 나도 참(일전에 준 원장한테도 같은 질문을 던졌었다. 주책도 떨다 보면 습관이 되나 보다).

"⋯⋯내가 바람피우다 들켰거든."

너무나 간단명료한 그녀의 대답, 그리고 담담한 표정.

"바람⋯⋯. 그랬었구나."

(아니, 그래도 그렇지, 바람 한 번 피웠다고 이런 여자를 내쳐? 미친놈!)

"내가 먼저 이혼하자 그랬어. 처음 얼마간은 그냥 착하게 넘어가주는 남편한테 미안하고 고맙고 그랬는데, 몇 달 지나면서 계속 날 감시하는 듯한 그이 태도에 점점 숨이 막혀오더라구. 그래서 정말 날 위한다면 이혼해달라고 사정했어."

(그런다고 이혼을 해줘? 어떤 놈 좋은 일 시키려고. 세상에 칠뜨기가 따로 없네.)

아무리 아름다운 미인도 자꾸 보면 싫증나기 마련이라 했다. 하지만 그녀는 백 년을 보고 있어도 절대 싫증날 얼굴이 아니다. 이렇게 마주하고 있으면서도 일분일초, 매 순간이 새롭다. 그녀를 보고 있으면 난 어느새 내가 여자임을 망각한다.

칵테일에서 건져낸 시그러운 라임 슬라이스를 입에 물고 쪽쪽 빨면서 다시 물었다.

"그 상대 남자랑은? 이혼하고 나서 다시 만났어? 지금 사귄다는 사람이 그 남자야?"

"아니. 그때 그 남잔, 유부녀인 내가 좋았을 뿐이야."

"그게 무슨 말인데?"

"그 사람도 유부남이었거든. 왜 요즘 현명한 남자들은 바람 피울 때 술집아가씨나 미스들보다 유부녀를 더 선호한다잖아."

"......?"

"유부녀는 장점이 많거든."

그녀가 얘기한 유부녀의 장점이란 대충 이런 거였다.

첫째, 보안성

(여자도 들켜서 좋을 건 없으니 스스로 기밀유지에 만전을 기하고)

둘째, 위생성

(밤에 자유로운 독신들이나 술집여자에 비해 덜 꺼림칙하고)

셋째, 경제성

(페이 지불할 필요나 용돈 쥐어줄 필요 없고)

넷째, 멀티성

(가정주부의 시간적 제약을 역이용하면 여러 다리 걸칠 수도 있고)

다섯째, 스릴성

(양쪽 다 가정이 있으니 감칠맛 나는 스릴이 배가되고)

여섯째, 깃털성

(어차피 임자 있는 여자니 부담 없어 가볍고)

"술집여자들보다 좀 못생기고 미스들보다 나이 좀 많은 것 빼곤 흠잡을 게 별로 없지."

"그럼 언니처럼 예쁘고 싱싱한 유부녀는 그 현명한 유부남들이 가만 놔두질 않았겠네?"

"글쎄, 예뻐 보이는지 헤퍼 보이는지 몰라도 치근덕거리는 인간들은 어딜 가나 있으니까. 암튼 그 남잔 유부녀의 장점들이 사라진 내게 별 미련이 없어 보였어. 어쩌면 내가 자기한테도 이혼 요구할까봐 지레 겁먹었던 건지도 모르고."

(하이에나 같은 놈!)

"배신감 같은 거 안 느꼈어?"

"배신감? 그런 건 사랑이나 믿음, 또는 기대 뒤에 따를 수 있는 감정 아닌가? 난 그 사람을 사랑해서 만난 게 아니야. 그저 살맛 없고 무기력한 일상에서 벗어나고 싶었을 뿐이지. 그리고 그 사람한테 어떤 믿음이나 기대를 가졌던 것도 아니고. 오로지 바람을 위한 바람을 피우는 남자라는 것쯤 처음부터 얼굴에 쓰여 있었거든. 피장파장이었지, 뭐."

"혹시 언니도 '현명한 여자'였던 거 아냐? 아까 그 '유부녀의 장점'들을 살짝만 뒤집으면 '유부남의 장점'이 될 수도 있는 거잖아."

"후훗, 글쎄. 그런지도 모르겠네."

그녀의 눈에 설핏 물기가 어린다.

"나도 한땐 사랑에 취한 적이 있었는데."

칵테일 잔을 물끄러미 쳐다보는 그녀의 긴 속눈썹이 가늘게 떨렸다.

"평생을 사랑하고 살아도 모자랄 것만 같은 사람이 있었거든. 왜, 대학 졸업하고 파리에 몇 년 가 있었다고 했지? 거기서……."

"프랑스 사람?"

"아니, 거기 교민. 한동안 동거도 했었어. 그땐 정말 시간 가는 줄 모르고 지냈었는데."

"근데?"

"설에 잠깐 다니러 나왔다가 집안 사정으로 발목 잡혀서 못 들어갔어. 그러다가 이러지도 저러지도 못하는 상황에 떠밀려서 전남편이랑 결혼해버렸고. 그 사람을 죽도록 사랑하고 미치도록 그리워하면서 말이야."

"그 사람도 쇼크가 무지 컸겠네."

"그랬겠지."

그녀의 육감적인 입술에서 가느다란 한숨이 새어나왔다.

"그런데 한 일 년쯤 지나면서 그 사람은 내게 한 번씩 메일을 보내왔어. '미안하지만 도저히 행복을 빌어줄 수가 없다, 기다리겠다, 제발 돌아오라, 애를 몇 명 데리고 온대도 상관없다, 좋은 아빠가 되겠다, 언제든 와 달라, 무조건 돌아오기만 해 달라.' 뭐, 이런 식의."

(우와, 진짜 멋있다!)

"염치없게도 난 그 말들을 믿었어. 참 양심도 없지? 미안하고 죄스러운 마음에 '빨리 날 잊고 좋은 사람 만나길 바란다'는 답장을 한두 번 보내긴 했지만, 솔직히 말하자면 난 그 사람이 정말 그렇게 기다려주길 바랬던 거야."

(그래서 애기도 안 낳았나? 이왕이면 혼자 가볍게 날아가고 싶어서?)

"근데 언제부턴가 메일이 끊기고…… 그 사람한테 사랑하는 여자가 생겼다는 소문이 들리더라."

그녀 입가에 잠시 쓸쓸한 미소가 스쳤다.

"내가 감동해 마지않았던 그 사랑이 그저 흐르는 강물이었던 거야. 우스운 얘기지만 난 그 배신감에 몇 달을 빈사상태로 지냈어. 마치 마약중독자가 마약을 끊을 때 금단증상에 시달리듯. 나 없인 사는 의미가 없다고, 나 기다리는 게 유일한 낙이라고, 그나마 살아갈 수 있는 건 오직 내가 자기한테 돌아올 거란 믿음과 기대 때문이라고 말하던 사람이 어떻게 몇 년 새 다른 여자와 사랑에 빠질 수 있냔 말야."

(몇 달도 아니고, 몇 년이면 무지 오래간 셈이구만.)

어쩌면 사랑에 관계된 말 뒤에는 '지금은'이나 '당분간은'이 늘 생략되어 있는지도 모른다. 그런데도 그 말을 듣는 사람은 '평생' 또는 '영원히'라는 말을 멋대로 덧붙여 듣곤 한다. 주로 예쁜 여자들한테 이런 경향이 있다 했다. 그녀도 예외는 아니었나 보다(현명하게 살려면 설사 상대기 '영원히'라는 말을 대책 없이 남발하더라도 그것을 한 귀로 듣고 흘릴 줄 아는 지혜가 필요한 법이다).

"이미 다른 남자의 아내로 살고 있던 내가 그런 배신감에 치를 떨었다고 하면 다들 이상한 여자라고 날 욕할 거야. 하지만 난 결혼식장에서도 그 사람 생각밖에 없었고, 남편이랑 섹스를 할 때도 그 사람을 떠올렸어. 적어도 난, 마음만큼은 그 사람을 단 한 번도 배신한 적이 없었다구."

"……"

"웃다가도 생각나면 슬퍼지고, 힘들 때 생각나면 눈물 나고, 지칠 때 생각나면 죽고 싶고. 허구한 날 술에 매달려 산 것도 다 그 사람 때문이었어. 그 사람이 너무 보고 싶어서, 그리워 미칠 것 같아서, 그래서 휘청거릴 수밖에 없었으니까."

"……."

"그런데 참 알 수 없는 건…… 겨울날 썰물 같은 내 마음이더라."

"……?"

"그러니까 그 사람이 다른 사랑에 빠져 있단 얘길 들은 후론, 난 그냥 단순히 화가 나거나 멍해지거나 하는 상태의 반복이었거든. 그 사람 생각에 마음 아리고 가슴 저미던 증상들이 거짓말처럼 사라졌던 거지. 결국 내게 남은 건 그저 그 이기적이고 적반하장격인 배신감과 알 수 없는 허기뿐이었어."

"언니도 모르는 사이에 이미 사랑이 식어 있었던 거 아냐? 남아 있던 건 그 사람이 언닐 평생 사랑하고 기다려 주리란 믿음이나 기대뿐이었고."

"글쎄, 가만 생각해보면 난 사랑할 때 조건을 따졌던 것 같아. 그 사람도 날 사랑해줘야 한다는 조건. 어쩌면 난 그 조건 위에서만 그 사람을 사랑할 수 있었던 건지도 모르겠어."

"……."

"조건이 필요한 감정을 사랑이라 부를 순 없는 거잖아. 그러니까 난 몇 년씩이나 가슴에 품고 아파했던 그 감정이 어쩌면 사랑이 아닐 수도 있다는 기막힌 사실에 봉착해버린 셈이지."

"……."

"그러고 나니, 도대체 사랑이란 게 뭔지 모르겠더라. 나도 알 수 없는 내 감정, 그 사람도 모르는 그 사람 감정, 그리고 더더욱 알 수 없는 서로의 감정을 주거니 받거니 눈먼 거래를 해온 것 같더라니까."

"언닌 꼭 스칼렛 같애."

"응?"

"왜, 〈바람과 함께 사라지다〉에 나오는 '스칼렛' 말이야. 자신이 그토록 사랑해 온 '애슐리'가, 옆에 있는 자기는 아랑곳 않고 오로지 죽어가는 그의 아내 때문에 슬퍼하고 괴로워하는 걸 보면서 그녀는 비로소 그 오랜 사랑의 허상에서 깨어나잖아."

"스칼렛은 현명하기나 하지."

"뭐가?"

"허상에서 깨어나면서 그리 슬퍼할 겨를도 없이, 이내 자신이 정작 사랑해야 할 대상인 남편을 떠올렸으니 말야. 얼마나 영특한 순발력이야."

"순발력 발휘해본들 뭐해, 결국 남편은 떠나는데."

"후편에서 다시 만나잖아."

"후편? 그 영화, 후편도 있었어?"

"아니, 영화 말고 미니시리즈로 나왔었잖아."

"그런가?"

"암튼 난 그러질 못했어. 눈에 보이는 게 아니면 말이 안 통하는 단순한 남편 대신, 말 통하고 바람기 가득한 외간남자와 어울리기 시작했거든."

"그게, 그 하이에나?"

"응?"

"아, 아냐. 아무것도."

바이올렛 빛 칵테일 한 모금에 그녀의 체리 같은 입술이 다시 촉촉하게 젖어들었다.

"생각해보면 나도 내가 왜 그랬는지 몰라. 왜 그리 모든 일상에 염증을 느낀 건지. 착한 남편이 왜 그리 갑갑하게만 느껴졌는지."

우린 잠시 말없이 칵테일 잔만 비웠다.

그녀와 눈이 마주쳤다. 날 뚫어지게 쳐다본다. 테이블 위에 양 팔꿈치를 걸치더니 한쪽 귀걸이를 만지작거리며 그녀가 말했다.

"사랑은 추상적인 단어잖아. 사람들이 입에 달고 다니는 그 사랑이란 거, 그게 정말 어떤 감정을 얘기하는 건지 다들 알고나 있는지 몰라. 난 모르겠어. 어쩜 죽을 때까지 모를지도 몰라. 아마 나뿐만은 아닐 거야. 어쩌면 사랑 유사한 어떤 감정에 다들 속아 살고 있는지도 모르니까."

"……."

"그나마 내가 알 수 있는 사랑, 내가 믿을 수 있는 사랑은 에로스뿐이야. 적어도 그건 느낌이 확실하거든."

"에로스?"

"누가 그러더라. 살기 싫을 땐 섹스가 최고라고, 적어도 섹스 하는 동안엔 살아 있단 느낌이 든다고. 정말이더라구."

"그래서 ……에로스?"

"한동안 유사우울증을 앓았었거든. 근데 요즘은 살기 싫어서라기보다 단순히 섹스 자체를 즐겨. 그냥 그렇게 돼버렸어."

"……"

"혹시라도 죽고 싶은 생각이 든다면 무조건 남자 품에 안겨서 오르가슴을 느끼는 게 최고야. 그럼 하루는 충분히 더 살 수 있으니까. 그리고 하루가 지나면 자살충동은 항상 그 힘을 잃어버리거든."

(나는 그럴 남자도 없는데.)

"그러면서까지 꼭 계속 살아야 하나?"

"왜 꼭 살아야 하냐구? 몰라서 물어? 어쩌다 태어나버렸으니 살고, 죽지 못해 살고, 살아 있으니 사는 거잖아. 게다가 자긴 천국 갈 자신 있어? 난 그렇지가 못해. 이대로 죽으면 분명 지옥 갈 게 뻔한데 어떻게 죽어?"

지옥. 사람은 누구나 자기만의 지옥을 가진다고 했다. 그리고 그 지옥은 벗어날 수 없기에 지옥이라 그랬다. 산지옥과 죽은 지옥, 어느 쪽이 편할지는 아무도 모른다.

"나도 왕년엔 『좁은 문』의 '알리사'나 『독일인의 사랑』의 '마리아'를 동경했었어. 그땐 나름대로 고상하게 살 작정이었다구. 하지만 지금 생각해보면 알리사나 마리아가 그렇게 행동할 수 있었던 건 남자 품에서 절정을 경험해본 적이 한 번도 없었던 때문이 아닐까 싶어."

난 그 책들을 읽지 못했다. 읽은 척하려면 잠자코 있는 게 최고다. 고개를 끄덕이며 살짝 웃어 보이는 센스를 발휘했다.

잠시 내 대답을 기다리던 그녀가 말을 이었다.

"본능을 지나치게 컨트롤하는 건 오히려 비인간적인 거야. 사회에 해가 되지 않는 한 본능에 충실하게 살아야지, 인간도 동물인데. 몸은 어느 정도 생각의 틀에서 벗어나야 해. 우린 그게 필요해."

"문란한 성생활은 사회에 해되는 거 아닌가? 특히 불륜 같은 거."

"그건 들켰을 때나 해당되는 말이야. 들키지 않는 한 어느 누구도 그걸로 상처 입을 사람은 없어. 그저 '아름다운 내연'이 생길 뿐이지."

하기야 자기 배우자나 상대방 배우자를 최대한 존중하면서 매너 있게 행동한다면, 그래서 비밀만 지켜진다면 서너 명이 복잡하게 얽히는 비극은 없을지도 모른다.

"다들 아닌 척하고 살아가지만, 외도에서 완전히 자유로운 부부는 그리 흔치 않다고 하잖아. 그도 그럴 것이, 단지 사회 질서 유지 땜에 필요한, 결혼이란 제도의 허점과 불합리성을 그대로 인내하며 살아가기엔 우리 삶이 너무 길거든."

그녀의 말을 듣다 보면 나는 문득문득 자아분열 상태로 빠져든다. 머리로는 궤변이라 여기면서도 마음은 어느새 설득당하고 있다.

"자긴 사랑이 뭐라고 생각해?"

"글쎄, 뭘 해줘도 아깝지 않은 거? 행복하게 해주고 싶은 거?"

"내가 생각하는 사랑이란…… '무조건적이고 한결같은 감정'이야. 상대의 말이나 행동에 영향 받지 않는 하염없는 감정, 큐피드의 화살이 심장에 꽂히는 그 순간부터 숨이 다하는 그날까지 변치 않는 감정."

그렇게 거창하게 생각하니 사랑이 어려워질 수밖에. 난 내가 좋아하는 사람이 웃는 것만 봐도 사랑이고, 그 사람이 내 이름 불러주는 것만으로도 충분히 사랑이던데.

"언닌 너무 열정적인 거 아냐? 혹시 그런 무조건적인 감정이 생긴다 하더라도 그건 처음 잠깐이고 그리 오래가진 않잖아. 영화나 소설 속이라면 또 몰라도. 그리고 설사 첫눈에 반해서 식음을 전폐할 정도로 죽고 못 살 상사병에 걸렸다고 쳐. 하지만 그 상대가 자기한테 해코지를 계속 가해온다면 어떨 것 같애? 상대의 행동에 영향 받지 않는 사랑을 하려면 아마 신이 되는 수밖에 없을걸?"

"그래, 자기 말이 맞아. 치사한 얘기지만 어차피 사랑은 상대적인 거고, 무조건적이란 말에도 별수 없이 그 사람이 허용할 수 있는 범위가 정해져 있는 거야. 그리고 그조차도 얼마 못 가 사그라지지. 자기 말대로, 신이 아닌 한 어느 누구도 내가 생각하는 사랑의 정의를 소화해낼 순 없어. 결국, 내가 사랑이라 인정할 수 있는 '사랑다운 사랑'은 이 세상에 없단 얘기지."

"……"

"그래서 난 흔히 사랑이라 불리는 그 일시적이고 상대적인 감정에 평생 속지 않기로 맹세했어."

비록 짝사랑이나 외사랑의 경험뿐이긴 하지만, 그래도 난…… 그조차도 마음이 비어 있는 것보단 훨씬 행복했던 것 같은데.

"언니, 난 같이 있고 싶으면 그건 다 사랑이라 생각해. 그 대상이 가족이면 가족애, 친구라면 우정이겠지. 그리고 유독 한 사람에게만 집중되는 어떤 감정이 생긴다면 그게 바로 우리가 죽고살고 하는 그 사랑일 거고. 떨어져 있으면 보고 싶고, 같이 있을 때 푸근한 사람이 있다면 그건 사랑이라 생각해도 되는 거 아냐? 그리고 만약 '오늘·내일·당분간'이 아닌, '평생'을 같이하고 싶고 함께 늙어가고 싶다는 생각이 든다면 그건 정말 진정한 사랑이 아닐까? 물론 나중에 그 감정이 식을 수도 사그라들 수도 있겠지만 어쨌거나 그 순간만큼은 진정한 사랑일 거야. 그리고 상대방의 늘어가는 주름 하나, 흰머리 한 올에도 정이 갈 수 있다면 아마도 그건 한결같고 하염없는 사랑이라 불러도 손색이 없을 거라 생각해. 언닌, 언니가 생각하는 그 사랑의 정의만 좀 더 현실적인 걸로 바꾸면 얼마든지 행복한 사랑을 할 수 있을 텐데, 왜 그래?"

"바꾼다 해도 크게 달라질 건 없어."

"왜?"

"사랑의 정의를 아무리 소박하게 두더라도 일단 사랑한다는 전제하에 만나면 우린 모두 크건 작건 서운함을 느끼면서 살아가야 하거든. '사랑한다면서 왜 이러나' '사랑한다면서 왜 그것도 못해주냐' '처음엔 안 그러더니 사랑이 식었냐' '정말 이 사람이 날 사랑하고 있기나 한가' 뭐, 이런 식의……. 아이러니한 일이지만 우린 사랑하는 사람 앞에 서면 늘 유치하고 졸렬해지는 것 같아. 분명 사랑은 그 반대 개념일 텐데 말이지."

하기야 사랑의 정의가 사람마다 다르듯 그 표현법도 각자 다르기 마련이다. 그런데도 많은 사람들이 자기 방식대로만 사랑받고 싶어 한다. 그래서 오해도 생기고 마찰도 빚어진다. 상대의 사랑하는 방식을 이해할 만큼 내가 영리하든지, 아님 일거수일투족 내 취향에 맞게 사랑을 표현해낼 상대를 만나든지, 그 둘 중 하나가 아닌 한 사랑에는 늘 서운함이란 그림자가 따라다닐 것이다.

"가끔 서운할 때야 있겠지. 하지만 그런 건 잠깐이잖아. 사소한 눈짓 하나, 스치는 말 한마디에도 이내 마음 설레고 뭉클해지는 게 사랑 아냐?"

"그건 상대에게 아직 익숙해지기 전단계일 뿐이야. 사랑한단 말을 주고받다 보면 처음의 감동은 어느새 당연한 것이 돼버리고 점차 모든 면에서 2프로 부족함을 느끼게 된다구. 하여간, 같이 있을 땐 상대가 암만 잘해줘도 모자라고 부족하게 느껴지는 법이야. 헤어지고 나선 그게 달리 기억되기도 하지만."

"……."

"차라리 사랑이란 말을 빼버린 만남이 훨씬 아름다워. 늘 감사하고 감농하는 생활이 될 테니 말이야. 그러면 싸울 일도 없어진다니깐. 말이 좋아 사랑싸움이지, 그것만큼 살벌한 싸움도 없거든."

"난 그렇게 복잡하게 생각 안 해. 혹시 싸울 일이 좀 생기면 어때. 그래야 한 번씩 소리라도 지르고 뭐라도 집어던지면서 쌓인 스트레스를 풀 거 아냐. 그러면서 미운 정도 들고. 어떻게 사람이 고운 정만 들고 살아. 인간미 없게. 그리고 모든 게 2프로 부족하게 느껴진다면 그건 어쩌면 자길 더 어르고 달래주길 바라는 유아성의 발현인지도 몰라."

"유아성?"

"응. 자길 위해주는 고마운 상대한테 사랑을 핑계로 더 기대고 더 바라고 더 요구하는 거. 상대가 자길 좋아한다는 믿음 위에서, 숨겨진 유아적 욕구를 하나둘 드러내는 거지. 아마도 눈에 보이는 어떤 행동들로 상대의 사랑을 굳이 확인하고 싶다면 그건 다 마음이 허한 때문일 거야. 아무리 채우고 채워도 밑 빠진 독처럼 자꾸 새는 거, 그게 사람 마음이니까. 그리고 그건 사랑으로도 어떻게 될 수 있는 게 아닌데, 그럼에도 불구하고 사랑이 해결해주길 바라는 어리석음에서 우린 자유로울 수가 없나 봐. 그게 문제야."

내가 이렇게나 철학적인 논리를 펼치다니. 어느새 그녀에게 전염돼버렸나 보다.

"그러니까 사랑에 기대지 않으려면 사랑하지 않는 수밖에."

(난 그걸 얘기한 게 아닌데.)

"아니, 그게…… 그러니까, 그 숨겨진 유아성만 극복해버리면 얼마든지 행복하고 만족스러운 사랑을 할 수도……."

더듬더듬 보충설명을 하고 있는데, 말 잘하는 그녀가 얄밉게도 내 말허리를 싹둑 끊어버린다.

　"난 가끔 남녀 간의 사랑은 일종의 정신병일 수도 있다는 생각이 들어. 주체성과 객관성과 사고력을 일시적으로 마비시키는 심각한 정신병."

　"……그러네. 그 병에 듣는 약은 시간밖에 없겠네."

　나는 결국, 사랑이란 믿을 게 못 된다는 그녀 앞에서 내 어리석음을 인정할 수밖에 없었다.

　"그래, 언니 말이 맞아. 하지만, 어리석은 줄 알지만, 그래도 난 사랑이 하고 싶어. 어차피 죽을 걸 알면서도 다들 살아가잖아!"

혼자놀기

오늘은 주중 휴일.

느지막이 일어나 초콜릿 하나 까먹고 있는데 전화가 왔다. 엄마다. 잠깐 들르란다. 가영이 결혼문제 때문이겠지.

"육개장 끓였어요?"

집에 들어서자, 내가 좋아하는 육개장 냄새가 진동한다.

점심상 차리는 줄 알고 부엌에 들어갔는데, 벌써 상을 치우는 중이었다(이제 겨우 열두 시 반인데).

"엊그제 먹던 거야."

바닥이 보이는 냄비 하나가 가스레인지 위에 놓여 있다. 쩝, 좋다 말았다.

"점심 안 먹었니? 먹고 올 줄 알고 안 남겨놨는데."

"그럼 밥만 한 그릇 퍼주세요."

덮어둔 반찬 뚜껑을 다시 열며 식탁 앞에 앉았다.

"어쩌지, 밥도 새로 해야 하는데. 그냥 짬뽕 한 그릇 시켜줄까?"

"됐어요."

얼큰한 육개장 냄새가 짙게 깔린 부엌을 뒤로하고 나왔다.

"근데, 가영이는요?"

"방금 사이다 한 병 사러 나갔어, 곧 들어올 게다."

상견례도 하기 전에 벌써부터 잔치분위기다.

"엄마, 이젠 내가 호강시켜 줄게!"

"그래그래, 우리 딸내미."

"결혼하면 우선 엄마 차부터 하나 근사한 걸로 뽑아줄 테니까 빨리 운전부터 배워둬."

"응, 알았어. 호호…… 의사 딸보다 시집 잘 가는 딸이 훨 낫네. 그러게 여자는 공부할 필요 없다니까! 호호호……."

"그리고 해외여행도 자주 보내줄게."

"오냐 오냐, 내가 늘그막에 드디어 복이 터지려나 보다. 호호호호……. 하기야 남들은 다 여기저기 다니는데 난 여태 대만 한 번 다녀온 게 고작이잖니."

"알았어, 그러니까 쫌만 기다려. 내가 엄마 하고 싶다는 거 다 해줄 테니까."

"어이구, 내 새끼!"

눈 뜨고 못 봐주겠다. 서로 토닥토닥 두드려가며 난리 블루스다. 나도 모르게 피식, 쉰 웃음이 나왔다. 잠깐 날 스치는 엄마의 메마른 눈빛, '이제 네 도움 따윈 필요 없다'는 듯한 저 삐딱한 표정.

쳇, 그냥 준 원장한테 싹 다 말해버릴까 보다. 가영이는 오로지 조건 때문에 당신을 선택한 거라고, 뱃속에 든 아이에 대한 책임감 때문이라면 내가 알기만 해도 이미 두 번씩이나 낙태 경험이 있는 노련한 기집애니 그리 신경 쓸 것 없다고, 그리고 그게 진짜 당신 새끼라는 보장도 못한다고……. 그래, 방해공작을 펼치자. 쌍꺼풀 만들고 코 세우기 전의 옛날 사진이라도 한 장 보여주면서, 조건 좋은 남자랑 결혼해서 맘에 드는 애인 따로 두고 살겠다는 게 평소 입버릇인 기집애라고, 그러니 바람나는 데 일 년 이상 걸리면 내 손에 장을 지지겠다고, 모조리 꼰질러버리는 거야.

……아니다. 그냥 놔두자. 차라리 바람피우다 들켜서 위자료 한 푼 없이 쫓겨나라고 염불이나 하자.

"근데, 언니 놔두고 내가 먼저 가게 돼서……."

(아주 지랄을 해라!)

하기야 도를 깨우치는 과정 중에서도 가장 극복하기 어려운 게 동정심이라 했다. 따지고 보면 그건 우월감과 뗄래야 뗄 수 없는, 아주 유치하고 질 낮은 감정이다.

"시끄러워, 이것아! 너두 서른넷이면 늦어도 한참 늦었어. 원래 똥차는 추월하는 법이야. 니 언니가 언제 갈 줄 알아서?"

(뭐, 똥차?)

"애고, 내 팔자야. 큰 년은 낼모레가 마흔인데 저러고 있지, 작은 년은 하필 이혼남한테 가지."

흥, 어디 길을 막고 물어보라지. 결혼 일 년 만에 이혼 당한 띨한 남자랑, 처자식 딸린 유부남하고 눈 맞아서 이혼까지 시켜가며 이 년씩 동거한 여자랑, 어느 쪽을 욕할지. 복에 겨워서 똥을 싼다, 똥을 싸!

"그나저나 뭐부터 준비해야 하나?"

엄마가 날 힐끔힐끔 쳐다보면서 말했다.

"걱정할 필요 없어, 엄마. 그냥 성준 씨 사는 아파트에 내가 들어가기로 했으니까. 일단 결혼해 살면서 내 맘에 드는 걸로 하나씩 바꿔나가면 되지, 뭐. 그리고 결혼식 비용이랑 전부 성준 씨가 다 알아서 한댔으니까 아무 신경 쓰지 마."

"예단은 어쩌고."

"그것도 걱정 말래. 무조건 자기한테 다 맡기래."

요것이 여우짓을 해도 어지간히 했나 보네. 청소할 땐 네모진 방을 둥글게 쓸고 마는 가영이다. 그런데 결혼에 있어서만큼은 그 치밀함과 철저함의 도가 하늘을 찌른다. 암튼 잘됐다, 또 얼마나 대출받아야 하나 걱정했었는데.

가영이가 한마디 덧붙였다.

"언니 형편 빤한데, 더는 부담 줄 수 없잖아. 안 그래도 아직 갚을 돈이 꽤 많이 남았을 텐데."

('빤한' 형편이라. 그래, 빤하긴 빤하지.)

"그래도 어째 엄만 마음이 좀 그러네."

하긴, 사랑하는 딸 시집보내면서 해주고 싶은 게 오죽 많을까. 여러모로 마음이 안 편하고 기분이 안 좋다. 앉은 자리마저 불편하다. 아무래도 여긴 이미 내 집이 아닌가 보다.

"혹시 뭐 필요한 거 있으면 연락해. 단, 결혼식 날 신부 따라다니는 궁상맞은 역할은 사절이다!"

상견례 때 입고 나갈 옷 걱정을 하는 두 모녀를 뒤로하고 엄마 집을 나왔다.

마음이 요상하다. 자꾸 준 원장이 아른거린다. 내가 사랑한 남자도, 나를 사랑했던 남자도 아닌데 왜 이리 가슴이 뻐근한

지 모르겠다. 차라리 발악을 해버리면 속이 좀 풀릴 것 같은데(나중에 그녀 꼬드겨서 노래방이라도 가볼까?).

아침 겸 점심을 햄버거 하나로 때우고 요가학원으로 향한다.

그녀는 저녁 약속이 있다고 했다. 아쉬워하는 내가 불쌍해 보였는지 잠시 커피나 한 잔 마시잔다.

학원 앞 던킨도너츠로 왔다.

"근데, 자기야. 실컷 요가하고 나와서 이렇게 튀긴 도넛에 생크림 듬뿍 얹은 커피 마셔도 되는 거야, 살 빼고 싶다며?"

"살은 내일부터 뺄래. 오늘은 그냥 맛있는 도넛에 달콤한 커피 마시고."

"하기야 자긴 약간 통통한 게 매력인지도 몰라."

"진짜? 헤헤헤……"

"참, 자기, 골프 쳐?"

"아니, 왜?"

"왜긴, 한 번씩 필드라도 같이 나갔으면 해서지."

"언니, 그거 너무 즐길 것도 못 돼."

"응?"

"햇빛이 피부에 얼마나 안 좋은 줄 몰라? 노화의 주범이야. 모자를 써도 잔디 반사광까지 어쩌진 못한다구. 자외선차단제, 그것도 땀 흘리면 믿을 수 없는 거고."

(무엇보다, 돈이 너무 많이 들잖아!)

"알았어, 피부과전문의 말씀이니 앞으로 참고할게. 그럼 일요일에 봐."

아까운 커피를 반 이상이나 남기고 그녀가 먼저 일어섰다.

"일요일 저녁은 꼭 나하고 먹어야 돼! 소문난 맛집 하나 알아놨으니깐."

코트를 걸치는 그녀에게 나는 입속의 도넛을 열심히 오물거리며 다짐을 받아냈다.

영화관에 왔다. 영화처럼 시간 까먹기 좋은 것도 없다. 예전엔 혼자서 보러 오기가 참 쭈글스러웠는데 요즘은 내성이 좀 생긴 것 같다. 쌍쌍이 온 커플들 눈에 청승맞은 싱글로 비치지 않을 요령도 대충 터득했다. 표 살 때 입구 쪽 끝자리로 부탁하고, 시작할 때까진 영화관 밖이나 화장실을 드나들며 산만하게 서성인다. 그리고 불 꺼진 후에 들어가서 얌전히 보다가, 자막 나오기 전에 미련 없이 일어서 나오면 된다.

특별한 감동도 없는 영화를 그럭저럭 지루하지 않게 보면서 두 시간 가까이 내 무료한 삶에서 해방될 수 있었다. 항상 느끼는 바지만, 영화비는 참 싸다.

이번엔 노래방에 갔다. 〈남행열차〉를 부르고 〈꿈따리샤바라〉를 불렀다. 〈열정〉도 부르고 〈어머나〉도 부르고 내 애창곡 〈잡초〉도 불렀다. 창조적이고 다양한 율동을 곁들인다. 엉덩이도 흔들고 발차기도 하고 회전도 하면서······.

일손이 안 잡힌다. 심란하기 짝이 없고 나오느니 한숨뿐이다. 어제 노래방에서 그렇게 열심히 놀았건만 스트레스 해소는커녕 피곤만 쌓였나 보다. 젖은 빨래처럼 축축 늘어지는 팔다리가 버겁다.

간신히 진료시간을 채우고, 퇴근하는 길에 소주랑 양념치킨을 사들고 왔다. 들어오자마자 씻지도 않고 그냥 퍼질러 앉아서 한 잔 마시고 치킨 뜯고, 또 한 잔 마시고 또 치킨 뜯고, 그러다 곯아떨어졌다.

알람소리에 잠을 깼다. 머리가 아프다. 바닥엔 소주병 몇 개가 뒹굴고 있다. 아침에 눈 떠서 바닥에 널브러져 있는 소주병을 보는 게 얼마나 꿀꿀한 일인지 알 만한 사람은 다 안다.

그나저나 오늘은 현주 결혼식, 내일은 가영이 상견례……. 살맛이 없다, 일어나기도 싫다, 병원 나가기가 죽기보다 싫다. 준 원장에게 전화를 걸어 꾀병을 부렸다. 그리고 다시 이불을 뒤집어썼다.

퉁퉁 부은 얼굴로 결혼식장에 왔다.

이 불쌍한 친구에게 부케 하나 달랑 던져주고는 훤칠하고 잘생긴 신랑 옆에서 줄기차게 생글거리는 현주를 보고 있자니 나도 모르게 용심이 난다(쳇, 첫날밤에 배탈이나 확 나버려라!). 자고로 여자들의 우정은 서푼 값어치도 안 된다 했던가. 친한 친구의 결혼식 날, 축복은 못해줄망정 이런 악담이나 하고 있다니. 나도 참 그렇다.

신랑신부는 공항으로 향하고 우린 다 같이 식사하러 왔다.

이젠 남녀를 통틀어 동기 중에 미혼은 나뿐이다. 오랜만에 만난 동기들이 다들 날 안쓰럽게 보는 듯하다.

우울한 내 어깨 위로 β가 나타났다.

― 옹기종기 모여 앉아 시어머니 흉보느라 정신없는 저 유부녀들한테 추석날 우아 떨며 휴가 보낸 거나 실컷 자랑해버려. 그럼 명절 스트레스가 어쩌고 하면서 다들 너 부러워할 테니.

그래버릴까? 나는 β가 시키는 대로 기분 좋게 따랐다. 내년 설 연휴 계획까지 얼렁뚱땅 급조해서 떠벌렸다.

β가 옳았다. 다들 부러운 시선을 내게 보냈다. 아주 잠깐 동안은…….

집에 들어가기가 싫다.

오랜만에 버스 뒷좌석에 전세 내고 앉아 종점까지 왔다갔다 해볼까. 관두자. 종점에서 내렸다가 다시 올라타는 것도 이 나이에 그리 어울리는 짓은 아니다.

그래, 부산 고모집이나 다녀오자. 고모 얼굴 못 본 지도 벌써 이삼 년 된 것 같은데.

KTX를 탔다.

마침 옆자리가 비었다. 창가 쪽으로 옮겨 앉는다. 그리고 반짝거리는 새 구두 속에 꽉 끼여 고통스러워하던 내 발가락들에게 빛을 선물했다. 자고로 발이 편해야 한다 했던가. 날아갈 것만 같다. 꼬물꼬물 발가락 운동을 하며 의자를 한껏 젖히고 기대앉았다.

어느새 대전역. 잠깐 잠이 들었었나 보다. 할머니 꿈을 꿨다. 죽은 사람은 다리가 안 보인다더니 순 거짓말이다. 할머니가 느린 걸음을 열심히 재촉하며 내 쪽으로 오고 있었다. 나한테 줄 뭔가가 들어 있는 조그만 봉지를 마음만 앞서는 듯 연신 내밀면서. 나는 냉큼 달려가서 그 봉지를 받아 들거나 할머니 손을 잡을 생각도 미처 못 하고 그냥 멍청히 서 있었다.

할머니…… 살아서나 꿈속에서나 손녀딸에게 대접 못 받는 건 매한가지인 불쌍한 할머니. 지금 살아계시면 좋아하는 탕수육도 자주 사드리고 가끔 좋은 옷도 사드리고 용돈도 넉넉히 드릴 텐데. 참 복도 없는 할머니.

그런데, 그 조그만 봉지 속엔 뭐가 들어 있었을까. 생전에 동네 노인정에서 행사라도 있는 날이면 나 준다고 과자며 사탕이며 떡 조각 같은 걸 곧잘 챙겨 오시곤 했는데(저세상에도 노인정이 있는 건가?).

어쩌면 그 봉지 속에는 내가 한사코 거부했던 할머니의 마음이 들어 있었는지도 모른다. 달리 사랑받을 곳도 없었고 늘 사랑에 굶주려했던 내가, 왜 할머니 사랑은 그리도 귀찮아했을까. 객관적인 기준에서 본다면 엄마보다야 훨씬 나은 이목구비를 가진 할머니를 닮은 덕에 남들 다 하는 쌍꺼풀이나 코 수술 한번 안 하고도 이렇게 대충 살아갈 정도는 되는데 감사는 못할망정 원망만 해댔으니.

한번은 동네 목욕탕에 같이 갔을 때, 할머니 보란 듯 살갗이 벗겨질 정도로 빡빡 문질러 댄 적도 있었다(할머닐 닮아 까무

잡잡한 피부를 가진 나는, 엄마 아빠나 가영이처럼 하얗고 뽀얀 피부가 너무나 부러웠었다). 할머니는 괜히 미안해하면서 마시려고 가져간 우유를 내 몸에 골고루 발라주었다. 왠지 우유마사지를 하면 뽀얀 피부가 될 듯해서, 그리고 따가움도 조금 가시는 듯해서 못 이기는 척 대주고는 있었지만 솔직히 그 손길조차도 썩 내키는 것은 아니었다. 학교 갔다 올 때면 간혹 골목 입구에 멍하니 쪼그리고 앉아 있던 할머니를 모른 척 빠른 걸음으로 지나친 적도 많았다.

'할머니만 안 닮았더라면 엄마가 날 미워하지 않을 텐데' 하는 생각에, 엄마로부터 오는 모든 구박의 원인이 할머니라는 생각에, 나는 할머니와 관계된 거라면 이유 없이 싫었고 나를 향한 할머니의 사랑조차 냄새나고 귀찮았다. 만질 수도 없는 엄마의 출렁이는 젖가슴 대신 쪼글쪼글한 할머니 젖가슴을 만질 만한 융통성이 그때의 내겐 없었다.

이래저래 싸한 마음에 다시 눈을 감고 잠을 청했다. 꿀꿀할 때 잠이 보약이지, 암.

"저, 이건 제 자리 같은데요."

눈을 떠 보니 벌써 대구. 중학생쯤 돼 보이는 사내 녀석이 제 자리 내놓으라며 떡하니 내려 보고 서있다. 얼떨결에 일어나 핸드백이랑 부케를 주섬주섬 끌어안고, 앞좌석 밑으로 기어들어가 있는 구두 두 짝을 주워 신으며 통로 쪽 내 자리로 옮겨 앉았다.

고놈, 참. 연세 지긋하신 이 누님이 눈 감고 자거들랑 그냥 눈치껏 대충 앉을 일이지, 꼭 창가에 앉아야만 되나. 지가 저 경치를 보고 시를 읊을 것이여, 아님 가락을 뽑을 것이여. 녀석이랑 눈이 마주쳤다(그래, 이때다!). 나는 녀석을 향해 공격적인 하품을 시작했다. 목젖이 보일 만큼 찢어지게 입을 벌리고 혀까지 내밀어 흔들면서. 어린 녀석은 황당한지 창 쪽으로 얼굴을 돌렸다, 히히히.

원두커피 아가씨가 지나간다. 옆자리 녀석이 헤즐넛을 주문했다(건방지게, 어린 것이 어른 흉내나 내고). 이번엔 과자 아가씨가 지나간다. 번쩍 손을 치켜들었다. 바나나우유 하나랑 초콜릿이 듬뿍 섞인 쿠키를 샀다. 그리고 열심히 먹기 시작했다.

조금 어두워지는 듯하더니, 창밖엔 어느새 비가 내리고 있다.

저 산들은 어째, 찬란한 햇빛 아래보다 청승맞은 빗속에서 더 아름다울꼬.

청승맞은 비와 아름다운 산을 배경으로, 오늘 웨딩드레스를 입은 현주의 환한 미소가 떠오른다. 현주 얼굴이 가영이 얼굴로 바뀐다. 가영이 옆에는 턱시도를 입은 준 원장이 서 있다.

갑자기 멀미가 난다. 속이 울렁거리고 미치겠다. 좀 전에 먹은 바나나우유랑 쿠키가 위에서 다시 식도를 지나 목젖까지 거꾸로 오르내리는 것만 같다.

드디어 부산이다.

열차에서 내렸다. 차가운 바람을 쐬니 울렁대던 속은 조금 가라앉는 것 같다. 현기증이 난다. 잠시 쪼그리고 앉아 있었다.

일어나서 개찰구 쪽으로 걸었다. 그런데 오늘 도대체 왜 이러지. 또 속이 안 좋다. 이번엔 아랫배가 요동을 친다. 화장실로 직행했다. 벌써 입구까지 한 줄로 길게 늘어서 있다(어떻게 새치기 좀 안 될까?). 거울 반대편에 걸린 거대한 화장지 말이, 둘둘둘둘 말아 뜯었다. 내 참, 휴지는 변기 옆에 안 놔두고 왜 밖에 놔둬가지고선. 이러면 큰 건지 작은 건지 사람들이 눈치 채잖아, 쪽팔리게. 넉넉히 뜯은 휴지와 화려한 부케를 꽉 움켜쥐고 아픈 배를 감싸 안으며 기나긴 인고의 늪에서 잠시 허우적거렸다.

후유, 이제 좀 살 것 같네.

오늘 참 골고루 한다. 멀미에 설사까지(그나저나 딱 지금만큼만 허리가 날씬해져도 좋겠는데).

고모에게 전화를 했다.

쩝, 하필이면 고모가 시댁에 가 있단다. 잘못했다. 내려오기 전에 전화부터 해보는 건데.

해운대로 왔다. 벌써 어둑어둑하다. 비릿한 바다 냄새가 답답했던 가슴을 뻥 뚫어주는 것만 같다. 둘러보니 해운대가 옛날의 그 해운대와는 사뭇 다르다. 정말 예쁘게 꾸며놓았다. 누리마루가 있는 동백섬도 한 바퀴 돌아본다. 낮게 깔린 진보라색 구름이 한몫한 건지 마치 다른 세계에 와 있는 것만 같다. 겨울비 속에 비닐우산 하나 받쳐 들고 혼자 헤매는 게 조금 청승맞긴 하지만, 그래도 내려오길 잘했다 싶다.

참, 부케! 내 부케가 어디 갔지(아까 그 화장실에서 깜박했나? 우산 살 때 편의점에 놓고 나왔나? 아님, 택시에 두고 내렸나?). 부케를 잃어버리다니, 찜찜하다. 이거 결혼이 점점 더 멀어지는 건 아닌지 모르겠다.

백사장 끝에서 끝까지 몇 번을 오가는 사이에 완전히 밤이 되었다. 꼬르륵거리며 배시계가 울어댄다. 해운대시장 쪽으로 걸어 들어가서 얼큰한 해물탕을 시켰다(해물탕은 고모가 끓여 주는 게 진짜 제 맛인데).

디저트로 번데기를 사 먹고 길커피로 입가심을 하며 다시 백사장 쪽으로 나왔다. 비도 그쳤다. 뿌리가 하늘을 향해 뻗어 있는 듯한 앙상한 가로수들이 차가운 겨울비에 흠뻑 젖어 있는 게, 참으로 보기 안쓰럽다.

참, 그나저나, 마지막 열차가 몇 시였지?

진정한 자유인

눈을 뜨니 벌써 열한 시.

코가 막히고 목이 간질거리는 게 아무래도 감기기운이 있나 보다. 어제 차가운 바닷바람을 너무 쏘인 탓이다. 유자차 한 잔 따끈하게 타 마시고 뜨겁게 샤워를 했다. 한기도 가시고 한결 낫다. 서둘러 머리를 말리고 내키지 않는 화장을 시작했다. ……그래, 조금만 참자. 상견례 후엔 최정윤, 그녀와 함께 인생을 논하는 즐거움이 기다리고 있지 않은가(한 번씩 형이상학적인 주제로 머리 아프게 할 때도 있지만 그래도 좋다. 그녀 얘기 듣다 보면 다른 건 다 잊을 수 있어서, 내 신세 한탄할 여유가 없어서).

호텔에 조금 일찍 도착했다. 크리스마스 치장으로 쓸데없이 요란해진 입구며 로비 풍경이 어지럽고 정신사납다. 로비라운지에서 커피 한 잔으로 쌉싸름한 십오 분을 소비한 후, 시간에 맞춰 상견례에 참석했다.

준 원장과 그 가족들, 그 앞에서 말 한마디 제대로 못하고 한 번씩 어색한 웃음만 짓는 아빠, 다 긁어내면 밥숟갈 하나는 족히 나올 정도로 짙은 화장을 하고 나와서는 집안이나 딸내미 학벌의 열세를 호적상 미혼이라는 것 하나로 줄기차게 덮어내는 엄마. 불편하다. 빨리 일어서고 싶다.

내달 안에 결혼 날짜를 잡기로 양가가 합의했다.

차가 막혀서 요가 시간에 조금 늦었다. 재빨리 옷을 갈아입고 그녀 뒤쪽으로 가 앉았다. 그리고 자세를 잡는다. 눈을 감았다. 아까 은근히 내 눈치를 보던 준 원장 얼굴이, 내숭 떨고 앉아 있던 가영이 얼굴이, 자꾸만 아른거린다.

요가를 마치고, 굴튀김이 일품이라는 퓨전 일식집으로 그녀를 데려왔다. 따뜻한 녹차. 두 손으로 컵을 감싸 쥔다. 손바닥을 통해 온몸으로 퍼지는 따뜻한 기운, 난 이 느낌이 참 좋다. 내가 겨울을 좋아하는 이유이기도 하다.

그녀가 아쉬운 듯 말했다.

"올해도 정말 다 끝나가네. 이런 식으로 크리스마스가 스무 번만 후딱 지나버리면 우린 주름진 얼굴로 환갑을 바라보겠지? 그러고 보면 시간처럼 매정한 것도 없어, 그치?"

화무십일홍이란 말은 나처럼 예쁘지 못한 여자들에겐 그리 부담스럽지 않은 법이다. 그녀는 그걸 이해 못한다.

"그래. 힘든 사람한테는 더 힘들게 천천히, 즐거운 사람한텐 아쉬울 만큼 빨리, ……어느 쪽으로든 좋게 작용하는 일이 잘 없는, 성질 드런 놈이지, 뭐."

문득 엊그제 본 영화의 대사 한마디가 떠올랐다.

"그런데 언니, 그 매정하고 성질 드런 시간 속에서 말야. 세상에 변치 않는 게 뭐가 있을까? 혹 잊지만 않는다면 사랑만큼은 영원할 수 있으려나?"

"천만에. 그저 사랑했던 그 '순간'이 영원한 거겠지. 그것도 상대에 대한 미련을 완전히 떨쳐버리지 못한 사람의 기억 속에서만. 그리고 그조차도 상황에 따라 얼마든지 변질될 수 있는 거고. 왜, 기억은 기록이 아닌 해석일 뿐이라고 하잖아. 자기, 건망증 심해? 우리가 꿈꾸는 '사랑다운 사랑'은 이 세상에 존재하지 않는다고 지난번에 내가 얘기했었는데……."

맞다. 그런 말을 했던 것도 같다. 그리고 난 그때, 비록 그렇다 할지라도 무조건 사랑에 빠지고 싶노라 끝까지 고집을 피웠다.

그녀는 식사를 하면서도 '강의'를 멈추지 않았다.

"저기, '사랑은 흐른다'는 말도 있잖아. 사람들이 떠들어대는 사랑, 그건 어차피 흐르는 강물 같은 거야. 언제 곤두박질치는 폭포로 변할지 모르는 강물 말야."

"……."

"언제 폭포로 변할지 모르는 강물에 배 띄워 놓고 시 읊는 거, 그게 연애 아닐까?"

"……."

"그리고 영화나 소설이나 드라마가 왜 그렇게 지겹도록 사랑을 주제로 삼는 줄 알아? 그건 사랑이 판타지이자 무지개이기 때문이야. 잠깐 보이다 사라지고 잡힐 듯 안 잡히는 그 감질나는 감정에 다들 목이 타는 거지. 안타까운 일이지만 이 세상엔 아름답고 가슴 시린 사랑을 만날 기회는 가끔 있어도 변함없고 한결같은 사랑을 만날 기회는 거의 없거든. 아무리 지극한 사랑도 지나고 나면 다 스치는 바람이라 그러더라."

"……."

"한 쌍의 연인이 말야, 서로를 자기 목숨처럼 사랑하는 시간이 과연 얼마나 될 것 같애? 로미오와 줄리엣이 그럴 수 있었던 건 어쩌면 그게, 고작 사흘밤낮으로 끝나는 얘기였기 때문일지도 몰라. 그리고 설사, 아주 오랜 기간 뜨겁게 사랑해온 연인이 있다 치자구. 하지만 그들이 사랑해온 대상이 정말 그 상대방일까? 사람은 누구나 나름대로 컨셉을 가지고 살아가는 법이야. 아무리 솔직하게 사는 사람이라도 생각하는 것과 말하는 것에는 다소 차이가 있기 마련이고 혼자 있을 때와 둘이 있을 때의 행동은 달라질 수밖에 없다구. 결국 우린 있는 그대로의 상대가 아닌, 겉으로 보이는 상대의 컨셉을 바탕으로 우리가 멋대로 만들어낸 허상을 사랑하는 거지. 그게 허상이었음을, 신기루에 불과했음을 하나 둘 깨달아가면서 사랑이 식는 거구."

"그래도 다행히 '정'이란 게 있잖아. 사랑이 식어가는 그늘에서 예쁘게 움트는 정……."

"그래, 거기 매달려 살 수밖에. 그리고 그걸 사랑이라 착각할 수 있다면 그건 정말 행복한 삶이지."

식사를 끝내고 지난번 그 와인바로 자리를 옮겼다.

오늘은 아주 옅은 미색의 화이트와인을 땄다. 산뜻한 맛이다. 그녀를 보고 있자니 괜한 호기심이 생긴다. 이 아름답고 매력적인 여인의 에로스 상대는 과연 어떤 남자일까.

"저기, 애인 사진 갖고 있어?"

"아니."

"이담에 한번 보여줘. 어떤 남잔지 궁금한데."

"의미 없어, 꽤 자주 바뀌니까. 게다가 하나도 아니고."

"하나가 아니라고?"

"응. 지난달에 한 명 정리하고 지금은 둘이야."

"그럼, 지난달까진 동시에 세 다리나 걸쳤다고?"

내 목소리가 갈라졌다.

"왜, 이상해?"

"응, 아, 아니, 부러워서."

언뜻 그 옛날 신라 여왕들이 누렸다던 삼서지제(三壻之制: 서방을 3명 둘 수 있는 제도)가 떠올랐다. 갑자기 멍해진 내 얼굴을 보더니 농담인지 진담인지 모를 애매한 웃음을 띠며 그녀가 말했다.

"그럼 자기도 빨리 결혼해. 그리고 서둘러 이혼하고. 왜, 미혼자는 결혼이란 환상에 목을 매고, 기혼자는 결혼의 의무에 매여 살잖아. 또 독신주의자는 결혼생활에 대한 호기심에서 완전히 자유로울 수 없고. 그래서 진정한 자유인은 이혼한 사람이래더라."

"……"

"사실 지금 만나는 남자들 앞에선 무엇보다 내 욕구에 충실할 수 있어서 좋아. 전남편이랑은 섹스 자체가 밍밍해서 그냥 빨리 끝나기만 바랬고, 파리에서 동거했던 그 사람 앞에선 혹시라도 이상한 여자로 보일까봐 체면상 못해본 게 많았거든. 예를 들어, 식스나인이나 애널섹스 같은 거."

애널? ……똥꼬? 그건 남자들끼리 할 때나 필요한 거 아닌가? 아니, 왜 멀쩡한 입구 따로 놔두고. 나도 모르게 똥꼬에 힘이 들어간다.

"아무래도 난 타고난 천성이 야한 여잔가 봐."

나는 진지하게 고개를 끄덕였다.

"그래도 예전엔, 그저 내가 호기심이나 실험정신이 좀 왕성해서 그런 거겠거니 했는데 그게 아니었어. 왜, 이혼 전에…… 바람피운 거 들키고 나서 말야. 남편이 잠자리에서 전에 없이 날 거칠게 다루면 '딴 남자 품에 안겼던 벌을 받는구나' 싶으면서도 오히려 기분이 더 묘해지더라구. 거칠게 다뤄질수록 더 자극이 되는 게, 그 덕에 절정에 오른 적도 몇 번 있었어. 그때 비로소 내 본성을 확인했던 셈이지, 뭐."

"마조히스트였다고?"

"아니. 꼭 그런 건 아니고, 평범한 섹스보다는 약간 변태적인 섹스에서 훨씬 큰 쾌감을 느낀다는 거지."

'변태'적인 섹스라……. 나는 마른 침을 삼켰다. 그리고 잠시 그녀를 바라보며 야하고 퇴폐적인 상상의 나래를 펼쳤다.

그녀와 눈이 마주친다. 서둘러 화제를 바꿨다.

"근데, 언니. 정말 이혼한 거 후회 안 돼? 전남편이 그렇게 잘해줬다면서."

"그 사람은 날 다룰 줄 몰랐어. 왜, 고래는 한 번씩 수면 위로 올라가서 물도 뿜고 숨도 쉬어야 하잖아. 나한텐 그게 필요했거든. 모든 일상에 염증을 느끼고 있었으니까. 하지만 그 사람은 그걸 인정하려 들지 않았어. 그거만 이해할 수 있었다면 만사가 편했을 텐데."

"전 남편이 현명하질 못했구나."

하기야, 마누라 바람피우는 걸 모른 척 눈감아줄 수 있다면 그건 대한민국 남자가 아니지.

"가끔, 한 번씩 생각나고 보고 싶을 땐 있어. 억지로 한 결혼이었지만 살면서 정은 꽤 들었던가 봐."

"하긴, 정도 일종의 중독일 테니까. 그게 미운 정이든 고운 정이든."

빈 잔에 와인을 따르던 그녀 입가에 갑자기 야릇한 웃음이 번졌다.

"그건 그렇고, 요즘은 부쩍 스리섬섹스가 궁금한데……."

"스리섬? 셋이서 하는 거?"

"응. 근데 남자들이 선뜻 응해주질 않네. 한 남자는 웃어넘기고, 또 한 남자는 삐치고. 재밌을 것 같은데 왜들 그러는지 몰라."

"그러면 '여자 둘에 남자 하나'로 하자 해봐. 아마 무지 좋아할걸?"

(조신한 내 입에서 이런 말이? 술기운인가? 아니면 나도 변태 기질이 있는 건가?)

"그건 내가 싫어."

"언니도, 보기보단 독점욕이 꽤 강한가 보지?"

"글쎄 그럴지도. 참, 그리고 여자랑도 해보고 싶어."

"여자? 나 있잖아, 나."

피식 웃어버리는 그녀. 그래, 말해놓고 보니 나도 우습다. 괜한 농담으로 스타일 구겼다. 아마도 그녀가 말하는 여자란, 그녀처럼 가슴도 크고 허리도 잘록한 섹시하고 야한 여자일 텐데(엉덩이만큼은 나도 어느 정도 섹시하다).

"그리고 아무도 없는 백사장의 뜨겁게 달궈진 모래 위에서도 해보고 싶고."

"그럼, 무인도에 표류하면 되겠네, 뭐. 그나저나 언닌, 죽어도 사랑 같은 건 안 한다 그랬잖아. 만나는 남자들이 혹시 사랑타령은 안 해?"

"난 섹스 할 땐 항상 사랑한다고 말해줘. 에로스도 사랑은 사랑이니까. 단지, 그걸 침대멘트 이상으로 해석하려는 미련한 남자를 오래 안 만날 뿐이지. 그런 남자는 무겁거든."

"결혼타령은?"

"안 해. 난 독신은 안 만나니까. 다들 가정 있는 남자들이야."

"유부남만 만난다고?"

난 또다시 목소리가 갈라졌다.

"독신들은 결혼이란 과제에서 자유로울 수가 없잖아. 난 두 번 다시 결혼 같은 건 하기 싫은데 말야. 유부남들이 훨씬 부담 없고 편해."

"혹시 이혼하고 오겠다는 남자는 없어? 그러면 오히려 더 부담되지 않나?"

"두어 명 있긴 했지. 아주 가끔씩 어리석은 남자들도 있으니까 말야. 살림 차리자고 매달리는데 정말 미치겠더라."

"그래서, 어떻게 했어?"

"혹시 〈데미지〉란 영화 봤니?"

"응."

"거기서 '스티븐'이 '안나'에게 아내와 헤어지겠다고, 어떻게든 정리를 해야 할 때라고 말하잖아. 거 왜, 비오는 날 공원 씬에서 말야. 그때 안나가 뭐라 그랬는지 기억나?"

"글쎄."

"그녀는 이렇게 말해. '함께 아침을 먹고 싶나요? 같이 살아도 그런 걸 원할까요? 아내를 떠나면 뭘 얻죠? 날 얻나요? 그렇게 되면 당신은 이미 갖고 있는 걸 얻는 거죠.'라고……."

"그래서 그 대사를 그대로 리바이벌한 거야?"

"후훗, 그런 셈이지 뭐. 그리고 요즘은 꾀가 늘어서 아예 나도 유부녀라고 속이고 만나."

"뭐, 뭐라고?"

"그랬더니 훨씬 가볍고 여러모로 좋더라. 내 프라이버시도 확실하게 보장되고 약속시간도 주로 내 스케줄에 맞추고, 게다가 언제든 정리하고 싶어지면 '남편이 눈치채버렸다'는 한 마디로 깔끔하고 편하게 끝낼 수도 있고."

"……."

뭐가 뭔지 모르겠다. 내 머리가 나쁜 건지 그녀의 논리가 너무 심오한 건지 도대체 알 수가 없다. 단지 하나 분명한 건, 지금 그녀가 불륜을 즐기고 있다는 사실이다. 그것도 여러 남자들과.

"상대 와이프들한테 미안한 마음은 안 들어?"

"글쎄. 남자들 바람피우는 건 와이프 책임도 있는 거 아닌가? 게다가 알 게 뭐야. 그 와이프들도 지금 열심히 맞바람 피우고 있을지."

"……."

"그리고 그 남자들 바람기가 솔직히 내 탓은 아니잖아. 와이프한테서 이미 마음이 떠 있었다는 게 더 기본적인 문제지. 그 남자들은 나 땜에 바람피우는 게 아니라 바람피우기 위해 날 원하는 거야. 내가 아니면 다른 여자를 만나겠지."

왠지 소주 생각이 간절해서 와인바를 나와, 그녀를 포장마차로 이끌었다. 그녀는 나를 위해 포장마차의 딱딱한 의자에도 기꺼이 예쁜 엉덩이를 붙여주었다.

"다음 달에 내 동생 결혼해."

"그래? 또 한 쌍의 남녀가 정초부터 사랑의 무덤을 파는구나."

"사랑? 그 둘은 그런 거 아냐. 내 동생은 조건 땜에, 그 남잔 동생 뱃속의 애 땜에 하는 결혼이야."

"요즘도 그런 이유로 결혼하는 바보 같은 남자가 있나? 어느 정도는 좋아하겠지."

인정하기 싫다.

"그 남자, 사실은, 몇 달 전에 나한테 청혼했던 남자야."

"뭐? 그건 또 어찌된 삼각관계야?"

"그러니까 그게, 결혼하잔 얘기 듣고 할까 말까 생각 중이었는데, 아니 결혼하려고 맘까지 먹었었는데, 그 남자 좋은 조건에 눈독 들이고 있던 동생이 맘먹고 작업을 걸었던 것 같애."

"그랬구나, 어찌됐건 심란하겠네. 근데 그걸 왜 이제야 얘기해? 꽤 힘들었겠구만."

"글쎄, 그냥…… 입에 올리기 싫었다고 해야 되나? 암튼 떠올리기도 싫었으니깐."

"사랑했었어?"

"아니."

"그럼, 결혼해버릴까 했던 건 혹시 밤이 외로워서?"

"그것도 좀 컸지."

"그 남자랑 자긴 자봤고?"

"응."

"좋았어? 평생 같이 자고 싶단 마음이 들디?"

"뭐, 그냥."

"그럼 아쉬울 거 눈곱만치도 없네 뭐."

"……?"

"그저 그런 남자와의 밋밋한 섹스보다는 차라리 혼자서 하는 자위가 훨 낫잖아."

"그런가? 근데, 그것보다 동생이 용서가 안 돼. 아무리 생각해도 이해할 수 없고. 벼락 맞을 소린지 모르겠지만 뱃속의 애도 떨어져버렸음 좋겠고, 결혼하더라도 둘이 원만하지 않았음 좋겠고, 암튼 그래."

"솔직해서 좋네."

소주를 들이켰다. 요즘 소주는 영 시원찮다. 옛날 그 독했던 소주가 그리워진다.

"언니, 왜 우린 조건에서 자유로울 수 없는 걸까? 결혼에도 조건, 사랑에도 조건……."

"뭘 하든 조건이 먼저 따져지는 게 사람 사는 세상 이치야. 심지어 흔히 무조건적이라고 얘기하는 부모의 사랑조차도 따지고 보면 조건적이거든. 아니, 어찌 보면 그것만큼 조건적인 것도 없지. 자기 유전자가 들어 있다는 조건, 자기 피가 흐르고 있다는 조건. 만약 내가 우리 엄마 아빠의 딸이 아니었더라도 엄마 아빠가 나 땜에 늘 노심초사하고 나한테 들어가는 돈을 아까워하지 않았을 리 있을까? 우리 엄마 아빠가 날 사랑하는 건 '나'이기 때문이 아니라, 내가 '그들의 딸'이기 때문일 거야."

"그럼, 입양한 자식에 대한 부모의 사랑은? '낳은 정보다 기른 정' 어쩌고 하는 말도 있잖아."

"그건 어디까지나 '정'이지. '낳은 사랑보다 기른 사랑'이란 말 들어봤어? 혹시 그런 말이 있다 하더라도 그 사랑은 친자식에 대한 애틋함과는 차원이 다를 거야. 만약 그렇지 않은 사람이 있다면 그건 거의 신의 경지에 오른 거고."

"그럼, 자기 친자식인데도 관심 없어 하거나 미워하는 사람은?"

"글쎄, 그건 어쩜 자신에 대한 사랑이 엷어서 그런 거 아닐까? 자기 유전자에 대한 애착을 못 느끼는 경우니까."

언뜻, 두 딸에게 무관심한 아빠 얼굴이 떠올랐다.

"그리고 그게 아니면 인간말종이겠지, 뭐. 암튼 '어머니'라는 이름이 항상 아름다운 것만은 아냐. 따지고 보면 자식의 의사와 전혀 상관없이 이 세상에 덜렁 떨어뜨린 그 책임을 질 뿐이면서 은근히 자식들이 자신에게 감사해주길 바라는 모순을 지니니까. 솔직히 누가 언제, 이런 '드런' 세상에 나오고 싶다 그랬냐고……."

그녀 ―이혼 문제로, 고지식한 모친과 몇 년째 사이가 틀어져 있다고 했었다― 의 열변에도 불구하고, 난 아무리 생각해도 내 주변의 어머니들은 다 그 이름이 아름다워 보인다. 그리고 그 아름다운 이름을 부를 수 있는 이들이 부럽다.

"그러면 우리 엄만 인간말종인가?"

"응?"

"분명히 친엄만데, 날 미워하거든. 동생만 이뻐하고."

(사실 난 내 출생의 비밀을 밝혀보고자, 자는 엄마 머리카락 몇 올 뽑아다가 유전자 감식을 의뢰한 적이 있었다. 벌써 몇 해 전 일이다.)

"있잖아, 어디서 설문조사를 해봤는데 말야. '부모가 나보다 다른 형제를 더 사랑한다'고 느끼는 자식들이 60프로가 넘는대. 하지만 실제로 '자식 중에 유난히 더 이쁜 자식이 있다'

고 대답한 부모는 40프로도 채 안 된다거든. 결국 열 명 중 두 명은 괜한 시샘과 질투로 스트레스 받고 사는 셈이지. 혹시 자기도 그런 거 아냐?"

"절대 아냐. 게다가 그 정도의, 그저 더 이쁘고 덜 이쁘고 하는 단순한 편애가 아니라 엄마한테 난 아예 갖다버렸음 좋겠다 싶은 자식이었어. 그나마 스트레스 해소용으로 쓸모가 있었으니 안 갖다버렸을 뿐이지."

"에이, 설마."

"실은 엄마랑 평생 앙숙으로 지내던 친할머니를 내가 쏙 빼닮았거든. 어릴 적부터 난 엄마한테 징그럽고 소름끼친단 얘기를 참 자주 들었어. 자식한테 그런 얘기하는 부모가 또 있을까?"

"그냥 시어머니한테 차마 못 했던 말을 만만한 딸한테 푼 거 아냐?"

"그럼, 이건 어떻게 생각해? 어릴 때 크리스마스 날이면 동생 머리맡엔 언제나 인형이며 예쁜 옷이 놓여 있고, 내 머리맡엔 사과나 귤 서너 개가 뒹굴었거든."

"자기, 과일 좋아해?"

"그 말 나올 줄 알았다. 근데 그 사과나 귤이란 게, 나 줄려고 일부러 새로 사온 게 아니라 크리스마스하곤 전혀 상관없이 그냥 며칠 전부터 사놓고 먹던 것들이었다구. 항상 그랬어. 한번은 그 전날 먹다 남은 딱딱한 군고구마가 놓여 있던 적도 있었는데, 뭐."

순간 그녀의 입가에서 웃음이 사라졌다.

"게다가 생일날은 또 어떻고. 엄만 단 한 번도 내 생일을 기억해준 적이 없어. 행여 욕 안 먹고 안 얻어맞는 날이 있으면 어린 나한텐 그게 생일이었지."

"……."

"고등학교 졸업하고는 학비도 거의 나 몰라라 했었어. 동생에겐 여기저기서 빌려온 돈으로 얼굴 뜯어고쳐주고 예쁜 옷 사 입혀 가며 연애질하는 거 도우면서도 말이야. 재수시절엔 학원 때려치우고 취직하라며 난리였고, 의대 다닐 땐 내가 의사면허증 따면 손에 장을 지지겠다고 허구한 날 악담만 퍼부었어."

"……."

잠시 말이 없던 그녀가 갑자기 목소리를 높였다.

"하여간 자식을 행복하게 해줄 역량을 갖추지 못한 사람들은 아일 낳아선 안 돼! 맘대로 이 땅에 불러냈으면 자식들 눈에 세상이 아름답게 비치도록 해줘야 할 거 아냐, 안 그래?"

술 탓일까. 이래저래 뒤엉키는 감정을 주체할 수가 없다. 젖어오는 두 눈에 힘을 주며 소주를 또 한 잔 들이켰다.

나를 빤히 쳐다보던 그녀가 이번엔 내 엉덩이를 두드리며 장난스레 말했다.

"어이구, 우리 착한 애기. 다음 주 토요일이 크리스마스지? 엄마가 진짜루 진짜부 예쁜 크리스마스 선물 해줄게!"

내 코앞에 얼굴을 바짝 들이밀고 생글거리는 그녀. 나도 그만 피식 따라 웃었다.

"난 이담에 애기 낳으면 정말 행복하게 해줄 거야."

그녀는 고개를 갸웃거렸다.

"그것도 좀 위험한 발상인데? 대리만족을 위해 자식을 이용하면 안 되지!"

그녀의 가벼운 농담이 내 정곡을 찌른다.

며칠 후, 현주에게서 메일이 왔다. 결혼식 날 와서 축하해줘서 고맙고 신혼여행은 잘 다녀왔으며, 앞으로 예쁘게 잘 살겠다는 틀에 박힌 인사말 스팸메일(쩝, 누구 염장 지르려고 작정을 했나?).

메일 창을 닫으려는데, 언뜻 그 아래 추신이 눈에 들어왔다.

ps. 첫날밤, 여러분이 상상하셨을 일은 우리에게 일어나지 않았습니다. ^^;

다 늦은 저녁, 생선요리를 먹었는데 커다란 가시가 새신랑 목에 걸려 밤새 화장실에서 켁켁거리다 결국은 병원 응급실 신세를 졌단다.

히히히, 그날 내 악담이 신통력을 발휘한 걸까? 이 정도면 내림굿을 받아도 손색이 없겠는걸!

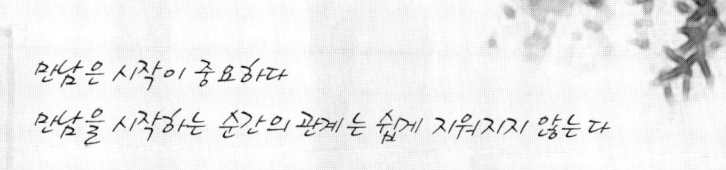

만남은 시작이 중요하다
만남을 시작하는 순간의 관계는 쉽게 지워지지 않는다

행복한 성탄절과
　　　우울한 연말연시

목요일.

실컷 자고 일어나 머리맡에 놓인 휴대폰부터 열어본다. 파란 바다 속, 하늘거리는 해초를 비집고 나온 하얀 키싱구라미 한 마리가 심심한 듯 두툼한 입술을 늘려 빠끔거리고 있다. 샤워를 하고 나왔다. 머리를 닦으며 또 휴대폰부터 확인해본다. 혹시나 했는데 역시나 여전히 키싱구라미의 초기화면만 덩그러니 떠 있다.

벌써 나흘째 그녀와 연락이 안 된다. 전화도 안 받고 문자도 보내는 족족 삼켜버린다. 가구점 직원들도 한 며칠 일이 있어 못 나온다는 얘기밖엔 들은 게 없다고 했다. 도대체 무슨 일이지? 그러고 보니 내일이 크리스마스이브다. 그래, 조금만 더 기다려 보자. 설마하니 내일까지는 연락이 오겠지. 만나기로 했었잖아, 선물도 준다 그랬고. 참, 나도 선물 준비해야지.

나는 요가교실 대신 백화점으로 향했다.

외투를 벗어들었는데도 이마에 땀이 맺힐 정도로 덥다. 턱 밑까지 올라오는 스웨터의 무성한 털들이 처음엔 간지럽게 느껴지더니 이젠 아예 목 언저리에 달라붙어 따갑기까지 하다. 아무래도 이 백화점 관리자는 얇게 차려입은 자기네 직원들이 두껍게 껴입고 온 손님들보다 더 소중한가 보다(하긴, 바람직한 직원 사랑의 실천인지도 모른다).

그나저나 뭘 사야 하나. 어떤 선물을 하면 마음에 들어 할까. 두 시간 가까이 백화점을 헤집고 다니다가 결국 와인색 란제리 한 장을 골라 들었다. 백 프로 실크 소재의 보들보들한

감촉에 쬐끔 야한 듯한 디자인. 거기다 한쪽 구석에 걸려 있던 외설적인 T팬티 한 장까지 곁들였다.

내 팬티 백 장은 족히 사고도 남을 거금을 지불하고 수입 속옷코너를 나왔다. 포장코너로 가서 다시 포장을 맡긴다. 크리스마스답게 최대한 화려한 포장지와 리본을 골라서. 기다리는 동안 언뜻 머리를 스치는 생각— 혹시 성스러운 성탄절 날, 야한 선물 한다고 흉보면 어쩌나. 좀 점잖은 걸로 고를 걸 잘못했나.

크리스마스이브의 오후.
아직도 난 별다른 스케줄이 잡혀 있지 않다. 무거운 눈꺼풀을 치켜뜨며 여드름 치료에 심혈을 기울이고 있는데 가운 주머니에 넣어둔 휴대폰이 갑자기 웽웽거리며 내 넓적다리를 간질인다.
그녀다!
시술대에 누워 있는 여중생에게 잠깐 양해를 구하고 뛰다시피 내 방으로 들어가며 전화를 받았다.
"자기, 잘 지냈어?"
어디 다녀왔다는, 그간 왜 연락이 안 됐다는 한마디 설명도 핑계도 없다. 물어보니, 그때서야 잠시 여행 좀 다녀왔단다.
"자기, 오늘 시간 돼?"
(당근이지. 이브 날 나한테 시간 적선해줄 산타가 어디 흔한가?)
"응, 언니 만나려고 일부러 비워놨어."
"그럼, 내가 잠깐 볼일이 있어서 그러는데, 아홉 시쯤 봐도 될까?"

(뭐? 그렇게나 늦게?)

하긴, 애인이 둘씩이나 있는 그녀다. 오늘 같은 날, 나한테 시간 내주는 것만 해도 어딘가.

"그래, 그러지 뭐."

아홉 시라. 어디서 저녁을 먹고 오려나. 물어볼까 하다 관뒀다. 괜히 나보고도 먹고 오라 할까봐서. 난, 이브 날 저녁에 혼자 밥 먹는 청승은 죽어도 떨기 싫다. 그래, 먹고 오더라도 한 번 더 먹이면 되지, 뭐. 아님, 나 먹는 거 구경하라 그러고.

약속시간보다 한 시간 십육 분이나 빨리 왔다.
약속시간보다 이십팔 분 늦게 그녀가 도착했다.

"많이 기다렸니?"

(그래, 배고파서 현기증이 다 난다. 빈속에 들어간 콜라가 속을 다 후벼 판다!)

"아니, 나도 이제 막 왔어."

내 예감이 적중했다. 저녁을 먹고 왔단다. 배불러 죽겠다는 그녀는 홍차를, 배고파 죽을 지경인 나는 닭날개튀김과 통감자구이와 오므라이스 세트메뉴를 주문했다.

"이 시간까지 저녁을 안 먹으면 어떡해? 배 많이 고팠을 텐데."

"그냥, 혼자 먹기 싫어서."

지금, 남자가 둘이랬지. 하나는 점심, 또 하나는 저녁, 그리고 나랑은 홍차? 아니, 한 놈이랑은 아예 여행을 같이 다녀왔을지도 모른다.

괜히 심술이 나서 한마디 내뱉었다.

"어떻게 이 귀한 밤에 나 줄 시간이 나던가 보지? 이브는 남자랑 분위기 잡고 싶은 날 아닌가?"

"다 가정 있는 남자들이랬잖아. 이런 날 빨리 보내주는 건 그 가족들에 대한 예의고 매너야. 적어도 오늘 같은 날은 가정의 단란함을 누려야 하지 않겠어?"

"그래, 오늘 밤 그 두 가정의 행복은 전적으로 예수님 은혜네."

"비꼬지 마. 그건 그렇고, 이건 선물!"

우린 선물을 주고받았다.

내가 먼저 뜯었다.

"……!"

잘 익은 석류 알처럼 반짝이는 루비 목걸이. 이런 선물은 태어나서 처음이다. 지금껏 실반지 하나 사준 사람이 없었다.

"이거 엄청 비쌀 텐데."

나는 무지 감동했다. 복에 겨워서 어쩔 줄을 모르겠다. 하여간 오래 살고 볼 일이다. 내게 이토록 쇼킹한 순간이 기다리고 있었을 줄이야. 더욱이 내 생일도 아닌, 예수님 생일날에.

"자긴, 쇄골이 이뻐서 목걸이가 잘 어울릴 거야."

"쇄골?"

"응, 쇄골. 자긴 쇄골미녀야."

쇄골미녀? 내 쇄골이 어떻게 생겼더라? 암튼 예쁘다니 기분은 찢어지게 좋다. 목에 걸어본다. 촌스럽게 목이랑 어깨가 뻣뻣해진다.

"헤헤, 어때, 어색하지? 워낙 이런 거랑 무관하게 살다 보니."

"아냐, 잘 어울리는데."

"고마워, 언니."

이번엔 그녀가 포장을 뜯을 차례.

나는 말렸다.

"안 돼, 집에 가서 봐."

"왜?"

"암튼."

밤늦게 그녀에게서 문자가 왔다.

— 자긴 어썸 이렇게 내 취향을 잘 일아? 고마워, 잘 입을게.

목에 걸린 루비를 만지작거리며 와인색 란제리 차림의 그녀를 떠올려본다. 그리고 내친김에 빨간색 T팬티 한 장만 달랑 걸친 그녀의 뒷모습, 탐스러운 엉덩이도 그려보았다.

가만. 이거 괜히 그 유부남들만 좋은 일 시키는 거 아닌지 모르겠네.

오늘은 성탄절, 내일이 일요일이니 이틀 연휴. 재수 없게 눈까지 펑펑 내린다. 옆구리가 시리다 못해 이젠 아예 동상에 걸릴 지경이다(이렇게 무작정 집에서 뒹굴다 보면 굴러다니기 딱 좋게 또 동글동글 살만 오르겠지).

그녀에게 전화를 했다.

"언니, 메리크리스마스!"

"응, 자기도 메리크리스마스!"

막상 그녀의 목소리를 듣고 보니 어째 만나자는 말을 못 꺼내겠다. 어젯밤에 보고, 오늘 또 보자 그러는 것도 솔직히 좀 뭐하다. 그냥 내일 얘기를 끄집어냈다.

"저기, 내일 요가 나올 거지?"

"글쎄, 어떻게 될지 모르겠네. 일 처리 해둘 게 좀 있어서."

"급한 일이야?"

"월요일에 파리 간다 그랬잖아. 그 전에……."

"뭐? 파리?"

"어제 얘기 안 했었나? 내가 깜박했나 보다."

"여행 다녀온 지 며칠 만에, 또?"

"그러게 말야, 어째 일이 그렇게 돼버렸네."

모레 파리로 가서 한 보름(보름씩이나) 있다 들어올 거란다. 일 문제로 나가는 김에 거기 친구들도 좀 만나고 푹 쉬다 올 생각이란다(옛날 그 남자도 만나보려나?).

그럼, 그럼 난 어쩌라고. 이 외로운 연말연시를 또 어떻게 혼자 보내라고.

12월 27일. 벌써 그녀의 휴대폰이 꺼져 있다. 아직 출발 시간은 멀었는데.

28일. 혼자 홍대 앞을 싸돌아다녔다.

29일. 병원 망년회가 있었다. 정신없이 마셔댔다.

30일. 동기 모임이 있었지만 안 나갔다. 새벽까지 쓸고 닦고 대청소를 했다.

31일. 탕수육 하나 시켜놓고 가요대제전을 보며 한 해를 마무리했다.

1월 1일. 올해도 변함없이 5kg 감량이라는, 일관성 있는 목표를 세웠다.

2일. 일요일이다. 비가 온다. 낮술을 하고 앉았다.

한 병을 비우고 또 한 병을 땄다. 다시 한 잔 기분 좋게 들이켜는데, 한쪽 구석에서 뭔가 익숙지 않은 그림자가 내 레이더에 포착된다. 누런 무늬목 마루 위, 묘한 광채까지 흘리며 내 온 신경을 집중시키는 저 까만 색소 덩어리. 바퀴벌레다! 나는 메뚜기처럼 뛰어서 냉장고 옆 틈에 끼워둔 모기약을 집어 들었다. 어쩔 수 없다. 내가 살기 위해선. 우린 도저히 한 집에서 동거할 수 없는 관계이지 않은가. 약을 집어 드는 새, 벌써 이삼 미터 위치이동을 한 녀석에게 사정없이 약을 뿌려댔다. 놈이 뒤집어진다. 다행이다, 모기약이 바퀴한테도 들어서. 이로써 기하급수적인 바퀴 발생 억제에 상당한 도움이 되었으리라.

그나저나 지은 지 몇 달 안 된 새 건물에 웬 바퀴벌레지. 옆 건물에서 이사 나온 녀석인가. 놈의 시신을 처리하기 위해 휴지를 둘둘 말아 쥐고서 쪼그리고 앉았다. 그런데 내 눈앞에서 가느다란 다리들을 바동대며 명 길게 괴로워하고 있는 이 녀석은 어찌 생김새가 좀 이상하다. 이건, 바퀴벌레가 아니었다.

사슴벌레인가? 집게벌레인가? 아무튼 이름은 잘 모르겠지만 다른 종류다. 혹시 옆집에서 애완용으로 키우던 희귀벌레인지도 모른다. 어쨌거나 잠깐 집 구경 차 들렀다가 변을 당한 것 같다. 내가 술김에 괜한 살생을 해버렸다. 그렇지만 이미 뿌려버린 약을 어쩔 수는 없는 노릇, 지금 이 꺼져가는 한 생명을 위해 내가 할 수 있는 최선은 마지막 가는 길의 고통을 조금이나마 줄여주는 것뿐이리라.

 (미안하다, 곤충아. 이담엔 꼭 귀염 받는 강아지로 태어나라. 아님 천연기념물로 태어나든지.)

 눈을 질끈 감고 녀석의 조속한 사망을 기원하며 다시 한 번 약을 뿌렸다. 그리고 뒷수습을 하기 위해, 길게 늘어진 더듬이와 잔뜩 움츠린 다리들의 경련이 사라지기만 기다렸다.

 (부디 사람으로 태어나진 마라. 선택 받은 몇몇 종자를 제외하곤 평생 죽었다 깼다를 반복하는 삶이니까. 그리고 혹시 사람으로 태어나더라도 오늘 일은 실수니까 나 괴롭히러 찾아오진 말고.)

 꽤 오래간다. 생명력이 참 강하다. 그렇다면 혹시, 아까 그 두 번째 분사만 안 했어도 이 녀석은 살 수 있었던 걸까. 그게 오히려 확인사살이 되어버린 건가. 그때 그냥 밖으로 던져줬으면, 때마침 내리는 비에 샤워라도 하고 한숨 푹 자고 나서 회복될 수 있었던 게 아닐까. 갈수록 더 오그라들어가는 저 다리들의 미세한 떨림이 뜸해진 걸 보니 이젠 정말 가망이 없는 듯하다. 죄책감이 밀려든다. 경건한 마음으로 합장을 했다.

(부처님, 이건 다 저 소주 탓입니다!)

3일 월요일, 새해 첫 출근을 했다.
잠을 제대로 못 잔 탓에 몸이 무겁다(어젯밤, β가 찾아왔었다. 새벽 늦게까지 이런저런 잔소리며 간섭들로 날 괴롭히다 갔다).
그녀가 파리로 간 지 오늘로 일주일째. 참 무심도 하다. 휴대폰도 꺼두고, 지금껏 전화 한 통 없다. 하기야, 난 그녀의 가족도 연인도 아니다. 어쩜 당연한 일인지도 모른다.

12일 수요일, 드디어 그녀가 들어오기로 한 날이다.
한 번 더 전화해본다. 여전히 휴대폰은 꺼져 있다. 벌써 밤 열두 시가 다 되어 가는데. 오늘 안 들어온 건가. 도대체 보름씩이나(정확히 열 엿새째다) 뭘 하고 있는 거야. 늦어지면 늦어진다고 연락이라도 좀 해줄 일이지, 전화 한 통 해주는 게 그리 어렵나.
휴대폰을 집어던지고 바닥에 벌렁 드러누웠다. 내가 왜 이러는지 모르겠다. 요즘 하루가 열흘처럼 지겨운 이유도, 그녀의 무소식이 서운한 이유도, 변경된 듯한 일정에 짜증이 나는 이유도, 도대체 알 수가 없다. 내가 알고 있는 건 단 하나, 지금 이 순간 그녀가 너무나 보고 싶다는 것. 설마하니 이게 사랑일 리는 없고(그녀는 여자다, 나도 여자다) 그렇다고 단순한 우정도 아닌 것 같은데.
어쩌면 나는…… 그 단새 그녀에게 중독되어버린 걸까?

차라리 미운 오리새끼였더라면

……지나간 날들의 상처 따위로 아파하진 않을 텐데
……아마도 지금쯤 우아한 날갯짓을 하고 있을 텐데

지난 일요일, 그녀가 귀국했다.

원래 예정보다 나흘이나 늦춰서. 그리고 오늘로 닷새째. 밀린 일 대충 끝내놓고 전화한다더니 아직도 연락이 없다(지난 나흘 중 이틀은 분명 그 유부남들 만나는 데 썼겠지). 화장실 갈 때조차 휴대폰을 끼고 다니는 내 마음을 그녀는 알 리가 없다. 하루종일 습관처럼 목걸이만 만지작거린다.

후유, 그나저나 사흘 후면 가영이 결혼식이네.

전화벨이 울린다, 그녀다!
"자기, 지금 어디야?"
"응, 집."
"뭐해? 빨리 안 나오고."
요가교실이란다(좀 진작 연락해줄 일이지, 이틀째 머리도 안 감았는데).
"어, 그래. 지금 금방 나갈게!"
머리를 질끈 올려 묶고 총알같이 튀어나간다.

지난 크리스마스이브 때 보고 못 봤으니 정확히 이십칠 일 만이다. 좀 핼쑥해지긴 했어도 여전히 예쁘다. 아니, 더 아름다워진 것 같다.

밥도 먹고 술도 마시고 언제나처럼 많은 이야기를 나눈다. 그런데 어째 오늘은 영 대화에 집중이 안 된다. 너무 오랜만이라 그런가. 그녀의 눈빛에, 웃음소리에, 그리고 입술 움직임

하나하나에 자꾸만 멍하니 정신이 팔린다.

 오늘은 가영이 결혼식.

 일부러 늑장을 부렸다. 그리고 식장에 조금 늦게 도착했다. 벌써 결혼식이 진행되고 있었다. 친지들이며 안면 있는 이들에게 살짝살짝 눈인사를 건네며 한껏 몸을 낮추고 은근슬쩍 내 자리로 파고들었다.

 '신랑 입장'

 걸어가는 준 원장의 뒷모습. 팔 다리 몸통을 휘감고 있는 비싼 양복지지 너머로 오동통한 그의 알몸이 비쳐 보인다. 저 인간, 사타구니에 또 너덜거리는 신문지조각 달고 있는 건 아닌지 모르겠다. 그래, 잘 살아라. 니가 행복해지는 길은 딱 하나다. 가영이가 바람피우더라도 행여 눈치채는 일 없이 그냥 둔하게 사는 거!

 '신부 입장'

 기집애, 암튼 허리곡선 하나는 끝내준다니까. 참, 지금쯤 라인이 꽤 밋밋해질 법도 한데, 저거 혹시 코르셋을 너무 꽉 조른 거 아냐? 잘못하면 뱃속에 든 애기 압사하겠네. 하얀 웨딩드레스 너머, 올챙이 같은 생김새로 웅크리고 들어앉았을 조카 녀석이 보인다. 나쁜 기집애, 태어나는 그 순간부터 엄마 사랑을 독차지하며 날 비참하게 만들더니 이젠 나랑 같이 잔 유일한 남자, 프러포즈씩이나 해준 둘도 없는 남자까지 내게서 앗아간다. 세상에 어디 남자가 없어서 하필. 그리고 그럼에도 불구하고 나는 가족이란 틀에 묶여 이렇게 저 기집애의 결혼을 축하해주고 있다. 입술 양끝으로 가벼운 경련이 인다.

— 잘됐지 뭐 그래? 잘난 척 이쁜 척은 혼자 다 하더니 슈렉 같은 이혼남이랑 결혼하잖아. 넌 이담에 잘생기고 어린 총각이랑 보란 듯이 결혼해버려!

언제 왔는지 β가 내 어깨에 올라앉아 도란도란 듣기 좋은 말을 해준다.

'남자는 공부하는 시간에 따라 장래 신부 얼굴이 달라진다.'
(일리 있는 말이다. 준 원장을 보면 안다.)

'여자는 공부하는 시간에 따라 장래 신랑 직업이 달라진다.'
(근거 없는 낭설이다. 가영이를 보면 안다. 선생들이 애들 공부 몇 자 더 시키려고 작당해서 지어낸 말이다. 신랑의 지위·재산·수입 따위는 여자의 얼굴이나 타고난 팔자가 좌우할 뿐이다.)

엄마가 운다. 그렇게도 바라던 부자 사위 보면서 춤을 춰도 모자랄 판에 울고 있다. 보기 싫다. 고개를 돌려버렸다. 그나저나 오늘부로 나는 준 원장의 처형이자, 왕 원장의 사돈이 된다. 저기 앉은 왕 원장 처제뻘 되는 미스 최도 행정실의 이 실장이랑 곧 결혼한다는 것 같던데, 우리 병원노 이센 쐐나 단단한 족벌체제를 구축하게 생겼다.

지루하고 긴 결혼식.

한물간 이류가수의 축가를 들으며 나는 먼저 일어섰다. 그리고 살짝 빠져나왔다.

꿀꿀하다.

그녀에게 전화를 했다. 몸살기가 있어 집에서 쉬고 있다고 한다.

(잘됐다.)

집에 놀러가도 되겠냐고 물었다.

하겐다즈 녹차 아이스크림을 큰 걸로 두 통 사오면 들여 주겠단다.

(귀엽다.)

녹차맛 세 통에 딸기맛 한 통, 그리고 바닐라맛 한 통까지 다섯 통을 사버렸다. 그녀가 좋아하는 레어치즈 케이크도 한 판 샀다. 서둘러 청담동으로 향한다.

처음 와보는 그녀의 집.

지나치리만큼 심플하게 꾸며놓았다. 명색이 인테리어 관련업을 하면서 장식용으로 놔둔 거라곤 입구에 놓인 조각품 하나, 그리고 부엌 코너와 거실 낮은 장 옆에 기품 있게 피어 있는 팔레놉시스뿐이다.

"여자 사는 집 같지 않지? 내가 원래 꼭 필요한 게 아니면 집에 잘 안 들이거든, 정신 사나워서. 그건 그렇고 동생 결혼식은 잘 끝난 거야?"

"뭐, 그럭저럭."

그녀는 아이스크림 봉지를 들고 냉장고로 향했고, 나는 하얀색 가죽소파의 끄트머리에 살짝 걸터앉았다. 거실만 해도 내 원룸의 두세 배는 족히 되겠다. 깔끔하고 세련되고 고급스럽기 짝이 없는 가구들이 그녀의 뒷모습과 너무나 잘 어울린다.

"자기, 이쪽으로 올래?"

"어? 으응."

나는 거실과 부엌 사이에 가로놓인 홈바형 식탁으로 가 앉았다. 그녀가 쿠키 한 접시를 이쁘게 웃으면서 내민다.

"이거, 엊그제 내가 만든 거야. 심심해서 한번 해봤는데, 좀 딱딱하긴 해도 맛은 괜찮아."

모양이 가지각색이다. 별 모양 쿠키를 한 조각 깨물었다. 진짜 딱딱하다. 하마터면 앞니 또 부러질 뻔했다.

"우와, 맛있다! 난 집에서 만든 쿠키는 처음 먹어봐."

어금니도 아프다. 아무래도 커피에 불려 먹는 게 좋을 것 같다. 한쪽에 놓인 전자동 커피 머신으로 눈이 갔다. 머신은 아주 부드럽고 잔잔한 소리를 내며 잠시 원두를 갈더니, 이내 거실 가득 짙은 향을 드리우며 까만 커피를 쫄쫄 쏟아내고 있다. 보아하니 저건 족히 일이천만 원은 한다는, 그 본격적인 가정용 에스프레소 머신이다. 공기를 압축해서 단시간에 뽑아내기 때문에 카페인 양이 적고 커피의 순수한 맛을 즐길 수 있다고 들었다.

쿠키 먹느라 목이 멘 내 앞에 드디어 갓 추출된 에스프레소로 만든 아메리카노가 놓였다. 그런데…….

"언니, 이건 뭐야?"

차 스푼 대신 놓인 가느다란 나무 막대기 같은 것을 집어 들며 물었다.

"시나몬 스틱이야."

"시나몬 스틱?"

냄새를 맡아보니 정말 계피향이 난다.

"내 개인적인 취향인지는 모르겠지만, 아마 그렇게 먹는 게 쿠키랑 제일 어우러지는 커피 맛일 거야."

나는 그 시나몬 스틱으로 까맣고 투명한 커피를 휘휘 저었다. 오묘하게 뒤섞이는 커피 향과 계피 향에 하루종일 곤두서 있었던 신경이 일시에 누그러드는 듯하다. 나는 그 '우유 빠진 카푸치노'의 향기를 음미하며 천천히 잔을 비웠다. 그녀는 내가 사온 아이스크림을 먹었다. 화장기 없는 청아한 그녀의 얼굴을 잠시 멍하니 쳐다본다.

그녀가 웃으며 말했다.

"지금 자기 표정이 어떤 줄 알아?"

"어떤데?"

"꼭 사랑니 뽑고 온 사람 같애."

"사랑니?"

"왜, 말이 좋아 사랑니지, 필요도 없는 게 잇몸 뚫고 올라오면서 괜히 사람 애먹이잖아. 뽑고 나면 시원하고 후련하긴 한데 한 며칠 붓고 아프고."

그래, 어쩜 준 원장은 내게 사랑니 같은 존재였는지도 모르겠다. 그럼 가영이는 그걸 뽑아준 치과의사가 되나. 사랑니 뽑으면서 멀쩡한 이빨들까지 시리게 만든 돌팔이 치과의사.

이번엔 그녀가 날 물끄러미 쳐다본다. 왠지 하소연이 하고 싶어졌다.

"언니, 난 항상 거꾸로 살아왔나 봐."

"응?"

"예전에 할머니 사랑엔 짜증으로 일관해버린 주제에 말야. 아빠의 무관심엔 관심으로, 엄마의 구박엔 생활비로 보답해왔거든. 싸가지 없는 동생에겐 비싼 레이저 쏘아주며 피부관리까지 책임져주고."

"……"

"가만 생각해보면…… 전문의 따고 나서 지난 몇 년간 마치 내가 기억상실증이라도 걸린 듯 인심 쓰며 가족들을 대해온 건, 어쩌면 그들에게서 진정한 반성을 유도하고 싶었기 때문인지도 몰라. 아니, 그것도 아마 아빠한테만 해당되는 말일 거야. 어차피 엄마나 동생은 자기들이 내게 어떤 상처를 줬는지 기억조차 하지 못할 인격들이니까. 엄마한테 의도한 건 따로 있었던 것 같아."

"어떤 거?"

"혹시 미운 오리새끼가 백조가 돼서 날아오르던 날, 밑에서 그 모습을 바라보던 오리 엄마의 복잡한 표정을 기억해?"

"응, 그 동화책 맨 마지막장에 크게 실리는 그림 말이지?"

"난 전문의 딸 때까지만 해도 그걸 원했었나 봐. 우아한 날갯짓을 하면서, 날 올려다보는 엄마의 표정을 즐기고 싶었다구."

"……."

"근데 실패했어. 왜냐면 난 미운 오리새끼가 아닌 '진짜 오리새끼'였거든."

"……."

"친척들한테 아쉬운 소리 하고, 여기저기서 빚 내가며 쪼들리게 살아가는 가족들을 모른 척 팽개치고 나올 수가 없었어. 그리고 그걸 알고 있던 영리한 엄마는 내가 전문의를 땄을 때도, 좋은 조건으로 병원에 취직했을 때도, 정말 기뻐해 주더라구."

"……."

"백조 피가 아닌 찐득찐득한 오리 피가 흐르는 몸으로는 결코 날아오를 수 없다는 것, 그리고 엄마한테서 내가 원했던 표정을 찾아낼 수 없다는 것을 깨닫고 나서 난 작전을 바꿨어. 엄마가 그나마 돈 문제만이라도 내 눈치를 보게 된 사실에 쾌감을 느끼려고 노력한 거지. 어릴 적 내 머리를 쥐어박고 내 뺨을 갈기던 그 손에 꼬박꼬박 생활비를 쥐어주면서 말이야. 날 무섭게 노려보던 그 눈으로 내 표정을 살피고, 날 향해 소리 지르고 욕하던 그 입으로 고맙단 말을 하는 것, 그걸 즐겨온 셈이라구."

"……."

"근데 그것도 이젠 다 끝났어. 동생이 무지 돈 많은 남자랑 결혼해버렸으니까. 이젠 내 도움 없이도 호강하며 잘 살 거야. 결국 난 그동안 뼈 빠지게 일해서 그들의 필요사항만 충족시켜준 거지. 빚 갚아주고 생활비 대주고 PC방 차려주고 유학 보내주고. 그리고 지금 나한테 남은 건 갚아야 할 대출금이랑 매달 어김없이 나가는 이자뿐이야. 차라리 내가 정말 '미운 오리새끼'였다면 얼마나 좋았을까. 그럼 벌써 화려한 날갯짓을 하며 높이 날아올랐을 텐데. 엄마의 복잡한 표정과 지난날의 설움을 맞바꿀 수도 있었을 테고."

조용히 내 넋두리를 듣고만 있던 그녀와 눈이 마주쳤다. 왠지 내 치부를 드러낸 듯 부끄러워진다.

"역시 난 별수 없는 오리새끼야. 이런 고상하지 못한 생각들을 하는 걸 보면. 동화 속 백조는 날아오르면서 오리 엄마의 표정 따윈 쳐다볼 생각도 안 했던 것 같은데."

"우리, 아주 찐하게 한 잔씩 마실까?"

그녀가 빈 커피 잔을 치우며 말했다. 얼결에 고개를 끄덕였더니, 그녀는 생긋 웃으며 다시 머신 스위치를 눌렀다. 이번엔 데미타세인가 뭔가 하는 코딱지만한 잔에다 받아낸, 거의 원액에 가까운 '에스프레소 리스트레토(지금껏 멋 부리느라 비싼 커피전문점에 꽤나 자주 드나들었건만 나는 단 한 번도 이 녹즙불 같은 커피를 시도해본 적이 없다. 일반 에스프레소도 딱 한 번 마셔보고는 아주 학을 뗐다)'에다 레몬즙까지 두어

방울 떨어뜨린다. 안 마셔 봐도 맛은 가히 짐작이 간다. 하지만 안 마시기도 뭐하고. 연갈색 크레마가 사정없이 뿜어내는 노골적인 커피 향에 언뜻 아찔함을 느끼며 예의상 잔에 입술을 갖다 댔다. 이건 예상했던 대로, 진정한 커피 애호가들이나 즐길 법한 그런 맛이다. ……삶의 무게가 느껴지는 맛, 사랑의 고통이 느껴지는 맛…….

미간 한 번 안 찌푸리고 단 두 모금에 그 쓰디쓴 잔을 훌쩍 비워버린 그녀가 내 표정을 살피며 말했다.

"왜? 별루야? 좀 찐하게 마시고 나면 기분이 훨씬 나아질 텐데."

(진한 것도 어느 정도라야 말이지.)

"미안, 내가 영 촌스러워서."

"맛들이면 기분 처질 땐 이게 제일인데. 알았어, 그럼 다시 뽑아줄게."

그녀가 또다시 스위치를 눌렀다. 이번엔 하얀 우유거품을 소복이 띄워서는 그 위에 고소한 아몬드 가루까지 뿌려준다. 흐음, 달달하니 딱 내 취향이다. 커다란 머그잔을 두 손으로 감싸 쥐고는 연신 홀짝홀짝 마셔댔다.

우리는 거실 소파 쪽으로 자리를 옮겼다. 둘 다 잠시 말이 없었다.

그녀가 먼저 입을 열었다.

"나 어제…… 남자 또 하나 정리했어."

(바람직한 일이다. 듣던 중 반가운 소리다.)

"저런, 왜?"

"알고 보니 바람피울 자세, 기본이 전혀 안 돼 있는 남자였어."

"……?"

"글쎄, 관계 끝내고 누워 있는데 무슨 말끝에 자기들 부부싸움 한 얘길 하더라. 그리 내키진 않았지만 하소연하나 보다 싶어 그냥 들어줬어. 그런데 듣다 보니 그 와이프가 좀 심한 것 같더라구. 그래서 정말 객관적이고 중립적인 입장에서 나도 모르게 딱 한마디 거들었지."

"뭐라고?"

"그러니까…… '그건 와이프가 너무했네' 하고. 근데, 그랬더니 이 남자가 갑자기 자기 와이프 역성을 들기 시작하는 거야. 뭐, 그래도 그렇게 나쁜 여자는 아니라나. 그리고 와이프 입장에서 보면 자기가 나쁜 걸 수도 있다나. 가재는 게 편이라고, 지들은 부부고 나는 남이다 그거지. 아무리 그렇지만, 그게 어디 알몸으로 살 맞대고 누운 상태에서 할 말이야? 그것도 방금 사용한 콘돔이 널브러진 침대 위에서. 바람은 왜 피우는지 몰라, 바람피울 마인드도 안 돼 있으면서."

"진짜 싸가지 없는 놈이네. 그걸 그냥 놔뒀어? 급소라도 한 방 걷어차 버리지."

"안 보면 그만인데, 뭐."

하긴, 그래도 자기 마누라 욕이나 하고 다니는 남자보다 인간성은 좋을지도 모른다. 그 정도면 바람을 피워도 와이프한테 용서받을 자격은 충분할 것 같다.

"그건 그렇고, 언닌 절대로 감정은 안 섞는다더니 그것도 아닌가 보네? 그렇게 질투하는 걸 보니."

"질투? 말도 안 돼, 그런 거 아냐. 난 그냥 침대 위에서 지켜야 할 최소한의 예의에 대해서 말하고 있을 뿐이라구. 솔직히 침대 위에서 와이프 애길 꺼내는 것 자체가 우습지 않아? 그리고 난 아마 그 사람이 자기 와이프 욕만 냅다 해댔다 하더라도 그리 유쾌하진 않았을 거야. 난 지들 부부관계엔 전혀 관심 없으니까."

애써 쿨한 척하는 그녀. 그러고 보면 참 묘한 것이 사람 마음이다. 절대 화가 나선 안 될 부분에서 화가 나는 경우가 종종 있다. 그럴 땐 왜 화가 나는지 본인 스스로도 잘 모른다. 왜, 유부남과 사랑에 빠졌을 경우, 부부관계가 원만치 못해 보이던 그가 실은 마누라와도 빈번한 잠자리를 가지고 있음을 알게 되면, 그 내연녀의 배신감이란 남편의 외도 사실을 알게 된 와이프의 그것만큼이나 지독한 것이라 하지 않던가. 그렇다. 살다 보면 아무도 인정해주지 않을 상실감과 노여움으로 자신을 소모시키는 상황도 더러 생긴다. 감정이란 것이 항상 이치에 맞게 움직여주지는 않는 법이니까.

문득, 대학 때 지도교수와 불륜에 빠졌던 한 후배의 말이 떠오른다. 그녀는 이혼 운운하며 자신에게 사랑을 속삭이던 그 교수가 실제로는 자기 가정을 얼마나 소중히 여기는지 알게 된 순간, 배신감과 자괴감으로 치를 떨었다고 했다. 그리고 그 조각난 감정의 파편 위에서 만신창이가 되도록 뒹굴고 또 뒹굴며 살 냄새로 범벅이 된 일그러진 관계를 이어갔다고 했다. 자기 음부를 핥던 그 입으로 와이프의 유두를 빨고 자기 엉덩이를 문지르던 그 손으로 와이프의 젖가슴을 주무르며 두 여자 사이를 오갔을 그 남자의 이중성에 환멸을 느끼면서도, 또 한편으로는 자신과 섹스 할 때와 마찬가지로 와이프 위에서도 허리를 흔들어 피스톤 운동을 하고 몸을 떨며 하얀 정액을 뿜어냈을 그의 모습을 떠올리면 오히려 더 말초적이고 막다른 육욕으로 치닫게 된다며 소주를 들이마셨다. 또한 그녀는 그들 만남의 어떤 부분을 잘라놓고 본들 분명 사랑이란 고귀한 감정과는 거리가 있음도 잘 알고 있다고 했다. 하지만, 그럼에도 불구하고 자신은 그에게 집착하고 매달릴 수밖에 없으며, 그것은 유부남에게 우롱 당했다는 모멸감과 자조감이 극복되지 않는 한 그 남자가 아무 일도 없었다는 듯 제자리를 찾고 다시 일상으로 돌아가는 것을 자신의 심술과 오기가 용납할 수 없기 때문인지도 모르겠다며 소리 내어 울었다.

그러고 보면 무의식이란 참으로 유치하고 적나라한 인간성의 실체인지도 모른다. 서푼어치의 의식과 습관적인 위선으로 제아무리 무장해본들 삶은 무의식의 영역에서 그다지 자유로울 수 없다.

아마도 최정윤, 그녀 또한 그녀의 어떤 무의식에 휘둘리고 있을 것이다. 배제된 줄 알았던 감정이 자신도 모르는 새 섞여 있었을 수도 있다. 또는 단순히 자신을 향한 상대의 외사랑을 즐기고 싶었는지도 모른다. 그렇다면 그녀가 아무리 쿨해보려 한들, 상대 남자가 그녀보다 자기 와이프를 더 사랑하고 있다는 사실을 기분 좋게 받아들일 수 있을 만큼 쿨하지는 못하리라. 그리고 그녀 앞에서 와이프에 대한 사랑을 대책 없이 덜컥 표현해버린 그 무례를 용서할 수 있을 만큼 너그러울 수도 없으리라.

진정한 만남은 상호간의 눈뜸이다
영혼의 진동이 없으면 그건 만남이 아니라
한때의 마주침이다

사랑!

Love

야상곡

세상엔 수많은 내연(內緣)이 존재한다
불륜, 근친애, 그리고 동성애……
알려져선 안 될 그 은밀한 인연들
아무리 아름다운 내연도 드러나면 그로테스크한 법이다
반대로 아무리 그로테스크한 내연도 은밀할 땐 아름다울 수 있다

나는…… 그녀의 내연녀이다

드디어 내게도 비밀이 생겼다
아무에게도 말 못할……

하여간 그녀는 어젯밤 최악의 기분으로 호텔을 나왔으며, 그길로 또 한 남자의 전화번호가 그녀 휴대폰 속에서 수신거부 명단으로 내려앉았다.

그녀가 말했다.

이렇게 뒷맛 안 좋은 경우는 처음이라고.

나도 말했다.

결혼식 다녀와서 이렇게 기분 더러운 적도 없었다고.

〈녹턴(nocturne)〉 Op.9-1.

쇼팽의 선율이 잔잔히 흐르는 거실 마룻바닥에 앉았다. 엉덩이가 따뜻해지니 잠이 온다.

"난 이 부분이 제일 마음에 들어."

그녀가 널따란 소파에 비스듬히 누우며 말했다.

(밋밋하고 지루하구만. 누가 야상곡 아니랄까봐. 수면제가 따로 없네.)

잠시 후, 이어지는 Op.9-2. 이번엔 내 귀에도 꽤나 익숙한 곡조가 흘러나온다. 듣다 보니 조금 감미로운 것도 같다. 술잔으로 다시 입을 가져갔다.

"근데 이건 어떻게 만들었어?"

"보드카에 자몽주스 섞은 거야."

"마실수록 은근히 맛있네."

홀짝홀짝 잔을 비우고는 바닥에 앉은 채 그녀 쪽으로 얼굴을 기댔다. 좋은 냄새가 난다. 나는 그 향기를 음미하며 다시 한 번 천천히 깊은 숨을 들이마셨다. 그러는 내 머리를 쓰다듬고 목덜미를 어루만지는 그녀. 조금 전에 마신 보드카 탓인지 정신이 아득해진다.

"이리 와봐."

그녀가 날 소파 위로 끌어올린다. 나는 마치 자석에 이끌리는 쇳가루처럼 스르르 딸려 올라갔다. 그리고 그녀의 부드럽고 풍만한 가슴에 얼굴을 묻었다. 포근하다. 세상 사람들이 말하는 소위 엄마 품이란 게 이런 걸까.

잠시 후, 내 맘을 읽기라도 한 듯 가슴팍 단추를 풀고 그녀가 내민 하얀 젖가슴, 그녀의 가슴은 브래지어의 도움을 받은 풍만함이 아니었다. 가영이 차지였던 엄마의 출렁거리는 젖가슴보다 약간 작긴 하지만 벌어져 있지도 처지지도 않았다. 다시 얼굴을 묻는다. 최음제 같은 그녀의 향기에 나는 점점 더 혼미해진다.

……젖꼭지를 물었다.

……이상하다. 분명 뭔가 가득 차 있을 것 같은데…….

아무리 세게 빨아도 나오는 게 없는 그것을 이번엔 혀끝으로 살짝 돌려봤다. 가느다란 신음소리를 내며 그녀의 몸이 야하게 뒤틀린다.

"옷, 벗어……."

나는 그녀가 시키는 대로 했다. 그녀도 벗었다. 그리고 다시 몸을 포갠다.

……아아, 따뜻하다.

이 세상에 이성애자와 동성애자는 각기 10프로씩밖에 존재하지 않는다고, 단지 규범이나 틀에 묶여 있는 이성 때문에 자신의 본성을 깨닫거나 발휘할 기회가 잘 없을 뿐 나머지 80프로는 양성애자라고, 어떤 책에 쓰여 있었다.

그녀와 난, 우리가 그리 특별한 부류에 속하지 않는 평범한 존재임을, 그리고 그 평범한 80프로의 다수 중에 자유로운 이성을 가진 극소수의 존재임을 서로 확인했다.

드디어 내게도 비밀이 생겼다. 아무에게도 말 못할······.

오전 진료를 하고, 점심을 먹고, 다시 오후 진료를 하면서도, 하루종일 그녀 생각이 머리에서 떠나지를 않는다. 그녀의 섬세한 손놀림이, 긴 손톱이 아직도 내 등줄기를 타고 흐르는 것만 같다. 그녀의 부드러운 입술이 아직도 날 어루만지는 듯하고 그녀의 날카로운 이빨이 아직도 내 몸 여기저기를 깨물고 있는 것만 같다.

그녀에게 전화를 했다.

"저기, 오늘 저녁에 볼 수 있어?"

"어쩌지, 오늘은 약속이 있는데. 내일은 어때?"

"내일?"

"응, 내가 내일 다시 연락할게."

"알았어, 그럼 기다릴게."

집에 들어왔다.

피자를 시켰다. 눈앞에 따뜻한 피자가 있는데도 어째 손이 안 간다. 벌써 콜라만 세 잔째다.

오늘은 하나 남은 그 유부남 만나는 날인가?

아님, 또 다른 남자 유혹하나?

지금쯤 저녁 먹고 있을까?

술 마시고 있으려나?

아니면, 벌써 호텔에 들어갔나?

오늘은 어느 호텔로 갔을까…….

그녀가 아니었다면 아마 지금쯤 내 정신은 준 원장과 가영이를 따라 유럽으로 가 있었겠지. 차라리 그게 나았을지도 모르겠다. 그랬다면 이렇게까지 가슴이 답답하진 않을 테니.

최악의 컨디션. 얼굴이 달덩이다. 어제 밤늦게 마르고 식어 빠진 피자 한 판을 꾸역꾸역 다 먹어버리고 잔 탓인지 오전 내내 속도 안 편하고 점심 생각도 없다. 그냥 커피 한 잔 진하게 타 마시고 멍하니 앉아 있는데, 그녀에게서 문자가 들어왔다. 일곱 시 반까지 도곡동에 있는 갈비집으로 오란다.

오후 내내 벽에 걸린 시계 쪽으로만 눈이 간다(아직도 네 시 밖에 안 됐네. 시간이 어찌 이리 더디지).

"저기, 원장님. 문제가 좀 생긴 것 같은데."

이 간호사가 걱정스레 내려놓는 차트 위로 준 원장의 갈겨 쓴 글씨들이 눈에 들어왔다. 기록상, 거의 미용 목적으로 내원

하는 부류의 환자, 아니 VIP고객이다.

VIP고객은 내 담당이 아닌데. 그러고 보면 왕 원장도 참 얌체다. 아무리 병원 일이 뒷전이라고는 하지만 제 동생이 신혼여행 가고 없으면 저라도 병원을 좀 지켜줘야 할 거 아냐. 셋이서 할 일을 나한테 다 떠넘기고 이틀씩이나 자리를 비우면 어쩌자는 거야. 내 참, 그나저나 또 무슨 문제가 생겼기에.

잠시 후, 스물대여섯 된 여자가 향수 냄새를 폴폴 풍기며 차가운 표정으로 들어왔다. 여자의 주변 공기가 마치 드라이아이스에서 피어오르는 그것인 양 하얀색을 띠고 있다. 잔뜩 치켜 올라간 그녀의 눈초리에 괜스레 주눅이 든다.

"어떻게 오셨……"

"저, 지난주에 김성준 원장님한테 IPL을 했거든요. 근데 여기 좀 보세요."

뜨거운 콧김을 폭폭 내쉬며 내 앞으로 얼굴을 들이미는 그녀. 그녀의 진분홍 손톱이 가리키는 곳은 예쁘게 살짝 들린 버선코의 옆 부분이었다.

"그때, 코 옆으로 실핏줄이 쬐끔 비치는 게 있었는데 그거 없애준다고 괜히 뭔가를 하는 바람에 이렇게 됐어요. 시술 끝나고 집에 가서 보니 수포가 몇 개 생겨 있더라구요. 그래서 병원에 전화를 했더니 원래 그런 거라고 걱정하지 말라기에 안심하고 있었죠. 근데 오늘 아침에 딱지 다 떨어지고 보니까 이렇게 움푹움푹 패어 있지 뭐예요. 아주 자세히 들여다보지 않으면 거의 보이지도 않는 거였는데, 그거 없애느라 이런 흉터를 만들어 놓는 돌팔이가 세상에 어디 있냐구요!"

여자는 쌕쌕거리며 쉴 새 없이 사정 설명을 했다. 만약 이 자리에 준 원장이 있었다면 공들여 손질한 저 화려한 손톱들이 벌써 날카로운 무기로 돌변했을지도 모르는 일이다. 도대체 뭘 어떻게 해서 한 여자의 얼굴에 이렇게 회를 쳐놓는단 말인가. 이 정도면 파운데이션도 억지로 밀어 넣어야 묻겠는데. 아마 KTP레이저를 꽤 강하게 조사했나 보다. 해달라는 거나 제대로 해줄 일이지 왜 서비스랍시고 선심 써가며 이런 실수를 하는 건지 모르겠다(어째 한동안 잠잠하나 했다).

여자와 눈이 마주쳤다. 어쩌면 말짱한 얼굴에 쓸데없이 돈 써가며 괜한 욕심을 부려온 이 여자도 그 책임에서 완전히 자유로울 수는 없을 것 같다.

"저, 조금 진정하시구요, 패인 부분은 조금씩 괜찮아지기도 하거든요. 그리고 한 몇 주 지나도 살이 안 차오르면 그땐 또 다른 방법을 생각해볼 수도 있으니까……."

사실은 그리 낙관적이지 못함에도 불구하고 일단 여자를 달래기 위해 좋은 쪽으로 얘기했다. 이런 경우, 원상태에 그나마 가깝게 되돌리려면 상당한 끈기와 노력이 필요하다. 어쩌면 여자는 저 흉터에 조금씩 적응하고 익숙해져가야 할지도 모르는 일이다. 스스로 완벽한 미모 —그게 타고난 거든 인공적인 거든 간에— 라고 여겨왔을 법한 이 성깔 있는 여자에게 그것은 참으로 감내하기 힘든 시련이리라.

"저기, 이 정도 흠도 없이 너무 완벽하면 인간미 없을 거 같은데. 거 왜, 미인박명이라는 말도 있잖……."

순간, 약간 진정된 듯 보였던 여자의 표정이 다시 사나워졌다.

"지금 그걸 위로랍시고 하는 거예요? 만약 입장이 바뀐다면 어떨지 한번 생각해보세욧!"

여자는 찬바람을 쌩 일으키며 일어서더니 문이 부서져라 쾅 닫고 나가버렸다.

(글쎄, 입장이 바뀐다면? 나야 좋지. 저 여자가 내 얼굴 달게 되면 아마 자살하는 건 시간문제겠지만.)

아무튼 저 여자는 다시 올 테고, 조만간 준 원장은 진땀깨나 흘리게 생겼다. 그나저나 오늘 반영구화장 예약은 또 왜 이리 많이 잡혀 있는 거야?(간호사들 눈썹을 너무 예쁘게 만들어버린 게 나의 실수였다.)

지루하고 단내 나는 진료시간을 겨우 채우고 나와 택시를 탔다.

설마하니 이제 그만 만나자거나 뭐 그런 말을 하는 건 아니겠지. 그래, 최대한 자연스럽게 행동하자. 그녀가 괜히 서먹해하지 않도록.

"요즘 병원은 잘돼?"

(갑자기 웬 병원 얘기?)

"뭐, 그럭저럭."

"많이 벌러?"

"글쎄, 관심이 없어서. 어차피 난 페이닥터니까."

"개업하지 그래? 내가 투자 좀 할게."

잠깐 귀가 솔깃하긴 했지만 이내 고개를 저었다.

"안 돼. 섣불리 개업했다가 문 닫는 병원이 요즘 얼마나 많은데. 얼마 전엔 크게 벌여놓고 수습을 못해서 자살한 선배도 있었다구. 그냥 주는 월급 받아먹는 게 속 편하고 제일 좋아."

그건 그렇고, 그녀는 엊그제 일을 기억하고 있긴 한 건가. 만나서 갈비 뜯고 된장찌개랑 밥 먹고 과일 먹고 수정과 마시고……. 벌써 두 시간이 지나도록 계속 엉뚱한 얘기만 하고 있다. 이건 그 일을 아예 없었던 일로 하자는 뜻인가. 그냥 기억 속에서 지워버리란 얘길 이런 식으로 하고 있나. 여자랑 해보고 싶다던 그 왕성한 호기심은 그날 한 번으로 이미 충족되어 버린 건가. 아니면 내가 별로였나.

나도 모르게 한숨이 새어 나온다. 그래, 내가 잠깐 미쳤었다. 지난 이틀간 환각상태에 빠져 있었나 보다. 미친년에서 정상적인 여자로 되돌아온 듯한 알싸한 안도감 뒤로 못내 서운한 아쉬움이 긴 꼬리를 내린다.

(그래도 그만 만나자는 소리는 안 하니, 그게 어디야?)

나도 참, 헤어짐을 겁내고 있는 꼴이 꼭 무슨 연애라도 하고 있는 것 같다.

식사를 마치고 우린 호텔 클럽으로 왔다. 시끄럽다. 구석 자리에서 생맥주 한 잔씩 마시고는 잠깐 다트게임을 즐겼다. 그러다 이내 싫증이 난 듯, 그녀는 현란한 조명과 정신없는 박자에 취해 있는 무리 속으로 날 이끌었다. 그리고 리듬에 몸을 싣기 시작했다. 허리를 돌리고 엉덩이도 예쁘게 흔들면서. 그녀의 양손이 내 굴곡 없는 허리를 감싸 쥔다. 시시각각 바뀌는 원색의 조명 아래, 야하기 짝이 없는 그녀의 눈빛을 바라보며 나는 한동안 열없이 어깨만 들썩거렸다.

다시 자리로 와 앉았다.

그녀가 바짝 다가앉으며 내 귀에 속삭인다.

"저기, 있잖아."

내 말랑말랑한 귓불에 와 닿는 그녀의 부드러운 입술, 목덜미를 타고 기분 좋은 소름이 돋았다.

"우리, 다음엔 셋이서 한번 해볼까?"

"……?!"

(이 말은, 그러니까, 없었던 일로 하자는 게 아니었구나!)

표정관리가 안 될 만큼 기쁘고 반갑다. 아무래도 나는 또 다시 '미친년'의 길로 접어드나 보다. 잠깐, 그리 좋아하고 있을 일만은 아니다. 그러니까 그 하나 남은 유부남이랑 같이 하자는 말인가.

"에이, 어떻게 쪽팔리게 첩 보는 남자랑……."

"아니, 여자 셋!"

참, '여자 둘에 남자 하나'는 생각 없다 했었지. 그런데 '여자 셋'이라면…….

"나 말고 다른 여자도 있는 거야?"

"아니. 앞으로 만들어야지."

"……."

싫다. 받아들일 수 없다. 남자문제에 있어선 그녀의 사생활을 충분히 존중할 것이며 나름대로 쿨할 수도 있다. 어차피 남자들과의 구조적 차이는 내가 접고 들어갈 수밖에 없으니까. 편의상 유부녀를 사칭하고 다닌다는 그녀니, 최소한 남자들은 그녀 집에 드나들지도 않을 것이다. 하지만 여자는 다르다. 나 말고 다른 여자가 그녀의 소파에 앉는 건 상상하기도 싫다. 게다가 한 침대에서 그녀를 다른 여자와 공유한다? 아니다, 이건 아니다. 나는 양성애자일 뿐 변태는 아니다. 그리고 변태니 뭐니를 떠나서, 나 아닌 다른 여자가 그녀의 가슴을 만지는 꼴은 죽어도 못 본다. 어디까지나 내가 좋아하는 그녀가 변태일 뿐, 변태인 그녀를 좋아하는 것은 아니다.

"안 돼, 싫어! 자고로 꿈은 가지되 그 꿈의 노예가 되어선 안 된다고 했어. '여자 셋' 은 그냥 꿈으로만 놔둬. 대신 내가 두 여자 몫을 하면 되잖아. 내가 정말 잘 할게."

우린 클럽을 나와 룸으로 올라왔다.

창가 쪽 스탠드 하나만 켜두고 침대 끝에 요염하게 걸터앉으며 그녀가 말했다.

"벗어."

나는 그녀 앞에 얌전히 서서 머뭇머뭇 옷을 벗었다. 빤히 쳐다보는 그녀. 이럴 땐 술기운도 그다지 도움이 안 되나 보다.

밀러드는 수치심에 소름이 돋는다.

"돌아봐. 천천히."

한 번, 두 번…… 시키는 대로 한다. 극에 달한 수치심이 이젠 오히려 온몸을 뜨겁게 달구는 것 같다.

"이리 와 누워."

그녀는 실오라기 하나 걸치지 않은 내 알몸을 감질나게 쓰다듬으며 자극하고 흥분시켰다. 외관상, 여성미가 물씬 풍기는 그녀와 중성적인 나이건만 이럴 땐 이상하게도 내가 여자 역할이 된다. 이 역할 분담에 맞아떨어지는 것은 그녀의 짧은 커트머리와 어깨까지 내려오는 내 파마머리뿐이다.

이미 혼미해진 내게 그녀가 속삭인다.

"보여줘."

"……"

나는 다리를 벌리고 두 손으로 부끄러운 속살을 열어 보였다. 손가락 끝으로 사타구니의 뜨거운 맥이 느껴진다.

"많이 젖었구나. 엉덩이까지 흘러내렸네."

드디어 그녀도 옷을 벗었다. 그 관능적인 아름다움에 나는 또다시 소름이 돋는다.

우린 그렇게…… 지난번 그녀의 집에서보다 훨씬 더 야하고 밀도 있는 시간을 보냈다.

미련한 사랑

결국 이 땅에서 우리 관계는
불륜이나 근친애와 하등 다를 바 없는 내연(內緣)이며
고로 나는
'그녀의 내연녀'라는 습하고 그늘진 이름을 받아들여야만 한다

그녀와 나의 만남, 그 비밀스러움이 가져다준 설렘
그리고 이 말 못할 우울함……

지난 주말, 준 원장과 가영이가 2주간의 신혼여행에서 돌아왔다. 그리고 오늘 준 원장이 첫 출근을 했다.

점심시간이다.

설렁탕을 정신없이 퍼먹는 준 원장. 집에서 제대로 못 얻어먹었나. 왜 저리 게걸스레 먹는대. 자세히 보니 얼굴이 많이 핼쑥해졌다(어지간히 무리하나 보네. 좀 적당히 할 일이지).

참, 중요한 전달 사항을 깜박하고 있었다.

"저기, 지난번에 레이저 부작용 땜에 젊은 여……."

"그거? 벌써 해결했어."

"네?"

"아까 왔더라구, 첫손님으로."

"아, 예."

"괜찮아질 때까지 치료해주겠대도 꾸역꾸역 다른 병원 가겠다며 성깔 부리길래 그냥 딴 데서 재생 레이저나 몇 번 할 수 있게 보상해주기로 했어. 왕 원장님한텐 말하지 마."

하기야 작년엔 민사조정까지 신청했던 환자 땜에 보험사 끼고 해결했던 복잡한 트러블이 있었다. 그 일 땜에 매달 나가는 보험료도 쬐끔 비싸졌다지, 아마. 어쩌면 자기 선에서 대충 무마시키는 편이 왕 원장한테 들켜서 며칠씩 욕먹는 것보다 훨씬 나을지도 모른다. 많이 현명해졌다.

어느새 3월.

요즘은 세월 가는 걸 모르겠다. 그녀와 친밀한 사이가 된 지도 그러고 보니 한 달이 훨씬 넘었다.

모처럼 교외로 나간다.

"언니."

"응?"

"나 이제 언니한테 '당신'이라 불러도 돼?"

"당신?"

"응, 그렇게 부르고 싶어."

그녀가 웃으며 고개를 끄덕였다.

"그리고 뭐 하나 물어봐도 돼?"

"응."

그녀와 몸을 나누게 된 이후, 줄곧 궁금했던 게 있다.

(처음에 당신이 나한테 말 걸었던 날 말야. 왜, 던킨도너츠에서. 그때 혹시 내가 마음에 들어서 그런 거야. 아님, 심심해서. 그것도 아니면 적당한 여자 물색 중일 때 마침 내가 포착된 거였어. 여자랑 해보고 싶어서 나더러 친구하자 그런 거야. 아님, 나하고 만나다 보니 여자랑 하고 싶어졌던 거야.)

운전하던 그녀가 날 쳐다본다.

난 묻고 싶은 말을 그냥 삼켜버리고 다른 말을 꺼냈다.

"라디오 틀면 안 돼?"

그녀가 싱겁다는 듯 웃으며 지루한 클래식 CD를 끄고 라디오를 틀어준다. 마침 내가 좋아하는 가요프로다. 〈미련한 사랑〉이 흘러나온다. 그녀와 나는 말없이 노래를 들었다.

> 넌 아무렇지 않은 듯 내일 일은 알 수 없다 말하지
> 마치 언제라도 나를 떠나버릴 수 있을 것처럼……
> 농담인 줄은 알지만 그럴 거라고 믿고 있지만
> 힘없이 웃고 있는 나는 널 떠나보낼 자신이 없어
> 미련한 사랑이지 답답한 사랑이지
> 내일은 아직 멀리 있는데……
> 알고 있지만 나는 두려워
> 느닷없이 다가올 그 어떤 우연이
> 내가 모르는 아주 먼 곳으로 너를 데려 갈까봐
> 너는 내일을 나는 이별을
> 지금 함께 있다는 것미지 잊은 채
> 헤어날 수 없는 미련한 사랑에 조금씩 빠져가고 있어
> 이렇게, 이렇게……

JK김동욱의 까칠한 목소리에 왠지 마음이 저려온다.

난 이미 그녀에게 중독되었다. 어쩌면 그녀를 사랑하는지도 모른다. 아니, 인정하기 싫지만 벌써 사랑하고 있다. 꽤 된 것 같다. 사실 처음부터 그녀의 거부할 수 없는 매력에 끌렸었다. 하지만 들켜선 안 된다. 감정이 개입되는 걸 싫어하는 그녀다. 그녀 앞에서 나도 그녀처럼 쿨하게 행동해야 한다.

'헤어날 수 없는 미련한 사랑'이란 노랫말이 자꾸만 귓가에

맴돈다.

　차에서 내렸다. 깨끗하고 차가운 공기에 가슴이 탁 트이는 것 같다. 평일이라 그런지 한적하다. 한가로이 강변을 걸어본다.

"우리, 사진 찍자."

휴대폰을 꺼내서 촬영모드로 바꾸려는데 그녀가 말렸다.

"사진은 무슨. 그냥 눈으로 찍고 마음으로 현상하는 게 제일 예쁜 거야. 추운데 그만 들어가자."

　통나무로 지어올린 고풍스럽고 아늑한 레스토랑으로 들어왔다. 드문드문 연인으로 보이는 남녀가 다정스레 앉아 있다 (아마 저 중엔 불륜도 몇 쌍 섞여 있겠지). 우린 창가 쪽 구석 테이블로 앉았다. 밖을 내다본다. 석양…… 하늘을 물들이는 빨간 노을이 아름답다. 그녀 옆자리로 가서 그녀 허리에 손이라도 두르고 창밖을 보고 싶다. 저기 앉은 다른 커플들처럼. 하지만…….

　여기는 대한민국, 남의 눈을 신경 쓰지 않을 수 없다. 그렇다, 이 나라를 벗어나지 않는 한 우리의 만남은 어차피 은밀할 수밖에 없으며, 만약 드러나게 된다면 그 모양새는 어쩔 수 없이 그로테스크해질 것이다. 결국 이 땅에서 우리 관계는 불륜이나 근친애와 하등 다를 바 없는 내연(內緣)이며, 고로 나는 '그녀의 내연녀'라는 습하고 그늘진 이름을 받아들여야만 한다. 더욱이 그녀와 나의 내연은 이성간의 내연보다 더 많은 행동의 제약이 따른다. 단순한 불륜, 또는 근친애였다면 이렇듯 인적 뜸한 곳에서 가끔 연인이나 부부 흉내를 낼 수도 있겠지만 우린 그러지도 못한다. 그녀와 나의 만남, 그 비밀스러움이 가져다 준 설렘 그리고 이 말 못할 우울함.

"무슨 생각을 그리 해."

그녀가 물어왔다.

"바르셀로나에 가서 살았음 좋겠다."

"바르셀로나?"

"거긴 동성애자들의 천국이라던데."

"후훗, 난 또 무슨 말인가 했네. 근데, 자긴 뭐 먹을래."

내 진지한 희망사항을 그저 농담으로 흘려들으며 그녀는 메뉴판을 뒤적였다.

식사를 마치고 디저트로 나온 푸딩을 다 먹어갈 때쯤 그녀의 전화벨이 울렸다. 휴대폰을 끼내들고 화장실 쪽으로 급히 걸어가는 그녀(그냥 내 앞에서 받아도 되는데. 무슨 비밀 얘기가 저리도 많은지). 항상 있는 일이긴 하지만 어김없이 속이 상한다. 한 달 새, 새로운 애인을 둘이나 더 만들어버린 그녀다. 아무리 마음을 비우려고 애를 써도 안 된다. 아무리 마음을 다스려본들 자고 일어나면 늘 제자리다. 그녀가 바빠지는 게 미치도록 싫다. 내가 들어갈 수도, 들여다 볼 수도 없는 다른 세계들이 그녀에게 존재한다는 사실이 서운하기 그지없고 외롭기 짝이 없다.

일어섰다. 그녀의 윗옷과 핸드백까지 챙겨 들고 입구에서 기다렸다.

그녀가 온다.

"어, 벌써 계산한 거야? 오늘은 내가 낼 차례 아니었어?"

"왜 그래? 정나미 없이. 요즘 들어 당신 부쩍 그러더라. 꼭 그렇게 주고받는 식으로 살아야 돼? 우리 사이에."

"……우리 사이?"

"먹고사는 데 지장 없는 상황에서 은연중에 이런 계산을 번갈아 하고 있다면 그건 그리 가까운 사이가 아니라는 증거잖아. 난 그런 거 싫어. 누가 내면 어때. 그냥 카운터에 먼저 서는 사람이 내면 되는 거지."

서울로 향했다.

그녀가 다시 말을 꺼낸다.

"아까, 자기가 말한 그 가까운 사이라는 게 도대체 뭔데?"

"응? 가까운 게 가까운 거지, 뭐긴 뭐야."

"난 가족이나 연인 사이를 제외하곤 가깝다는 말이 안 어울린다고 생각해. 그냥 친한 사이일 뿐……"

무슨 말이 하고 싶은 거지. 나는 가족도 아니고 사랑하는 연인도 아니니까 가깝다는 생각이 안 든다는 얘긴가. 단순한 섹스파트너는 가까운 사이가 될 수 없단 뜻인가.

"내가 지금껏 만나온 남자들 중에 일주일에 한두 번 들르는 호텔이나 외식비에 부담을 느낄 만큼 주머니 사정이 안 좋았던 사람은 없어. 하지만 난 절대 일방적으로 얻어먹지는 않아. 호텔비를 주로 남자들이 내니까 밥이나 술은 오히려 내가 사는 경우가 많지."

"보통 데이트 비용은 남자 부담 아닌가? 남자가 그리 어렵지만 않다면."

일반론을 얘기했다. 사실은 나도 예전에 좋아하는 남자 따라다니면서 밥값, 술값 다 내고 다녔었다. 깊은 관계였다면 아마 모텔비도 내 부담이었을 거다.

"옛날엔 나도 그렇게 생각했어. 일단 손목이라도 잡고 키스라도 하고 나면 나는 아예 지갑 꺼낼 생각을 안 했으니까. 근데 어떤 책에 여자들의 그런 심리를 창녀근성이라고 써놨더라. 생각해보니까 꽤 일리 있는 말이더라구. 암튼 남편도 아니고 사랑하는 사이도 아니면서 한사코 모든 걸 자기가 부담하려는 남자처럼 불편한 남자도 없다니까. 생일날도 아닌데 불쑥불쑥 들이미는 선물들도 그렇고."

하기야 그럴지도 모른다. 암만 얻어먹어도 부담 없고 암만 사줘도 아깝지 않은 건 사랑하는 사람이나 가족에 한해서다. 그런데 가만, 이건 조금 돌려 생각하니, 네 것 내 것 따지기 싫어하는 내 마음이 가끔씩 그녀를 불편하게 한다는 말이다. 갑자기 마음이 상한다.

창밖을 보며 퉁명스레 중얼거렸다.

"그렇게 불편하면 다 나한테 보내."

"응?"

"그 인심 좋은 남자들 말야. 내가 대신 얻어먹어 줄 테니까."

"후훗, ……하여간 난 그런 게 싫어, 꼭 화대 대신인 것 같아서. 암튼 섹스파트너랑은 더치페이가 제일 좋긴 한데 그러자니 너무 인정머리 없어 보이고 말이야."

"알았어, 알아들었다구! 앞으론 순서 칼같이 지켜서 계산하면 될 거 아냐!"

가슴이 답답하다.

지금 그녀는 더 이상 넘어와선 안 된다며 내 앞에 적정선을 긋고 있다. 아무래도 내 마음을 조금 눈치채버린 것만 같다. 그래서 나와 몸을 나누는 행위가 그저 순간의 쾌락일 뿐, 감정이나 일상과는 전혀 무관한 것임을 내게 확실히 해두려는 건지도 모른다. 언뜻 예전에 그녀가 했던 말이 떠오른다. 감정을 개입시키려는 미련한 사람은 무거워서 오래 만나지 않는다던. 등골이 싸하다.

그렇다. 그녀와 난 가까운 사이가 아니다. 그저 친한 사이에 불과하다. 내가 암만 그녀를 사랑해본들 그녀가 받아주지 않는 한 우린 한낱 친한 사이일 뿐이다. 지키지 않으면 안 될 적정선이 존재하는, 멀고도 친한 사이.

경칩이 지난 절기가 무색하게 희뜩희뜩 진눈깨비가 흩날리고 있다.

'저기 저 앞차가 갑자기 멈춰 선다면?'

'저쪽에서 오는 차가 중앙선을 침범해버리면?'

'갑자기 바퀴 하나가 빠져나간다면?'

한번 이렇게 방정맞은 생각이 들기 시작하면 도대체 걷잡을 수가 없다. 이 쓸데없는 불안과 공포는 차에서 내리는 순간까지 끊임없이 날 괴롭힐 것이다.

서울에 도착했다. 호텔방으로 올라간다.
한마디 했다.

"집 놔두고 왜 꼭 호텔이야?"

"집에서는 지겨워지잖아, 분위기가 달라야 매번 새롭지! 참, 우리 이담엔 러브호텔로 가볼까? 요즘 새로 지은 곳엔 재밌는 방이 정말 많거든. 호텔보다 훨씬 좋아, 자극적이고."

"러브호텔에 여자끼리 어떻게 들어간단 말야? 다들 쳐다볼 텐데."

"괜찮아, 요즘은 무인시스템으로 된 곳이 많아서."

그녀에게선 선수 냄새가 난다. 또 가슴이 답답해진다.

추워서 잠을 깼다.

어쩐지, 내 이럴 줄 알았다. 그녀의 조그만 몸이 누에고치처럼 하얀 시트를 똘똘 휘감고 있다. 일어나 가운을 걸쳤다. 창밖을 내다보니 비가 오고 있다. 날씨 탓인지 더욱 푸르스름해 보이는 새벽기운이 방 안에 자욱하게 깔렸다.

엎드린 건지 모로 누운 건지 구분이 안 되는 그녀의 잠든 얼굴을 한참 바라본다. 길게 말려 올라간 속눈썹, 살짝 열려 있는 도톰한 입술, 세상모르고 쌔근대는 그녀의 모습은 마치 마릴린 먼로의 뇌쇄적인 색삼에 갓난아이의 두명함을 섞어놓은 것만 같다. 그녀의 보드라운 머리칼에 살며시 입술을 가져가

본다. 향긋하다. 그녀만의 향기. 같은 향수를 사용해도 그 잔향은 사람마다 다르다고 했다. 그녀에겐 아무도 흉내 낼 수 없는 그녀만의 향이 있다. 후우, 왠지 뻐근해지는 가슴 밑바닥이 나도 모르게 뜨거운 숨을 토해냈다. 예민하기 짝이 없는 그녀가 뒤척이며 돌아눕는다. 쩝, 머리카락에 신경세포가 있는 것도 아니련만. 암튼 그 덕에, 시트 아래 꼭꼭 숨어 있던 그녀의 알몸이 조금 드러나 보였다. 어깨와 등을 타고 흐르는 곡선이 아름답다. 가만히 손을 뻗어 그 완만한 굴곡을 따라 따뜻한 온기를 느끼고 싶지만 곤히 잠든 그녀를 깨울 수는 없는 일이다.

가만. 이참에 사진이나 찍어둘까.

휴대폰을 집어 들었다. 전원을 켜고 촬영모드로 바꾼다. 그리고 여러 각도에서 그녀의 쌔근거리는 모습을 찍어댔다. 어떤 건 아름답고, 어떤 건 섹시하고, 어떤 건 귀엽고, 또 어떤 건 우습다. 그런데 찍다 보니, 그녀의 몸에 감겨 있는 시트가 점점 눈에 거슬리기 시작한다(저 시트만 아니면). 시트를 살짝 잡아당겨 보는데, 에고, 그만 그녀가 눈을 떠버렸다.

"음, 몇 시야?"

"어? 으응, 여섯 시."

"안 자? 난 조금 더 잘래."

"응, 그래, 좀 더 자, 푹 자. 나중에 내가 깨워줄 테니까."

그녀는 시트를 다시 끌어올리더니 이번엔 아예 얼굴까지 파묻어버렸다.

(아깝다. 잘하면 누드를 찍을 수도 있었는데.)

이제 보이는 거라곤 시트 밑으로 살짝 삐져나온 한쪽 발뿐이다. 그녀는 발도 예쁘다. 빨간 페디큐어가 하얀 시트 위에서 더욱 빛을 발하는 것 같다. 예쁜 발가락들을 찍었다. 내친김에 발바닥도 찍었다.

찍은 사진 하나하나에 제목을 붙여본다. 그리고 사오십 분 정도 휴대폰과 이리저리 씨름을 한 끝에, 그녀만의 독립된 앨범 폴더를 만들고 거기다 자물쇠 잠금 기능까지 설치하는 어려운 작업을 겨우겨우 끝냈다.
기계치인 내가 휴대폰의 이런 기능들까지 활용하게 될 줄이야……

오아시스

"원장님, 오늘 회식 팔각정이래요."

그리 달갑지 않은 회식 소식을 전해주는 김 간호사의 향수 냄새에 갑자기 머리가 아프다. 안 그래도 가뜩이나 불편한 심기를 자극하는 냄새에 괜히 그녀에게 짜증을 풀었다.

"병원에서 향수 냄새를 그렇게 진하게 풍기고 다니면 어떡해요?"

"알코올 냄새보다 낫지 않나요?"

한참 어린 것이 생글생글 웃어가며 대꾸를 하는데 그만 뚜껑이 뿡 열린다.

"아니, 훨씬 안 좋아. 본인은 모르겠지만 꼭 향수로 머리라도 감은 것 같단 말야. 자고로 향수를 뿌릴 때는 공중에 한두 번 살짝 뿌려놓고 그 밑에서 뺑그르르 돌아주는 게 제일 좋아. 돌기 싫으면 춤을 추든지. 향이란 은근할 때 아름다운 거지, 지나치면 양파 썩는 냄새보다 못한 거라구!"

병원 식구에게 이렇게 성질 부려보기도 처음이다. 뺀질이 김 간호사는 잠깐 황당하다는 듯 민망한 웃음을 흘리더니 새침한 뒷모습을 보이며 나갔다.

엊그제, 인기 여배우 한 명이 자신은 동성애자라고 커밍아웃을 했다. 이성애자들이 절대다수를 차지하고 있는 이 사회의 횡포 속에서 자신의 '성 정체성'을 확립하고 싶다고 했단다. 요 며칠, 어딜 가나 그 얘기로 난리다. 오래전 '마돈나'나 '안젤리나 졸리'가 바이섹슈얼임을 밝히고 '조디 포스터'가

레즈비언임을 시인했을 때는, 나도 별 생각 없이 재미삼아 그 애기들로 수다를 떨었다. 불과 몇 달 전까지만 해도 그랬었다. 하지만 지금은 다르다. 사람들 입에서 입으로 오가며 던져지고 튕겨지는 그 여배우 이름을 접할 때마다 신경이 곤두선다. 마치 내 이름이나 되는 듯이.

그나저나 걱정이다. 앞으로 한동안 동성애에 대한 말들이 우스갯소리나 술안주거리로 종종 등장할 텐데. 행여 그녀가 심경에 변화를 일으키지는 않을까, 그래서 혹시 날 정리하려 들진 않을까 심히 불안하다.

오랜만에 현주에게 전화를 했다. 그리고 그냥 세상 돌아가는 애기를 하듯, 가볍게 그 애기를 꺼냈다.

"그 여자, 뭐 하러 커밍아웃 했을까?"

"글쎄 말이야, 여긴 대한민국인데. 은퇴 선언을 그런 식으로 하고 싶었나?"

"……"

"자신을 부정하는 것도 좋지는 않지만 그리고 꽤 힘들기도 하겠지만, 그런 거야 앞으로 부딪혀 갈 현실에 비하면 별것 아닐 수도 있는데."

"……"

단순한 호기심을 가장해서 슬쩍 물었다.

"동성애 문제로 정신과 찾는 사람도 더러 있어?"

"응, 가끔. 자신한테 그런 경향이 있나 보다 생각되는 초기 단계가 대부분이긴 하지만. 자기정체성 때문에 고민하는 사람이나, 주위 사람들한테 알려지고 나서 힘들어하는 사람도 간혹 있긴 있어."

"넌 그 사람들한테 뭐라고 얘기해줘?"

"별 얘기 안 해, 그냥 들어주지."

"그리고 상담료 받아 챙겨?"

"그 사람들 무슨 얘기 들으러 오는 게 아냐. 다들 뱉고 싶은 말이 있어서 오는 거지. 아님, 약 처방 받으러 오거나."

"약?"

"수면제나 항우울제 같은 거 말야. 그리고 그냥 하고 싶은 대로 하고 살아야지 뭘 어쩌겠어."

"……"

사실 현주에게 하고 싶은 말은 따로 있었다.

내게 좋아하는 '여자'가 생겼다고, 그런데 내가 사랑하는 그녀는 자꾸만 내게 거리를 두려 한다고, 그러니 어쩌면 좋겠냐고, 게다가 언제 그녀가 날 정리하려 할지 벌써부터 불안해 죽겠다고.

커밍아웃, 'come out of closet'에서 유래한 말. 번역하면 '벽장 속에서 나오다'…….

나는 지금 벽장 안에 숨어 있다. 아니, 어쩌면 숨어 있다기보다 갇혀 있는 건지도 모른다. 이 세상이, 이 사회가, 날 가둬버린 거다.

힘들다, 혼자라서 더 힘들다.

……외롭다.

이미 어둠 속에 철저히 갇혀버린 나와는 달리, 그녀는 간간이 재미삼아 내가 있는 벽장 속을 드나든다.

회식자리에 안 가고 그녀를 만났다. 나는 두서없는 수다를 이리저리 흩어놓으며 끊임없이 그녀의 눈치만 살폈다.

그녀가 먼저 그 화젯거리를 입에 올렸다.

"그 여자, 참 용감하지?"

"……응."

"벌써 CF전속 잘리기 시작했다네."

"……"

"자긴 어떻게 생각해?"

"뭘?"

"마녀사냥 같지 않아? 하여간 이 나라는 여전히 촌스럽고 뒤떨어진 문화집단이라니깐."

"으응."

"누가 그러더라. 이성애자와 동성애자는 오른손잡이와 왼손잡이의 차이에 불과하다고."

"……?"

"왜, 많은 사람들이 어릴 때 오른손잡이로 길들여지잖아. 밥 먹거나 연필 잡을 땐 오른손을 쓰는 게 당연한 것처럼 되어 있으니까. 하지만 그럼에도 불구하고 가끔 왼손잡이로 크는 아이들도 있고 말야."

"그럼, 당신이나 나는 양손잡이네."

(사실 난 그녀를 만난 이후로 오른손엔 깁스 상태다. 남자에게 완전히 흥미를 잃었다.)

"그런 셈이지 뭐. 나쁠 거 없잖아?"

"……."

"저기, 예전에 좋아하는 연예인 사진 모으는 게 유행이던 때가 있었잖아. 그걸로 책받침도 만들고."

"응, 난 원더우먼 책받침이었어."

"원더우먼? 난 브룩 쉴즈였는데, 후훗. 그건 그렇고, 가만 생각해보면 멋진 남자 스타들 다 놔두고 여자 연예인 사진 모으는 친구들이 정말 많았던 것 같거든. 또 야구선수나 축구선수 사진 들고 다니던 남학생들도 꽤 있었고. 물론 그냥 '팬'이라는 한마디로 설명될 수도 있는 문제긴 하지만, 어쩌면 본능적으로 동성에게 관심이 있었기 때문인지도 모르잖아. 남녀의 결혼으로 이루어지는 가정을 그 기본단위로 삼는 사회라는 틀 속에 살다 보니, 동성애적 성향이 싹을 틔우지 못했을 뿐이고 말이야. 아마 '남자가 남자로, 여자가 여자로 사는 건 그렇게 태어나서가 아니라 그렇게 길러지기 때문'이란 말과도 일맥상통할 거야. 참, 이런 말도 있더라. 매력 없는 이성보다는 매력적인 동성과 함께하는 편이 즐겁다는 말에 고개가 끄덕여진다면 그건 이미 자신에게 동성애적 성향이 있음을 인정하는 거라고."

"어째 그건 좀 억지 같다."

"그리고 말야, 한번 생각해봐, 만약 이성이라고는 단 한 명도 없는 폐쇄된 공간에서 평생을 동성끼리 살아야 한다면 어떻게 될지. 거기선 아마도 동성애가 보편적인 문화로 자리 잡을걸. 어쩌면 자위에 찌들어가며 독수공방하는 사람이 오히려 소수의 위치에 서게 될지도 모른다구. 그렇다면 지금 이성애자로 살고 있는 대부분의 사람들에게도 많건 적건 동성애적 성향이 잠재되어 있다고 봐야 하지 않나?"

"그거야……."

"암튼, 사회학적 측면인 젠더든 생물학적 측면인 섹스든 간에, 태어날 때 달고 나온 성기의 모양만으로 그 성적 역할을 구분한다는 게 좀 그렇잖아. 자기 의사와는 전혀 상관없이 그저 몸에 달려 있는 신체 일부일 뿐인데, 그것에 구애받지 않고 자유롭게 사는 것도 인간의 고유권한 아닌가?"

"하긴 짐승이 동성끼리 교미한다는 소리는 아직 못 들어본 것 같네."

"하여간 다수의 통념으로 소수의 취향을 무시하는 건 아나크로니즘, 시대착오적인 처사야. 다소 비약적으로 들릴지 모르겠지만, 여자를 음탕하게 만드는 것이 클리토리스라는 믿음에 근거해서 할례라는 이름으로 음부의 핵인 클리토리스를 칼로 도려내는 이슬람의 그 우매함과 별다를 바 없다고 생각해."

"아직도 그런 일이 행해진다고?"

"아랍, 아프리카 등지에서 매일 평균 6천여 명의 어린 소녀들이 그 수술을 받는대."

"뭐? 매일 6천 명이나? 세상에 끔찍해라, 무지 아플 텐데."

"어쨌거나 지금 중요한 건 그게 아니고, 하여간 누구나 자신의 성적 쾌락을 추구할 권리가 있는 거잖아. 다수에 속했다고 해서 소수자를 비웃는다면 그야말로 다수의 횡포지!"

"응, 백 프로 동감이야."

"그리고 이왕 말이 나왔으니 하는 말이지만, 우리가 자유의지를 가진 인간임을 자각한다면 성기 모양 따위의 신체구조보다는 오히려 개인의 성 정체성에 따라 성을 구분해야 하지 않을까?"

"성 정체성에 따라?"

"응. 그러니까 이 세상엔 이성만 사귀는 헤테로섹슈얼, 동성만 사귀는 호모섹슈얼, 양쪽 다 사귈 수 있는 바이섹슈얼, 크게 세 부류가 있잖아. 그리고 거기서 헤테로나 바이섹슈얼은 각각 남과 여, 호모섹슈얼은 게이와 레즈비언으로 나뉘겠지. 또 게이나 레즈비언은 각기 남자 역인지 여자 역인지 아님 전천후인지에 따라 세분될 거고. 참, 바이섹슈얼의 남녀도 동성애 할 때의 역할에 따라 다시 각각 세분되겠네. 그렇게 생각하면 이 세상엔 모두 열네 가지 유형의 인간이 있는 셈이지."

"저기, 잠깐만, 혹시 이런 건 없을까. 남녀가 사귀긴 하는데, 남자는 여자역할 하고 여자는 남자역할 하는, 그렇담 몇 종류 더 있다고 봐야 하지 않나?"

"어휴, 사니노 참. 어쩜 그렇게 기발한 생각을 다 하나? 후훗, 그런 경우가 아주 없다고는 장담할 수 없겠지만, 글쎄."

"그리고 트렌스젠더는?"

"그건 그냥 접어두고 말야. 성전환 수술을 기점으로 한, 개체의 새로운 탄생이라 생각하면 될 테니까."

"그런가?"

"암튼 내가 그것들 중 어느 유형에 속하든, 누가 간섭하고 참견할 일은 아니잖아? 그저 내 취향대로 살면 되는 거지 뭐, 안 그래?"

"그럼, 당연하지. 암, 그렇고말고!"

"굳이 사람들 시선 끌어가며 불편하게 살 필요는 없으니까 그냥 입 다물고 있는 거지, 난 자기랑 만나는 게 부끄러워서 숨기는 건 절대 아냐."

"나두!"

괜한 걱정을 했나 보다. 그녀는 사회 분위기에 흔들릴 만큼 줏대 없는 인격은 아니었다. 그리고 그녀 말을 듣다 보니 어느새 내 마음도 훨씬 가벼워지는 듯하다. 요 며칠, 계속 불안했던 가슴을 쓸어내리며 문득 『향연』의 '쌍체인간 신화'를 떠올렸다.

〈일찍이 신들이 인간을 만들었을 때, 인간은 지금과 같은 모습이 아니었다. 그 당시 인간은 현재의 두 인간이 합체한 모습으로, 두 개의 얼굴과 네 개의 팔·다리를 가지고 있었다. 그래서 인간은 전후좌우 모든 방향을 볼 수 있었고 지금보다 훨씬 더 자유자재로 움직일 수도 있었다. 또한 성기도 앞뒤에 각각 하나씩 있었는데 그 조합이 '송·우' '송·송' '우·우' 세 종류였기 때문에, 그 당시 인간은 '남녀성' '남남성' '여여성'의 세 가지 유형으로 나뉘어졌었다.

인간의 힘이 너무 강력해진 나머지, 인간은 겁도 없이 신들에게 도전을 감행했고 결국 그 전쟁에서 인간은 패배했다. 그리고 신들은 인간에게 몸을 둘로 나누는 형벌을 내렸다. 가운데를 가른 후 끄트머리 피부를 모아 묶어서 상처를 덮었던 흉터가 오늘날의 배꼽이며, 머리를 뒤로 돌려놓아 배꼽을 바라보게 함으로써 자신들의 죄를 뉘우치도록 했다.

원래 한 몸이었던 개체가 둘로 나뉘게 되자 사람들은 자신의 반쪽을 찾아 헤매게 되었고, 자신의 반쪽을 찾게 되면 서로 부둥켜안은 채 언제까지고 떨어질 줄을 몰랐다. 그러자 인간들의 세물로 생활을 영위하던 신들은 생활이 곤란해졌고, 그 해결책으로 성기의 위치를 돌려놓아 잠시 동안이라도 한 몸이 될 수 있게 해줌으로써 인간으로 하여금 위안을 삼도록 했다. 그리하여 애초에 남녀성이었던 사람들은 오늘날의 이성애자가 되었으며, 남남성이나 여여성이었던 사람들은 동성애자가 되었다.〉

(가만. 그러고 보니 이 신화에 양성애자에 대한 이야기는 왜 안 나오는 거지?)

신화의 맹점에 대해서 잠깐 고민하고 있는데, 그녀의 휴대폰에 문자가 들어왔다. 문자 확인을 끝낸 그녀는 일말의 망설

임도 없이 자리에서 일어났다.

"미안해, 일이 좀 생겨서."

그녀는 서둘러 자리를 뜨고 나는 홀로 남겨졌다.

무슨 일이지? 혹시 나 놔두고 딴 남자한테 달려가는 건가?

……에이, 설마.

혼자 밤거리를 헤매다가 찜질방에 들어왔다. 삶은 계란 사 먹어가며 새벽 늦게까지 땀을 뺐다. 그리고 잠도 잤다.

아침이다. 머리도 맑고 기분이 꽤 괜찮다. 기분전환에는 역시 땀 흘리는 게 제일인가 보다. 찹쌀수제비 한 그릇 사 먹고 한 번 더 짭짤하게 땀을 뺐다. 그리고 마무리 샤워를 하는데, 접힌 옆구리 살과 손가락 끝이 뿌득하고 닿더니 그만 때가 밀린다(아이 참, 이거 아무래도 안 되겠네). 때수건을 하나 샀다. 그리고 숙련된 솜씨로 요리조리 몸을 비틀어가며 잘 붙어 있는 때를 열심히 밀어내기 시작했다.

나는 피부과 전문의다. 직업상, 사람들한테 때 미는 행위를 만류해야 하는 입장이다. 그렇지만 난 아무리 피부가 상한다 할지라도 한 달에 한두 번은 꼭 때를 밀어야만 직성이 풀린다(이건 내 스트레스 해소법이기도 하다). 가영이는 나더러 이 사실이 알려지면 전문의 자격을 박탈당할지도 모른다고 했었다. 하지만 그럴 것 같으면 아마 나뿐 아니라 벌써 여러 명 제명됐을 거다.

솔직히 때수건 밑으로 국수가락이 쫄쫄 밀리는 느낌, 그리고 불어터진 그 메밀국수가락의 파편들을 샤워기로 쫘악 씻어내릴 때의 그 쾌감이란 한번 맛들이면 잊기 어려운 일 아닌가. 구석구석 쌓인 때를 면밀히 벗겨낸 후에 오는 그 산뜻함을 어찌 말로 다 표현할 수 있겠는가. 비록 피부보호막이 깡그리 벗겨지고 미세한 상처들이 수없이 생기는 무식한 짓이긴 하나, 난 아무래도 평생 이 짓을 관둘 수 없을 것 같다(세상에 어리석은 짓이 어디 한두 가지겠는가. 담배도 그렇고 술도 그렇고 마약도 그렇다. 몸에 좋을 리 없다는 거 다 알면서 시작하고 일단 시작하면 끊기 어렵다. 어떨 땐 사랑도 그렇다). 하여간 나는 갖가지 요상스런 포즈를 다 취해가며 족히 3킬로그램은 가벼워진 듯한 착각이 들만큼 기분 좋게 한 허물 벗었다.

다시 한 주가 흘렀다.

그리고 월요일. 지난 주말은 그녀와 함께 보냈다. 이틀간 너무 무리한 탓일까. 발가락까지 뻐근한 게, 하반신의 근육이란 근육은 다 땡기고 아프다. 삭신이 쑤시고 몸살기가 돈다.

겨우 오전 진료가 끝났다. 의자를 한껏 젖히고 기대앉아 잠시 눈을 감고 있으려니, 갑자기 벌컥 문이 열렸다.

"심 원장, 나 왔어. 근데 뭐해? 밥 먹으러 안 가고."

준 원장이다.

"어? 오늘 쉬는 날이잖아요, 어떻게……."

"왕 원장님이 오후에 볼일이 있다고 대신 좀 나와 달래서."

"아, 예. 점심은요?"

"좀 전에 브런치 먹고 오는 길이야."

그는 자기 방으로 들어갔고, 나는 카레라이스가 기다리는 휴게실로 향했다.

오랜만에 먹은 카레의 향긋함과 달콤함에 어느새 컨디션이 돌아온 듯하다. 커피 한 잔을 타 들고 내 방으로 가는 길에 열린 방문 사이로 뭔가 열심히 하고 있는 준 원장이 보인다. 방해나 하자. 고개를 들이밀었다.

"뭐해요?"

"어? 으응, 방송 녹화가 낼모레잖아."

"아참, 그랬었죠. 어때요? 준비는 잘 돼가요?"

"뭐, 그럭저럭."

자료를 정리하는 그의 눈빛이 꽤나 진지하다. 하기야 그 공중파 한번 타보려고 얼마나 공을 들였는데, 신경도 쓰이시겠지.

"거, 혼자만 마시지 말고 나도 한 잔 타다 줘."

"그냥 이거 마셔요. 아직 입 안 댄 거니까."

잔에 묻은 입술 자국을 눈치 못 채게 쓰윽 한 번 닦아내면서 한 모금 마시던 커피를 책상 위에 내려놓았다. 작업 중인 컴퓨터 화면이 비스듬히 눈에 들어온다. 보아하니 일전에 새로 들인 시너지레이저의 시술 전후 사진들이다. 이 여자들, 정말 천문학적인 돈을 얼굴에 쏟아 부었구만. 두세 번 시술에 이렇게 될 리는 없을 테고 도대체 레이저를 몇 번이나 쏘아댄 거야. 잠깐, 그런데 어째 뭔가 이상하다. 시술 전 사진에는 골드베이지색 병원 벽지가 보이고 시술 후 사진에는 연분홍색 고운 베개가 보인다(쯧쯧, 하여간 잔머리 쓰는 거 하고는. 눕혀놓고 찍으니 당연히 탱탱해 보이지! 천정에 달린 형광등 조명도 한 역할 톡톡히 했겠네).

한마디 꼬집었다.

"저기, 이거 배경이……."

"어? 그러고 보니 좀 그러네. 딴 사람들도 알아챌까?"

"못 알아채면 바보죠."

"어쩌지? 녹화가 이틀밖에 안 남았는데."

고민에 빠진 그에게, 한솥밥 먹는 입장에서 나름대로 걱정하는 척 조언을 했다.

"그럼 이 실장더러 배경을 살짝 바꿔 달라 하면……."

"그건 안 돼. 왕 원장님이 사진 조작은 절대 하지 말라 그랬거든. 니도 그건 싫고."

(쳇, 눕혀 찍은 건 조작 아닌가?)

"그럼, 아예 베개가 안 보일 만큼 확대시켜버리든지요."

"그래버릴까? 오케이, 오케이."

(괜히 간섭했네. 그냥 베개 보이는 사진 그대로 들고 나가게 놔둘 걸.)

"그럼 나가볼게요."

돌아서려는 내게 남자는 눈을 반짝이며 물어왔다.

"저기, 심 원장. 우리도 '눈 밑 지방 제거' 한번 시도해볼까?"

(또 시작이다. 한동안 잠잠하다 했더니.)

"그거 생각보다 제법 까다로운가 보던데요?"

"까다롭긴. 류 원장한테 가서 좀만 배워오면 될 텐데. 암튼 그게 꽤 재미가 쏠쏠하다 그러네."

하여간 다른 데서 하는 건 무조건 다 따라해 봐야 직성이 풀리는 남자다. 지난 몇 년간 병원에 붙였다 뗀 PR벽보만 해도 도대체 몇 장인지 모른다.

"심 원장이 좀 도와줘. 아무래도 왕 원장님이 반대할 것 같단 말야."

"왕 원장님 그러시는 것도 무리는 아니죠. 솔직히 하다가 관둔 게 좀 많아요?"

"하다 보면 질리는 걸 나더러 어떡하라구."

이 인간, 조만간 쌍꺼풀 수술도 해보겠다고 나서는 건 아닌지 모르겠다. 이러니 사람들이 크로스오버니 뭐니 하면서 의사들 욕을 하지.

"암튼 내 도움 받으려면 최소한 삼 년 이상 계속하겠다는 각서라도 써주든지. 나까지 욕먹긴 싫걸랑요."

식어빠진 커피를 소주처럼 들이키더니, 숱 없는 머리를 긁적이며 그가 말했다.

"에이, 그냥 좀 미루지 뭐. 내년에 국회의원 출마다 뭐다 본격적으로 바빠지면 그땐 왕 원장님도 병원 일에 신경 쓸 새 없을 거잖아."

(하긴. 공천 못 받으면 무소속으로라도 출마하겠다는 왕 원장이니까.)

다시 커피 한 잔을 타 들고 내 방으로 왔다. 점심시간도 다 끝나간다. 요즘은 왜 이리 일하기가 싫은지 모르겠다. 앞으로 남은 오후 진료 다섯 시간이 징그러울 만큼 길게 느껴진다.

집에 왔다. 여전히 온몸이 뻐근하고 욱신거린다. 아무래도 더운 물에 몸 좀 담가야겠다. 물을 받고, 욕조 속에 엉거주춤 쭈그리고 앉았다. 어째 물이 좀 미지근하다. 다시 따끈한 물을 틀어놓고 다리를 뻗었다. 발끝에서 종아리, 무릎을 지나 허벅지와 엉덩이 쪽으로 서서히 스며드는 짜릿한 온기에 기분 좋은 소름이 돋는다. 물을 잠그고 욕조에 길게 기대 누웠다. 몽롱해진다. 뇌에서 알파(α)파와 쎄타(θ)파가 마구 쏟아져 나오는 것만 같다.

그저께부터 엊저녁까지 그녀의 손놀림과 테크닉에 정신없이 천국을 오르내린 몸. 그 느낌이, 그 기억이, 다시 새록새록 날 휘감는다. 여기저기 남아 있는 키스마크…… 젖꼭지가 아프고 다리 사이는 아직도 얼얼하다. 그리고 무엇보다, 지난 이틀간은 나도 간간이 그녀의 남자가 되었다. 그 따뜻하고 보드랍고 촉촉한 느낌에 나는 또 다른 쾌감을 경험했다. 손끝으로 전해오는 그 은밀한 부분의 움찔대는 수축과 리드미컬한 움직임에 말 못할 전율을 느꼈으며 오르가슴에 이르는 그 뇌쇄적인 표정과 몸짓에, 나는 다시 한 번 그녀에게 홀렸다.

사실 내 정신건강에 가끔 독이 되기도 하는 그녀다. 날 항상 번뇌에 사로잡히게 만든다. 생각만 해도 가슴 저리고, 마음 아리고, 때론 우울하기 짝이 없다. 함께 있을수록, 가까이 다가 갈수록 더 외롭다. 하지만, 알 수 없는 일이지만, 그런 그녀에게서 나는 오아시스를 느낀다. 그녀를 벗어나서 다시 황량한 사막으로 발을 내딛을 용기가 내겐 없다.

그녀를 떠올리며 한참을 욕조 속에 앉아 있었다.

이마에 땀이 송송 맺히는 걸 느끼며 일어섰다. 사람 몸이 물속에서처럼 가볍다면 얼마나 좋을까. 갑자기 무거워지는 팔다리에 가누기 힘든 피로가 몰려든다.

욕실을 나와 온몸이 녹아내릴 듯한 나른함으로 침대에 엎어졌다. 잠이 쏟아진다. 수면이야말로 신이 인간에게 내린 가장 큰 선물이 아닐까. 발끝에 와 닿는 이불의 부드러운 감촉이 이내 날 꿈결로 이끈다.

사랑의 말은 달콤하며, 사랑의 생각은 더 달콤하고,
사랑이 말도 않고 생각도 않는 것이 가장 달콤하다

후회 없는 사랑

퇴근 준비를 하는데 가영이에게서 전화가 왔다. 준 원장이 동기모임으로 늦는 날이니 오랜만에 저녁이나 같이 먹자고.

약속장소로 나갔다. 원래 시간 잘 안 지키기로 유명한 가영이를 기다리며 나는 『어린 왕자』에서 여우와 어린 왕자가 나누던 대화를 떠올렸다. 그리고 그 내용을 요즘 내 생활에 억지로 끼워 맞춰본다.

〈나는 그녀에게 길들여지길 원했고 그녀는 나를 길들였다. 그녀를 만나는 날이면 아침부터 행복해지는 나는, 낮 열두 시를 지나면서 들뜬 설렘으로 몸과 마음을 곱게 단장한다. 그리고 약속시간이 다가오면 이 행복이 얼마나 값진 것인가를 생각한다. 내겐 그녀가 소중하다. 그리고 그녀를 더더욱 소중하게 만드는 것은 내가 그녀를 위해 소비하는 바로 그 시간들이다.〉

요즘 들어, 난 부쩍 이상해졌다. 영화나 드라마를 봐도 노래를 들어도 책을 읽어도 모든 것이 다 그녀와 연결되고, 그러면 그 시도 때도 없이 떠오르는 그녀 생각에 도무지 문화생활에 집중할 수가 없다. 영화관에 들어가서 두 시간 넘도록 그녀 생각만 하다 나온 적도 있다.

언젠가 그녀가 말했었다. 사랑이란 감정은 일종의 정신병일지도 모른다고. 아무래도 나는 지금 치유하기 어려운 중증으로 접어들었나 보다.

가영이가 왔다.

샤넬 가방에 까르띠에 시계, 센존 투피스에 에르메스 스카프, 그리고 페라가모 구두…….

지나친 화려함은 천박함과 거부감도 함께 가져오는 법이다. 나도 모르게 한마디 쏘아붙였다.

"니가 무슨 걸어 다니는 종합광고판이야? 명품을 사더라도 좀 은근한 걸로 살 일이지, 어찌 그렇게 큼직한 마크가 있는 걸로만 고르냐?"

가영이가 코끝으로 웃었다. 내가 뭐 샘이 나서 질투 땜에 그러는 줄 아나 보다(사실 그런 면도 좀 있다).

저녁을 먹고, 술 사달라는 가영이를 데리고 바에 왔다.

"언니, 나 요즘 너무 힘들어."

두 달 전, 신혼여행 다녀오자마자 유산됐다는 얘기는 벌써 전해 들었다(그땐 솔직히 쌤통이란 생각도 언뜻 들었다).

"애는 또 가지면 되잖아."

"그거 말고."

"그럼, 뭐?"

"외로워."

"왜, 준 원장이 잘 안 해줘?"

"아니, 그이가 잘해주긴 하는데, 뭐랄까…… 그냥…… 사랑이 하고 싶어."

미친 것! 지겹도록 쇼핑해보는 게 소원이라더니, 그래서 그

원풀이하러 결혼한다더니, 그게 일상이 되고 나니까 이젠 사랑타령?

"그럼, 준 원장이 잘해주긴 하는데 사랑은 안 해주는 것 같다, 이 말이야?"

"아니, 그런 게 아니고……. 내가 사랑할 수 있는 사람이 필요하다구. 사랑, 그거 암만 받아봤자 내가 사랑하는 사람이 아니면 아무 의미 없는 거잖아, 그저 귀찮기만 하고."

그래서, 결혼한 지 석 달도 채 안 돼서 벌써 딴 남자가 필요하다? 게다가 이게 지금 애 떨어진 지 얼마나 됐다고……(요것이 정말 임신을 하긴 했던 걸까).

"그래서, 니 남편 사랑은 귀찮고 다른 남자의 사랑을 받고 싶다, 그거야?"

"좀 더 정확히 말하자면…… '내가 사랑하는 남자'의 사랑."

"그럼 만들면 되잖아. 너, 결혼하고 나서 애인 만들 거라며?"

"그이 몰래 만나는 남자는 있어."

"뭐? 벌써?"

하마터면 비명을 지를 뻔했다.

"아니, 결혼 전부터…… 그이 만나기 전부터 사귀던 사람이야."

그럼, 사귀던 여자가 딴 남자랑 결혼을 했는데도 계속 만난다? 쓸개 빠진 놈…….

"그럼 됐지, 또 뭐가 필요해? 드림즈 컴 트루! 부자 남편에 애인 두고 살겠다던 니 꿈이 이뤄진 거잖아."

"그런데 문제는 그 사람을 정말 사랑하고 있다는 느낌이 안 든다는 거야. 처음부터 그랬어. 그냥 얘기도 통하고 만나면 재밌고 섹스도 감칠맛 나게 하고, 하지만 그뿐이야. 옛날에 내가 앞뒤 안 가리고 매달렸던 그런 감정이 아니라구. 그 사람 역시 그런 것 같고. 서로가 그래. 허해서 만나는데 허한 곳이 안 채워져. 뭔가 50프로 부족한 느낌······."

"니 허한 곳 다 채워줄 남자가 세상에 어디 있겠냐? 아마 지구를 탈탈 털어도 안 나올 걸."

"언니도 참, 그런 악담이 어딨어?"

"악담이 아니라 그게 현실이다, 이것아!"

"언니, 자꾸 그럴 거야? 난 정말 사랑이 하고 싶어 죽겠다구!"

"정 그러면, 다른 남자 물색해보든지."

"아무래도 그래야겠지?"

준 원장이 불쌍하다(지지리도 마누라 복 없는 인간 같으니라고).

"언니. 왜, 사랑하는 사람이랑 헤어지고 나서 힘들어하는 사람들 말야. 난 요즘 그 사람들까지도 부러워."

"그건 또 무슨 소리야?"

"적어도 그 사람들은 간절히 원하고 애타게 그리워할 대상이라도 있는 거잖아. 정말 힘든 건 사랑할 사람이 없다는 거, 같이 있고 싶은 사람이 없다는 거, 뭐 그런 게 아닐까 싶어."

"······."

"아무리 둘러봐도 찾을 수가 없네."

"이왕 결혼했으니 멀리서 찾지 말고 우선 니 옆에 있는 준 원장 사랑할 노력부터 해봐."

"그게 그렇게 쉽게 될 것 같으면 내가 왜 이러고 있겠어. 그이를 사랑할 수만 있다면 내가 얼마나 행복하겠냐구. 근데 그게 노력으로 되는 건 아니잖아. 암만 사랑하고 싶어도 마음이 움직여주질 않는데 어떡해."

"그러네, 니 마음이 복병이네."

일단 죽고 못 살 상대만 있으면 어떤 장애물도 뛰어넘을 수 있는 게 사랑이라지만, 그 빌어먹을 사랑이 안 열리는 마음속에 갇혀 있다는 데야 뭘 어쩌겠는가. 그냥 마음 열릴 때까지 기다리는 수밖에. 문득 그녀가 떠올랐다. 나도 모르게 한숨이 새어나온다.

가영이도 덩달아 한숨을 내쉬며 혼잣말을 했다.

"언제쯤 나타나줄까? 내 마음 열고 들어올 사람."

"니 마음 니가 열어야지, 대체 누가 연단 말이야? 그냥 눈 딱 감고 준 원장한테 무조건 열어줘!"

나는 히스테릭하게 성질을 부렸다. 가영이가 놀랐다는 듯 두 눈을 깜박인다.

나는 다시 말을 이었다.

"그래, 니 말대로 죽도록 사랑하는 사람이 설사 생겼다고 치자. 그래본들 뭐해? 넌 또 일이 년 지나고 시들해지면 착각이었니 뭐니 딴 소리 해낼 텐데. 너, 항상 그랬잖아?"

"……."

"넌 반성 좀 해야 돼."

"알아. 이담에 한꺼번에 몰아서 할 참이야."

"뭐? 몰아서? 이젠 반성할 일 좀 그만 만들고 살 순 없어?"

"언니. 난 말야. 설령 반성할 일이 좀 생기더라도 후회할 일은 없는, 그런 삶을 살고 싶어."

'반성', '후회'…… 그래, 분명히 다른 말이긴 하다.

"너 지금, 그냥 꼴리는 대로 살고 싶단 얘길 그렇게 어렵게 하는 거냐?"

"그러니까 예를 들어, 예전에 동거했던 그 사람…… 이혼까지 시켜가며 살았던 거, 그리고 매몰차게 끊어버린 거, 생각해보면 분명히 반성할 게 많아. 하지만 말야, 만약 그때 그 상황으로 다시 돌아간다면 난 아마 그때랑 똑같이 행동할 것 같거든. 그래서 후회는 안 해. 다른 남자들 일도 다 마찬가지고."

'후회 없는 사랑'이라…… 또다시 그녀를 떠올렸다.

그래. 절대 후회할 일은 없을 거다. 만에 하나, 어느 날 갑자기 그녀가 날 저버린다 할지라도 그녀와의 추억으로 행복할 수 있을 테니. 게다가 난 평생 반성하지도 않을 거다. 설사 그녀와의 관계가 세상에 알려지고 사람들 입에 오르내린다 할지라도 난 그녀의 파트너였음을 자랑스레 여길 것이다.

두 손으로 턱을 괴며 가영이가 중얼거렸다.

"옛날처럼 다시 미친 듯 사랑에 빠지고 싶어."

"왜, 정말 미쳐버려서 조건 좋은 남편 놔두고 어디 도망이라도 가게?"

가영이가 웃었다. 그럴 염려는 없다는 듯.

"참, 언니. 이건 특급비밀인데 말야."

"또 뭐?"

"글쎄, 우리 시아빠가…… 그이 친아버지가 아니래."

"뭐라고?"

"그러니까, 우리 시엄마가 바람피워서 낳은 게 그이라나 봐."

"……!"

사실, 준 원장과 왕 원장이 너무 안 닮은 탓에 두 사람이 배다른 형제니 하는 말들은 꽤 있었다. 하지만 같은 형제라도 전혀 딴판일 수 있음을 너무 잘 알고 있는 나이기에(가영이와 나만 보더라도) 그저 쓸데없는 헛소문이겠거니 했었다. 그런데 이건 그 헛소문들보다 훨씬 더 강도 높은 사실이다.

(가만. 가영이와 내가 닮은 구석이 없는 것도 혹시? 에이, 설마. 가영인 쌍가마에다 사슴목이 아빠랑 똑같잖아.)

"그게 진짜야? 그건 어떻게 알았는데?"

"그이가 중학교 다닐 때, 자기 엄마 아빠 싸우는 소릴 우연히 들었대. 시아빠가 시엄마한테 '성준이가 박 교수 자식인 거, 내가 모를 줄 아느냐'고 소리쳤고, 시엄마는 '지금이라도 당장 이혼하자'며 대들었다나 봐."

"그 노친네, 그렇게 안 봤더니…… 인생 막 살았구만."

"그인 그때서야 알았대. 시아빠가 남들 앞에선 그이 하는 짓이 자기 어릴 때랑 똑같다며 무지 귀여워하다가도 집에만 들어오면 싸늘해지고 무관심했던 이유를."

"그랬었구나."

눈칫밥 먹다보면 주접이 늘기 마련이다. 그래서 준 원장이 그렇게 주접을 떠는 건가.

"그럼 왕 원장도 그걸 알겠네?"

"글쎄, 시아빠하고 찹쌀궁합이라니까 알고 있을지도 모르지. 암튼 그이가 알고 있단 사실은 아직 시엄마나 시아빠도 모르니까 우리 시집에 가면 꼭 눈 가리고 아웅 하는 기분이야."

"어쨌거나 그런 사실 알고도 부모한테 내색 않고 사춘기 잘 넘긴 걸 보면 준 원장도 의외로 한 인격 하나 보네. 그러기가 쉽지 않았을 텐데. 참, 그 박 교수인지 뭔지 하는 사람이 누군지는 알고 있대?"

"응. 대충 짐작 가는 사람은 있나 봐."

"어휴, 그 인생들도 참. 내가 다 갑갑해지네."

그러고 보니, 그래서 예전에 준 원장이 그런 말을 했었나? 그냥 같이 살다 보면 그게 가족인 거라고.

"결혼하는 족족 마누라 바람나는 준 원장 팔자가 다 자기 엄마 죗값 때문인가 보다."

"아이, 언니도 참."

"그건 그렇고, 정말 대단한 건 너희 시부모다. 도대체 여잔 무슨 배짱으로 그렇게 살고, 남잔 무슨 업보로 그걸 참아낸 거야?"

"그치? 그러고 보면 우리 시아빠 진짜 괜찮은 남자지? 우리 시엄만 그 두둑한 배포가 정말 존경스럽고."

"뭐, 존경? 내 참, 그래 그렇다 치자. 하지만 아무리 존경스럽더라도 외간 남자 애 낳는 것만큼은 제발 본받지 마라."

"헤헤."

청개구리 삼신이 들어앉은 기집앤데, 그 시어머니에 그 며느리 되는 건 아닌지 모르겠다.

"그나저나 유산 상속할 때 서운한 일 생길까봐 그게 좀 걸려."

(벌써부터 유산타령? 싸가지 없는 것 같으니라고.)

"서운한 일이 안 생긴다면 그게 오히려 이상한 거 아냐? 키워주고 공부시켜준 것만도 감사해야지. 그리고 혹시 뭐 좀 물려받게 되거든 그건 횡재라고 생각해!"

"하긴."

"……"

"그래도 그나마 다행이지, 뭐. 시엄마 명의로 된 게 더 많으니까."

……차라리 ……준 원장이 나보다 나을지도 모르겠다. 적어도 그는 자신을 냉대할 수밖에 없었던 그 아버지 마음을 십분 이해하고 있을 테니까, 또한 호적에 올리고 키워줬다는 사실만으로도 충분히 감사하게 생각할 수 있을 테니까 말이다.

그렇다. 난 아직도 거꾸로 말아 쥔 아빠 혁대로 사정없이 날 내리치던 엄마를 완전히 이해할 수 없을 뿐더러, 기저귀 바꿔 채워가며 진자리 마른자리 갈아 뉘였다는 그 사실에도 감사하단 생각이 안 드는 지옥 속에 살고 있다.

점심시간.

휴게실로 들어섰다. 마누라 복 없는 준 원장이 열심히 비빔밥을 비비고 있다. 엊그제 가영이한테 들은 얘기 탓인지, 요 며칠 어째 좀 안돼 보인다.

그에게 한마디 건넸다.

"어제 방송 봤어요. 지난번 케이블방송 때보다 여러모로 훨씬 좋던데요."

"그래? 다행이네. 사실은 녹화 때 NG 무지하게 많이 냈었는데, 히히."

"이번엔 넥타이도 점잖게 잘 고른 것 같고 얼굴도 꽤 샤프하게 나오던데요."

"그치? 흐흐흐, 내 그 전날 저녁을 일부러 굶었잖아. 밤에 물도 안 마시고."

내 얼굴에 밥알 하나 튕겨내며 좋다고 웃어대는 그가 한편으론 귀엽고(?) 한편으론 안쓰럽다.

일요일 아침. 그녀에게서 전화가 왔다.

"자기, 뭐해?"

"응, 커피 마셔."

"우리, 오늘 바다나 보러 갈까?"

"바다?"

"응. 왠지 바다 냄새가 생각나서."

"좋지 뭐. 안 그래도 갑갑하던 차에 잘됐네."

바다⋯⋯. 맨발로 바닷가를 거니는 그녀의 뒷모습을 멍하니 바라본다. 그녀와 살고 싶다. 늘어가는 주름, 하나 둘 세면서 같이 늙어가고 싶다. 결혼하자 졸라볼까(동성 결혼이 허용되는 나라로 가면 되잖아). 아님, 그냥 동거라도 하자고 매달려볼까(프라이버시는 절대 침해 않겠노라 각서라도 쓰면 될 거 아냐). ⋯⋯꿈이 너무 야무진 건지 욕심이 너무 과한 건지 알 수가 없다.

서울로 돌아가는 길에 마치 궁전처럼 요상스럽게 꾸며놓은 러브호텔의 스페셜 룸으로 들어왔다. 하트 모양의 핑크빛 물침대에 야한 조명, 천정엔 야광 은하수가 흐르고 한쪽 벽면과 침대머리는 흑거울이다. 어디에 쓰는 건지 용도를 알 수 없는 기구들도 놓여 있다.

몸을 가눌 수 없는 물침대 위에서 꿀렁꿀렁 허우적대며 한참 신기해하고 있는데, 옆 소파에 빙그레 앉아 있던 그녀가 천천히 다리를 꼬며 낮은 목소리로 말했다.

"오늘은, 혼자서 한번 해봐."

"응?"

"자위하는 걸 보고 싶어."

"⋯⋯!"

속옷차림으로 누웠다. 그리고 그녀의 시선을 느끼며 내 가슴을 만지고 내 다리 사이에 손을 가져갔다.

난 요즘 그녀가 하라는 대로 한다. 다리를 벌리라면 다리를 벌리고 엉덩이를 벌리라면 엉덩이도 벌린다. 때릴 때면 아프게 맞아준다. 내가 고양이 소리를 많이 낼수록, 몸을 많이 뒤틀수록 흐뭇한 표정을 짓는 그녀다. 처음엔 그녀 마음에 들고 싶어서, 그래서 마지못해 시키는 대로 했었는데, 모든 일엔 가속도가 붙는다고 했던가. 어느새 나도 그녀 이상으로 즐기고 있다.

그런데…… 오늘은 나 혼자 하라고 한다. 혹시 내게 싫증이 난 걸까. 갑자기 불안해진다. 자위하던 걸 멈추고 눈을 떴다.

날 내려다보고 있던 그녀가 물어왔다.

"왜? 하기 싫어?"

"아, 아니…… 계속할게."

다시 눈을 감는다.

어쩌면 나는…… 이미 끝을 향해 치닫고 있는 건지도 모르겠다.

사랑의 고뇌처럼 달콤한 것은 없고,
사랑의 슬픔처럼 즐거운 것은 없으며
사랑의 괴로움처럼 기쁜 것은 없고,
사랑에 죽는 것처럼 행복한 일은 없다

용서

오월이다. 여자들의 옷차림이 화려해지기 시작했다. 그러고 보니 나도 요즘 속옷만큼은 야하기 짝이 없어졌다. 오늘은 인터넷으로 주문한 가터벨트까지 하고 나왔다.

요가교실에 도착했다. 그녀가 보이지 않는다. 강습이 시작됐다. 제일 뒷자리에 앉았다. 삼십 분이 지났다. 여전히 오지 않는다.

안 오려나 보네. 혹시 어디 아프나? 며칠 전화도 안 받던데 (한 번씩 연락 안 되는 거야 그녀 특기다 보니, 어제까진 짜증이 좀 났을 뿐이지 걱정은 그다지 안 했었다).

마치고 그녀에게 전화를 했다.

"응, 자기구나. 웬일이야?"

(웬일이냐고? 그게 지금 나한테 할 말이야?)

"혹시나 어디 아픈가 해서."

"아프긴. 그냥 좀 바빴어. 오늘은 갑자기 볼일이 생겼고."

"그럼, 지금은 볼일 다 본거야?"

"아니. 좀 늦어질 것 같네."

"암만 늦어도 좋으니까 끝나면 전화해줘. 잠깐 얼굴이라도 보게."

"그래, 알았어."

밤 열 시.

그녀 집으로 왔다. 그녀가 잠깐 씻으러 들어간 사이에 그녀의 휴대폰 통화내역을 살펴본다(이런 짓은 처음이다). 최근 통화기록에 뻔질나게 떠 있는 남자들 이름으로 미루어 짐작컨대 그녀는 지금 적어도 서너 명과 동시진행 상태다. 어쩌면 다섯일 수도 있다. 참 부지런도 하다. 팬 관리 차원에서 적어도 열흘에 한 번씩은 만나줘야 할 텐데.

욕실에서 나오는 그녀에게 불쑥 한마디 던졌다.

"당신은 질적인 문제를 양으로 해결하려는 것처럼 보여."

"무슨 소리야?"

"전에 사랑 따윈 안 믿는다고, 그래서 에로스만 즐기며 사는 거라고 했잖아."

"그래."

"근데, 그 에로스라는 게 꼭 그렇게 여러 남자들이랑 문어발을 걸쳐야만 되는 거야? 너무 바쁘지 않아? 그래서 어디 몸이 남아나겠어?"

그녀가 주스를 따르며 장난스레 대답했다.

"그래야 지겹지 않지!"

"아냐. 내 눈엔 '여러 남자들 마음을 더해서' 그나마 당신이 원하는 크기를 만들려는 것처럼 보여."

그녀는 말도 안 된다는 듯 피식 웃으며 대꾸했다.

"글쎄, 몇 명이나 더하면 진짜 사랑다운 사랑이 만들어질까? 백 명? 천 명?"

"……"

"자기는 아직도 날 그렇게 모르겠어? 내가 원하는 건 오로지 에로스뿐이야. 믿는 것도 그것뿐이고."

"에로스 신이 들었으면 자기 이름 오용하고 남발한다고 속깨나 상하겠네."

"에로스 신?"

"당신은 당신이 그렇게나 좋아하는 그 에로스가 원래 큐피드의 전신인 '사랑 신'의 이름이었다는 것도 몰랐어?"

"그래?"

"그래서 옛날엔 에로스가 사랑이란 뜻이었다구. 종교로 인해 신의 사랑을 의미하는 '아가페'의 개념이 생기기 전까진 말야. 신성한 아가페와 구별되는, 인간의 속된 사랑으로 그 뜻이 제한되기 전까진 '에로스 이퀄 러브'였다니깐!"

"어쨌거나 지금은 그 뜻이 전성됐잖아. 말이란 세상에서 통용되는 뜻으로 사용해야지."

잠시 나는 말문이 막혔다. 내가 무슨 말을 하려 했던 건지 모르겠다.

머리를 긁적이며 혼잣말처럼 중얼거렸다.

"플라톤은 육체적 사랑에서 정신적 사랑으로 승화되어가는 원동력이나 그 과정을 에로스라 정의하기도 했대. 알게 뭐야, 당신도 당신이 좋아하는 그 에로스를 열심히 하다 보면 언젠가 다시 사랑을 하게 될지. 그리고 그 상대가 내가 될지."

그녀가 웃었다. 그런 일은 없을 거라는 듯.

나도 웃었다. 그녀가 웃길래.

또 하루가 지난다. 이제 곧 퇴근시간. 드디어 마지막 환자가 들어왔다. 마치 무대의상이라도 걸친 듯 화려하게 등장한 이 환자는, 환갑을 훨씬 뛰어넘었음을 말해주는 차트 위의 숫자와는 달리 얼굴은 오십도 채 안 돼 보인다. 나이랑 외모가 너무 안 맞아떨어지는 여자는 왠지 섬뜩한 느낌을 주는 법이다. 얼핏 보기에도 눈이며 코며 여러 번 수술의 그림자가 묻어 있다.

"어서 오세요. 어떻게 오셨나요?"

"……."

그런데 왠지, 여자는 말은 않고 내 얼굴만 뚫어져라 쳐다본다. 다시 한 번 물었다.

"어떻게 오셨어요?"

그제야 여자가 입을 뗐다.

"저, 여기가 좀……."

여자는 이마 쪽 머리를 들춰보였다. 조금 부어오른 듯한 자리에 피떡이며 진물이 조그맣게 말라붙어 있는데 가만 들여다보니 머리카락 사이로 어색한 골이 나 있다.

"저기, 이건……."

"아, 그게 실은 두 달 전에 주름 좀 없애느라고 안면거상술인가 뭔가를 했거든. 근데 하필 그 자리에 자꾸 뭐가 나네요. 고름을 몇 번이나 짜냈는지 모른다니깐."

일단 진물딱지부터 제거하고 자세히 살펴보니 부어 있는 머릿속 피부 밑으로 매듭진 실밥이 하나 짱박혀 있다. 가시처럼 단단히 박힌 그것을 핀셋으로 억지로 뽑아냈다. 3미리 정도 돼 보이는 게 꼭 낚싯줄 잘라놓은 것 같다. 실밥 뽑으면서 실수로 남긴 건가?

"저기요, 이게."

(아니지, 가만.)

뽑아낸 실밥을 여자 눈앞으로 들이밀려다 그냥 트레이에 놓았다. 만약 성질깨나 있어 보이는 이 환자가 열 받아서 소견서라도 요구하면, 또 혹시라도 그 상대 병원이 아는 친구나 선후배 병원이면 괜히 입장만 난처해질지 모른다. 그냥 입 다무는 게 모두가 행복해지는 길이리라(그래, 난 이 실밥 끄트머리를 본 적이 없는 거야).

"이젠 괜찮으실 거예요."

"그래요? 진작 올걸 그랬네."

공작처럼 화려한 차림새의 여자는 내 얼굴을 또 한 번 뻔히 쳐다보더니 자리에서 일어났다.

"그럼 수고해요!"

괜찮을 거란 내 말에 기분 좋게 나가는 여자. 왠지 마음이 개운치 않다. 그나저나 나도 이젠 진정한 프로가 되어가나 보다. 귀찮은 일이 생길 확률은 되도록 배제하고 싶은 걸 보니.

드디어 진료가 끝났다. 대충 정리를 하고 준 원장 방으로 향한다.

막 가운을 벗어 걸고 있는 그에게 물었다.

"저기, 오늘 시간 돼요?"

"왜? 술이라도 사게?"

"밥도 사고 술도 살게요."

"웬일이야?"

싱글벙글 좋아라 한다.

글쎄 나도 왜 술을 사고 싶은 건지 모르겠다.

준 원장이 즐겨 찾는다는 돼지갈비집으로 왔다.

"가영이가 밥은 잘 차려줘요?"

"응, 차리는 건 잘해. 직접 만드는 건 하나도 없는 것 같지만. 하긴 그편이 나을지도 모르지, 뭐. 괜히 열심히 만들고 어쩌고 하면 맛있는 척 먹어줘야 하니까 그게 더 고역이잖아?"

(기집애, 할 일은 똑 부러지게 한다 어쩐다 큰소리치더니만.)

소주잔을 쪽 소리가 나게 빨면서 그가 말했다.

"고마워. 사실은 오늘 술 생각이 많이 났었거든. 혼자서라도 한잔하고 들어갈까 하던 참이었는데."

(가영이랑 싸웠나? 아님, 고 기집애 바람피우는 거 눈치채기라도 했나?)

슬쩍 떠봤다.

"가영이 많이 사랑해요?"

"사랑? 사랑해야겠지. 그래, 사랑해야지. 가족인데."

떨떠름한 대답. 그의 안색을 살폈다. 뚱한 표정. 아내를 사랑하는 남자의 얼굴은 결코 아니다. 순간, 알 수 없는 흡족함이 내 입가에 번졌다. 어쩌면 지난해 나를 후려쳤던 그 피해의식에서 아직 완전히 벗어나지 못한 건지도 모르겠다. 상처는 아물어도 다친 기억은 남는 법이다.

　속에 없는 말을 한마디 했다.

　"가영이, 하는 짓이 참 귀엽죠?"

　"글쎄, 귀여운 건지 철이 없는 건지. 암튼 떼쓸 땐 못 당해."

　"하긴 걔 당해낼 사람은 아무도 없죠."

　"이제 와서 이런 말 하는 거, 참 우습지만…… 난, 정말 심 원장이랑 결혼하고 싶었어."

　(이제 겨우 소주 두 병짼데, 벌써 이런 주정이 나오나?)

　"중간에 집사람이 끼어들지만 않았다면 난 아마 끝까지 심 원장 설득시켜서 결혼했을 거야. 난 성격 잘 맞는 사람이 좋거든."

　(성격이 맞는다고? 그건 절대 아닌데…….)

　"왜요? 가영이가 요즘도 성깔 많이 부려요?"

　"집사람 성격이야 심 원장도 잘 알 거 아냐? 솔직히 좀 버겁지, 뭐."

　"후훗."

　"심 원장하고라면 무난하게 잘 살 수 있을 것 같았는데. 솔직히 심 원장처럼 성격 좋은 여자도 드무니까 말이야. 그냥 대충대충 서로 편하게 나이 들 수 있을 것 같았다구. 게다가 난 사실, 너무 여자 같은 여자는 별로거든."

　"네?"

　"아니, 심 원장이 여자답지 않은 여자라는 말이 아니고…… 너무 '여자'임을 내걸고 다니는 여자가 별로라구."

(쳇, 그게 그거지 뭐.)

"솔직히 우리끼리 하는 말이지만, 남자든 여자든 좀 생기고 매력 있다 싶은 것들은 다들 생긴 값을 하잖아. 가족은 무엇보다 서로 믿을 수 있고 서로 편안하게 해주는 관계여야 하는데 말이지."

"흐음, 그래서 덜 생기고 매력 없는 나 같은 여자랑 부부의 연을 맺고 싶었다, 그거죠? 그런 면에서 우린 닮은꼴이니까?"

"허허, 심 원장도 참. 그러니까 내 말은 남녀 간의 사랑이니 뭐니 하는 건 가족한테 바랄 게 못 되는 것 같다구. 가족끼린 그냥 가족애나 정만 있으면 되거든."

"……"

"사실 난 집사람이 옛날 와이프랑 느낌이나 분위기가 너무 비슷해서 많이 안 내켰어. 엎질러진 물이라 주워 담을 수 없었을 뿐이지."

미련해 보여도 감은 꽤 발달했나 보다. 일찍감치 가영이의 본성을 파악하고 있었다는 얘기니까. 옛날 와이프는 본 적이 없어 모르겠다. 그런데 가만 생각해보니 칠순 가까운 나이에도 화장이며 옷 입고 다니는 게 예사롭지 않은 준 원장 모친은 아마도 젊은 시절, 가영이랑 비슷한 분위기였을 것 같다. 그렇다면 세 여자가 닮았다는 얘긴데. 모친한테 실망하고 전처에게 상처받은 남자가, 또 비슷한 여자랑 결혼을 해버렸으니 그도 참 기구한 팔자다.

여섯 병째 소주를 땄다.

"심 원장도 너무 고르지 말고 대충 빨리 결혼해. 그냥 성격 맞다 싶으면 그게 딱이야. 사랑, 그건 어차피 감정의 유희잖아. 그런 건 인기배우 중에 자기가 좋아하는 타입으로 하나 적당히 골라잡아서 혼자 편하게 즐기는 게 최고라니깐!"

"……?"

"그거 짝사랑처럼 보여도 절대 짝사랑이 아니거든. 화면 가득 차게 나와서는 내 앞에서 웃고 울고 속삭이는데 그게 어찌 짝사랑이야. TV만 틀고 앉아 있어도 일주일에 몇 번은 데이트 가능하고, 언제든 컴퓨터만 켜면 편하게 만날 수 있고, 팬클럽만 가입해도 그 사람 일거수일투족이 내 손바닥 안인데, 연애도 그런 연애가 없지. 게다가 운 좋게 야한 영화라도 한 편 찍어주면 그 비디오 집에 모셔두고 만날 잠도 같이 잘 수 있고, 얼마나 좋아."

(이 남자, 아무래도 정상이 아니다. 혹시 변태? 아니, 나도 이미 '한 변태' 하고 있으니 우리는 어떤 면에서 동지인지도 모른다.)

"그리고 그러다가 그 사람 결혼하면 다시 다른 배우 하나 물색해서 애인 삼고. 그게 제일이야. 사랑은 절대 생활 속에 두면 안 돼. 사랑이란 떨어져 있어야 아름답거든. 생활과 사랑을 혼재시키면 삶이 고단해져."

(공간을 뛰어넘은 사랑이라…….)

"저기, 지금 애인으로 둔 여배우는 누구예요?"

"집사람한테 일러주려고 그러지?"

"아뇨, 나 입 무거운데."

"그럼 심 원장만 알고 있어야 돼."

그는 한 여배우의 이름을 아주 애지중지 조심스레 꼬부라진 혀끝에 올렸다.

아니나 다를까 취향도 참 특이하다. 오로지 띨한 컨셉 하나로 밀어붙이는 개성파 여배우다. 그나저나 나는 이로써 동생 부부의 안팎 비밀을 다 알게 되었다. 둘 다 피장파장이다. 준 원장도 만만치 않다. 정신적 외도도 바람은 바람이지, 뭐.

가영이를 용서할 수밖에 없는 이유가 생겼다. 가영이가 아니었으면, 난 하마터면 허구한 날 침대에서 연예인 대용품으로 살 뻔했다. 게다가 따지고 보면 내가 요가학원에 나가게 된 것도 그녀를 만난 것도 모두 가영이 덕분이다. 용서의 차원을 넘어 감사해야 할 일이다.

일곱 병째 소주를 땄다.

준 원장이 벽에 기대앉으며 상 밑으로 다리를 길게 뻗었다. 그리고 갑자기 방이 꺼져라 한숨을 내쉰다.

"난 말이야, 가끔 여자들이 부러워."

(내 참, 또 무슨 말을 하려고.)

"머리 스타일도 옷도 무지하게 다양하니까 골라 하는 재미가 남자의 몇 갑절일 거 아냐. 입술이나 눈두덩이 색깔도 매일 아침 이랬다저랬다 변덕부리며 즐길 수 있을 테고. 어디 그뿐이야, 속옷도 여러 버전이니 그것만 잘 활용해도 기분전환하기 엄청 좋겠네. 나도 그렇게 한번 살아봤음 좋겠어."

"요즘은 여자들 하는 거 다 즐기면서 사는 남자도 많대요. 정 부러우면 한번 시도해보죠, 왜. 참, 맞춤속옷가게 하고 있는 친구도 있는데, 어때요, 한번 가볼래요?"

"그래, 그럼 그래볼까? 하고 싶은 건 하고 살아야지, 그치?"

"암요. 짧은 인생, 꼴리는 대로 살아야죠!"

"그나저나, 나 머리 기르면 어울리기는 할까?"

"그럼요, 조금 길러서 '포니테일' 하면 딱일 것 같네요."

"포니테일?"

"올백해서 하나로 묶는 거 말예요."

"아, 그거? 요렇게, 이런 식으로?"

앞머리랑 옆머리를 뒤로 넘겨 잡고는 덩치에 안 어울리게 애교를 떤다.

"진짜 괜찮네요. 무지 개성 있어 보이고."

"정말? ㅎㅎㅎㅎ……"

잠시 그렇게 시시덕거리고 있는데, 술기운에 눈까지 풀린 옆 테이블 아줌마들이 눈치 없이 끼어들며 좋은 분위기에 초를 친다.

"쯧쯧, 하여간 아무래도 말세야, 말세."

"글쎄 말이야. 요즘 젊은 놈들, 피부관리실이나 드나들고 기초화장에 온갖 액세서리까지 하고 다니는 걸 보면 무슨 남성해방운동이라도 하는 것 같다니까."

"그게 다 먹고살 만하니까 탐미주의로 흐르는 거래."

순간, 준 원장의 숱 적은 눈썹 사이에 '나이키' 마크가 생졌다.

"암튼 여자들은 너무 이기적이야. 좋은 건 왜 지들만 해야 된다고 생각하는지 모르겠어. 그러려면 애당초 남녀평등을 부르짖지도 말아야지!"

그는 짜증을 섞어가며 한 잔 더 들이키더니, 이번엔 아예 옆자리 아줌마들한테 대놓고 언성을 높인다.

"게다가 말이 나왔으니 하는 말이지만, 평소에는 평등이니 뭐니 떠들어대다가도 힘든 일만 생기면 남자한테 다 미루고, 뻑 하면 눈물을 무기로 사용하는 그 심보도 연구대상이라니까. 정 동등한 대우를 받고 싶으면 군대부터 다녀오라 이거야!"

괜히 잘난 척하기는. 부대 군의관도 아니고 시골에서 공중보건의로 군역 때운 거 누가 모를까봐서. 그나저나 참 겁도 없는 남자다. 요즘 술 취한 아줌마들이 얼마나 무서운데.

목소리를 낮춰 속삭였다.

"그건 그러네요. 솔직히 남자 입장에서 보면 여자란 족속들이 참 얄미울 거예요. 파트너한테 성질부릴 거 다 부려가면서 보호받고 사는 왕싸가지들이니까. 저기, 이담에 혹시 머리 예쁘게 기르고 싶다거나 하면 내가 잘하는 미용실 소개해줄 테니 그만 기분 풀어요!"

오랜 기다림 속에서도 지치지 않을 수 있는 까닭은
바로 그대, 당신을 기다리기 때문입니다
당신을 사랑하는 마음이
하나도 가시지 않았기 때문입니다

유혹

"저, 심가인 선생님 되시죠?"

퇴근길. 병원을 나서는데, 건물 입구에서 제비처럼 말끔한 차림새의 한 남자가 내 앞길을 막아섰다.

"네, 그런데요?"

"저기, 저희 여사님께서 잠깐 모셔오라고……."

"네?"

"지금 기다리고 계십니다, 타시죠."

남자는 까맣게 번들거리는 벤츠의 뒷문을 열어젖히고 깍듯한 몸짓으로 나를 태웠다. 너무 순식간에 벌어진 일이라 황당해할 새도 없었다. 어느새 벤츠는 도로 위를 매끄럽게 내달리고 있다. 우리나라 도로 사정과는 상당히 언밸런스한, S클래스 벤츠 리무진의 호화로운 뒷좌석에서 나는 꿰다놓은 보릿자루처럼 뻣뻣하게 앉아 이리저리 눈동자만 굴렸다(가만. 이거 납치라도 당하는 거 아닌가? ……에이, 설마).

이삼십 분 후, 까만 기왓장이 촘촘히 박힌 커다란 한옥 앞에서 차가 멈췄다. 눈에 띌 듯 말 듯 처마 아래 조그맣게 써 붙인 한자 몇 개를 보아하니 아는 사람들이 알아서 찾는 고급 한식집인가 보다. 어쩌면 정재계 인사들이나 들락거릴 수 있다는, 그 문턱 높은 요릿집인지도 모르겠다. 개량한복을 곱게 차려입은 종업원 뒤를 따랐다. 단아하게 손질된 뜰을 지나 한참을 더 걸어서 별채 같은 곳에 이르렀다.

"박 여사님, 손님 오셨습니다."

"응, 그래, 어서 모셔요."

방문이 열렸다.

아니, 누군가 했더니, 바로 며칠 전, 그 '실밥 아줌마'다.

"미안해요, 갑자기······. 좀 놀랬지?"

"아, 예. 조금······."

주름 하나 없이 팽팽히 당겨진 얼굴은 다시 봐도 여전히 섬 뜩하다. 오늘은 징그럽게 속눈썹까지 붙였다. 환갑을 훨씬 넘긴 나이는 이 여자에게 그야말로 숫자에 불과하다.

"자, 편하게 앉아요. 지난번엔 고마웠어. 그날 딱 한 번 치료 받고는 약 한 알 안 먹고 말끔히 나아버렸잖아. 내, 저녁이라도 사고 싶어서 말이야."

(실밥 하나 빼줬을 뿐인데.)

"아니, 안 그러셔도 되는데 뭘 이렇게."

머리를 긁적이며 자리에 앉았다. 종업원들이 차례차례 음식을 나른다. 눈 깜짝할 새 한 상 가득 차려졌다.

"자, 한 잔 받아요."

"아, 예."

화려하고 맛있는 음식들을 끼적끼적, 꾸역꾸역 먹기 시작했다. 그리 타당한 이유 없이 비싼 밥을 얻어먹으려니 영 기분이 안 내킨다. 게다가 앞에 앉은 여자는 밥은 먹는 둥 마는 둥, 자꾸만 날 물끄러미 쳐다보곤 한다. 아무래도 체할 것 같다.

"이것도 한번 먹어봐요."

여자는 친절하게도 상 한쪽에 놓인 닭강정을 집어다가 내

밥 위에 놓아준다. 팽팽한 얼굴과는 꽤 거리가 있는, 여자의 나이 든 손. 젓가락질하는 것도 버거워 보일 만큼 커다란 다이아가 사방에 그 빛을 흩뿌린다. 기다랗게 굽은 손톱 위의 은갈치색 매니큐어도 동시에 내 눈을 어지럽힌다.

"아가씨 이름이…… 가인 씨였지?"

"네. 심가인이요."

"예쁜 이름이네요. 올해 서른일곱이라고?"

"네."

"어디 보자. 서른일곱이면 ……말띠?"

"네."

"지금 혼자 살고 있다면서요?"

"네. 근데 어떻게……."

"후후후, 그 정도 알아내는 거야 금방이지, 뭐."

('알아냈다'고? 이건 또 무슨 말이지?)

식사가 끝나자 이름을 알 수 없는 희한한 한식디저트와 함께 내가 좋아하는 식혜가 나왔다. 종업원이 나가고 문이 닫히자 여자가 다시 입을 열었다.

"저기, 단도직입적으로 말할게요. ……우리 ……사귈까?"

"네? 켁! 케켁!"

식혜 속에 들어 있던 불어터진 밥풀 건더기 하나가 그만 기노 쪽으로 잘못 들어가 버렸다.

잠시 켁켁거리는 나를 빙그레 쳐다보던 여자가 다시 말을 잇는다.

"조건은 그리 나쁘지 않을 거예요. 일 년에 10억, 어때?"

(10억?!)

기도에서 무사히 빠져나온 밥풀 하나를 다시 꼴까닥 삼키면서 나는 물었다.

"그게 무슨……."

"별 다른 건 없어. 그냥 당분간 병원 관두고 나랑 같이 지내면서 여기저기 여행이나 다니고 삶을 즐겨주면 돼요. 물론 침대는 같이 쓰고. 무슨 뜻인 줄 알지?"

여자의 말을 이해하기까지 잠시 시간이 필요했다.

(그러니까, 말하자면…… 이건…….)

지금 나는 금전이 오가는 계약연애의 제안을 받은 것이다. 그것도 큰고모뻘 되는 나이 든 '여자'에게서. 동성애자는 동성애자를 알아본다더니, 그렇담 나도 어느새 레즈비언의 냄새를 풍기기 시작했나 보다. 그리고 이 여자는 그 냄새를 맡은 거다.

"흠흠, 저기요, 그건……."

"아니, 서두르지 마. 한 며칠 곰곰이 생각해보고 그 다음에 대답해요. 그래도 늦지 않으니까."

여자는 내 말을 막았다. 내가 어떤 대답을 할지 알고 있는 듯했다.

"근데 왜 저한테……."

"그야 마음에 들어서지."

"그러니까 그게 왜……."

"왜 맘에 드느냐고? 후후후, 그냥 예쁘고 참해 보여서."

"제가요?"

(이런 황송한 칭찬은 태어나서 처음이다.)

"내가 좋아하는 스타일이야."

"……?"

"좀 더 솔직히 말하자면, 오래전에 세상 뜬 내 옛날 파트너랑 너무 많이 닮았어. 붕어빵처럼."

"아, 예."

그랬었구나, 그래서……. 여자의 마음은 충분히 이해할 수 있을 것도 같다.

잠시 아련한 생각에 잠긴 듯하던 여자가 다시 표정을 가다듬으며 말했다.

"그리고 오늘 보니까 볼록볼록한 체형도 아주 귀여운데."

튀어나온 아랫배를 얼른 두 손으로 가리며 대답했다.

"저기, 가슴은 뽕이거든요, 뽕!"

"후훗, 솔직한 게 더 이쁘네. 괜찮아요, 난 가슴 크기는 상관없으니까. 엉덩이만 예쁘면 돼."

미치겠다. 날 훑어보는 여자의 눈빛이 상당히 느끼하고 부담스럽다.

"단순하게 생각해요, 복잡할 것 없어."

"……."

"가인 씨 하기에 따라 프리미엄도 얼마든지 더 붙을 수 있을 거야. 그리고 오래가면…… 그래, 5년마다 건물도 하나씩 줄게요."

시끄럽게 울리는 휴대폰을 들고 여자가 잠시 자리를 비웠다.

뭐하는 여자지? 혹시 사채업계의 쩐주? 아님 강남 룸살롱들의 대모. 그것도 아님 부동산 투기의 달인? 그나저나 뭐, 단순하게 생각하라고? 지금 이 상황에서 단순? 가만, 어쩌면 생각하기 나름이려나……. 그래, 그런지도 모른다. 돈 몇 푼에 양심이며 의리며 인간성까지도 밥 먹듯 팔아먹는 세상인데, 몸 좀 팔고 세월 좀 팔고 그깟 자존심 좀 팔기로서니 그게 무슨 대수겠는가. 일 년에 10억이면 몇 년만 계약 연장하더라도 수십 억은 벌겠다. 돈이 돈을 버는 세상이니 몇 년 새 엄청난 벼락부자가 될 수도 있다. 내친김에 5년 채워버리면 덤으로 건물도 하나 생긴다. 그렇담 굳이 월급쟁이 의사 노릇이나 하면서 아파트 하나 장만해보고자 고단하게 살아갈 필요도 없다. 근사한 병원 하나 차려서 페이닥터 몇 명 두고 일주일에 한두 번 특진이나 보면서 폼 나게 살 수도 있다. 아님, 의사면허증이며 전문의자격증 따위는 그냥 기념으로 서랍에 넣어두고 건물임대업이나 하면서 걱정 없이 놀고먹을 수도 있다.

문이 열리고 여자가 들어왔다.

"미안해요. 통화가 좀 길어져서. 저기, 술 좋아한다고 들었는데, 자리 옮겨서 한잔 더 할까?"

여자는 내 표정을 살피는 듯했다.

저절로 굴러온 기회, 로또 당첨에 버금갈 수도 있는 이 세속적인 유혹에 초연할 만큼 나는 부자도 아니고 자존심이 센 것도 아니며 어떤 결벽증이 있는 것도 아니다. 하지만 내 대답은 처음부터 정해져 있었다.

"죄송하지만, 저, 사귀는 사람이 있어서요. 며칠 더 생각해본다고 달라질 것도 없구요."

순간, 여자는 표정이 일그러졌다. 그리고 잠시 후 몹시 의아하다는 듯 고개를 갸웃거리며 미심쩍은 얼굴로 말했다.

"이상하네. 그럴 리가 없는데. 내가 관상을 좀 보지만, 지금 가인 씨 얼굴에 외로울 '고(孤)' 자가 가득 차 있단 말이야. 정말 파트너가 있긴 있는 거야?"

"……."

"타요. 태워다 줄게."

"아뇨, 괜찮습니다."

"저기, 언제라도 맘 바뀌면 연락해요."

못내 아쉬운 듯 여자가 날 빤히 바라본다. 어째 눈빛이 처연하게 느껴진다. 나를 통해 그리운 옛사람과 어떤 이야기라도 나누고 있는 듯하다.

"오늘 저녁 잘 먹었습니다."

"그럼 조심해서 가고."

"네, 안녕히 가세요."

까만 벤츠는 여자를 태우고 저 멀리 사라졌다. 슬퍼 보이던 여자의 마지막 눈빛이 어쩐지 마음에 걸린다.

 나는 조금 걸어 나와 큰길에서 택시를 탔다. 그리고 집을 향했다. 반듯하게 접힌 종이 한 장을 가방에서 꺼내 든다. 여자가 남긴 전화번호. 꼬깃꼬깃 구겨서 창밖으로 슬쩍 던져버렸다.
 만약 최정윤, 그녀가 없었더라면 어땠을까. 그래도 나는 이 유혹을 깔끔하게 물리칠 수 있었을까. 장담할 수 없는 일이다. 잠시 조건에 홀려버리면 구차한 삶을 마치 횡재라도 하는 양 넙죽 받아들일 수도 있는 노릇 아닌가(조건 하나 보고 결혼까지도 불사하는 사람들이 넘쳐나는 세상이다. 돈 많은 남자의 세컨드로 평생을 숨어 사는 여자도 많다. 그에 비하면 계약연애쯤이야). 어쩌면 나이 든 레즈비언의 정부가 되어 빈둥빈둥 호강하면서 부를 축적했을지도 모르겠다. 어차피 삶은 그로테스크한 것이라 했다.
 갑자기 그녀가 너무 보고 싶다. 그녀에게 문자를 보낸다. 내 옆에 있어줘서 고맙다고, 그리고 한번 짬 내서 어디 여행이라도 다녀오자고.

 솔직한 심정 하나,
 ─ 손에 들어올 뻔한 부귀영화가 아쉽다.
 솔직한 심정 둘,
 ─ 무지 비싸게 거래될 뻔한 내 몸값(?)에 뿌듯하다(난 지금

졸지에 강남 룸살롱의 최고로 예쁘고 잘나가는 여자들만큼이나 비싼 몸이 되어버렸다).

밀월여행

그녀와 여행을 가고 싶었다.
왕 원장에게 부탁해서 일주일 간의 휴가를 얻었다.
그리고 그녀를 졸라댔다.

 지금 여긴 일본이다(사실 난 정열의 나라, 스페인으로 가고 싶었는데. 세비야에 가서 플라멩코 공연도 보고 싶고, 돈키호테의 고장 똘레도에도 가보고 싶고, 무엇보다 동성애자들의 천국, 바르셀로나에서 그녀의 손을 잡고 거리를 활보해보고 싶었는데).

 동경을 경유해서 하코네로 왔다. 마치 바다처럼 보이는, 끝없이 펼쳐진 호수가 장관이다. 이 높은 산지에 어떻게 이런 게 생겼을까.

 우린 일본식 료칸의 다다미방에 짐을 풀었다. 기모노를 입은 아가씨들이 정성껏 차려주는 저녁을 방에서 편하게 먹고 우리도 기모노처럼 생긴 가운, 유카타로 갈아입었다. 그리고 굽 높은 게타를 딸깍딸깍 끌며 밖으로 나왔다. 잠옷 겸용인 얄팍한 무명 가운에 허리띠 하나씩 졸라매고 료칸 안팎을 활보하는 사람들 모습이 재밌다.

 료칸 온천으로 내려왔다. 희뿌연 온천물에 몸을 담그고 있자니 한쪽에 노천으로 통하는 문이 보인다.

 "우리, 한번 나가볼까?"

 큼지막한 수건 한 장으로 몸을 두르고 호기심 많은 그녀를 따라 밖으로 나왔다. 쌀랑한 밤공기에 소름이 돋는다. 우린 잰

걸음으로 돌계단을 내려와 따끈한 노천탕에 미끄러지듯 몸을 담갔다. 까만 밤하늘의 별들을 머리에 이고 찌릿한 온천물에 들어앉으니 기분이 사뭇 묘하다. 뒤쪽은 숲으로 둘러싸여 있다. 지대가 높다 보니 전망도 환상적이다.

잠시 후, 아줌마 서너 명이 빨갛게 익은 몸을 일으켜 다시 수건을 싸매고 줄줄이 돌계단을 올라 사라졌다. 이젠 아무도 없다. 그녀와 둘뿐이다. 내가 원했던 분위기. 그녀 뒤로 슬며시 붙어 앉아 콜라병처럼 잘록한 허리에 손을 두르고 조각 같은 어깨에 턱을 올렸다. 간지럽단다. 이내 저만치 떨어져 앉아버리는 그녀(쩝, 무드 한번 잡아볼까 했더니만).

어디서 간간이 남자들 목소리가 들려온다. 굵은 대나무로 엮은 널따란 칸막이 저쪽 편에는 남자 노천탕이 있나 보다.

그녀가 눈을 반짝이며 말했다.

"저쪽 오솔길로 조금만 더 들어가면 남녀혼탕도 있대. 가볼까?"

"가서 뭐하게? 여기서도 남자 꼬셔보려고? 관둬. 그리고 수영복도 안 가져왔잖아."

"여긴 수영복 같은 거 필요 없어. 수건으로 가릴 곳만 대충 가리고 들어가면 돼."

"그럼 더 싫어. 그렇게 가고 싶음 혼자 가!"

일단 큰소리는 쳤지만 신경이 쓰인다. 진짜 혼자 가버리면? 그리고 오늘밤, 내가 독수공방할 일이 생긴다면?

"하긴, 혼탕에는 주로 할아버지들뿐이라는 말도 있던데. 관둘까?"

(힛, 다행이다.)

살짝 다가와서는 내 젖꼭지를 장난스레 꼬집으며 그녀가 물었다.

"자긴 어떤 남자가 좋아?"

(난 이제 남자한텐 관심 없는데.)

"글쎄, 당신은?"

"난 야한 남자가 좋더라."

"야한 남자?"

"응. 근데, 가만 보면 남자들은 참 게을러. 야한 여자가 좋니 어쩌니 하면서 지들은 왜 야해질 노력을 안 하나 몰라. 다들 속옷엔 전혀 신경도 안 쓴다니까?"

"그거야 당신 애인들이 전부 유부남이니끼 더 그렇지. 속옷에 신경 쓰다간 와이프한테 의심받기 딱 좋게?"

"그런가? 암튼 여러모로 게을러. 게다가 느끼한 걸 야한 거라 착각하는 남자도 많고. 한 번씩 나름대로 섹시해 보이려는 노력이 느끼하게 표현되면 그건 최악이라니까."

갑자기 그녀가 깔깔거리며 웃는다. 아마 머리에 떠오르는 어떤 남자가 있나 보다. 우울해진다. 꾸르릉하니 속도 편치 않다. 아무래도 일정량의 메탄가스가 제조돼버린 것 같다. 참으려고 나름대로 안간힘을 썼지만 헛일이었다. 결국 '뽁, 뽀록' 하는 맑고 청아한 소리와 함께 온천물 위로 공기방울 몇 개가 사뿐히 올라와 터졌다. 그녀가 또 깔깔거린다. ······

쪽팔린다.

한 십여 분 더 그렇게 앉아 있었을까. 이마에 송골송골 땀이 맺힌 그녀가 발그스름해진 몸을 일으키더니 복숭아를 쪼개놓은 듯한 엉덩이를 노천탕 바위에 걸치고 앉았다. 내려다보이는 하코네의 푸른 밤을 배경으로 그녀의 물기 어린 몸이 더욱 아름답고 야하다.

방에 돌아와 보니 구름처럼 도톰한 이부자리가 폭신하고 예쁘게 깔려 있다. 온천욕으로 적당히 나른해진 몸을 안고 우리는 누웠다.

에로스도 사랑은 사랑이라는 게 그녀 논리다 보니, 그녀도 잠자리에서만큼은 사랑한다는 말을 곧잘 한다(물론 그건 잠자리 멘트 그 이상도 그 이하도 아니다). 오늘밤은 꽤 여러 번 그 말을 했다. 나처럼 멀티오르가슴을 느꼈나 보다.

눈꺼풀이 무거워진다. 그녀 가슴에 얼굴을 묻었다.

"사랑해…… 정말 많이……."

대답이 없다. 에로스의 행위가 끝났으니 당연한 일이다.

한마디 더 했다.

"영원히 사랑할게, 당신만."

자고로 감정에 관계된 약속이나 맹세는 하는 법이 아니라지만, 해본들 어차피 아무 의미 없는 것이라지만, 그래도 지금 이 순간 미치도록 하고 싶은 말이니 어쩔 수가 없다. 그리고 무엇보다 나, 심가인은 어떤 일이 있어도 이 맹세를 지켜낼 자신이 있다.

십오 초 정도 어색한 침묵이 흐른 뒤에 나는 또다시 덧붙였다.

"신경 쓰지 마, 당신이 좋아하는 그 에로스의 의미니까."

인간으로 태어난 이상, 사랑받을 자격은 누구에게나 있다고 한다. 하지만 자격이 있다고 해서 모두가 그에 걸맞은 대접을 받고 사는 건 아니다.

손가락에도 길고 짧음은 있듯 그리고 반지가 끼워지는 손가락은 항상 정해져 있듯 사람들의 관심이나 사랑도 주로 한 대상에게 집중되기 마련이다. 결국 살아가는 동안 정말 열정적이고 희생적인 사랑을 받아볼 수 있는 사람은 한정된 극소수에 불과할지도 모른다.

세상 참 고르지 않다. 내가 이토록 애타게 갈구하고 목말라하는 사랑이 그녀에겐 그저 무겁고 부담스러울 뿐이라니.

오늘은 날씨가 참 좋다.

저 멀리 후지산도 보인다. 삼나무 길을 산책하고 전통미술관이며 조각공원을 둘러봤다.

오후엔 해적선을 타고 호수 건너편으로 가서 군데군데 하얀 연기가 모락모락 피어오르는 화산지대를 구경했다. 유황으로 새까맣게 삶아낸 달걀 —하나 먹으면 지기 수명보다 칠 년을 더 산단다— 도 까먹었다. 케이블카도 타고 로프웨이도 탔다.

식사 시간에 맞춰 숙소로 돌아왔다. 방에 들어서니 종업원들이 벌써 저녁상을 차리고 있다. 오늘은 내가 좋아하는 털게 코스요리다. 안 그래도 시장하던 터라 우린 대충 손만 씻고 커다란 밥상 앞으로 달려들었다.

그리고 한 이십 분 정도, 말없이 게살 발라먹는 데만 열중했다(누가 그랬더라. 싫은 사람이랑 밥 먹을 땐 게요리 전문점에 가는 게 최고라고).

대충 발라먹는 작업이 끝나자 튀김요리와 탕이 들어왔다. 종업원이 내미는 핑거볼에 손끝을 적시며 그녀가 말을 꺼냈다.

"이건 어디서 들은 말인데, 세상엔 어리석은 두 부류가 있대. 하나는, 엄청난 구애작전으로 눈물겹게 사랑을 얻은 후에 '나를 사랑하는 이 여자는 이미 내가 사랑했던 그녀가 아니었다'고 깨닫는 남자. 그리고 또 하나는, 어느 날 자기 마음을 차지해버린 남자를 바라보며 '내가 사랑하게 된 이 남자는 어느새 내 사랑을 간절히 원하던 그가 아니었다'는 걸 깨닫는 여자. 자긴 어느 쪽이 더 어리석은 것 같아?"

"어리석다기보다, 싸가지 없는 놈이랑 뒷북치는 불쌍한 여자 얘기구만, 뭐."

그녀가 웃으며 고개를 끄덕였다.

"그래. 세상엔 싸가지 없거나 불쌍한 사람들 천지지."

식사 후, 온천을 하고 료칸 지하에 마련된 가라오케 룸으로 들어왔다. 한류열풍 때문인지 우리나라 노래도 엄청나게 많이 들어 있다. 〈애모〉를 부르고 〈인연〉을 부르고 〈내 사랑 내 곁에〉를 불렀다. 그리고 〈사랑밖엔 난 몰라〉도 불렀다. 그녀는 듣는 게 더 좋다며 한 곡도 부를 생각을 않는다(혹시 음치인가?).

잠시 마이크를 내려놓고 맥주를 마셨다. 그리고 그녀에게 물었다.

"당신, 나 좋아?"

"응, 좋아."

"어디가?"

"편해서."

"편해서?"

"응, 자다 일어난 맨얼굴로 만나도 부담 없고."

"당신은 쌩얼이 더 예쁜데 뭐."

"그래? 후훗, 그래도 남자랑 만날 땐 화장이 기본 매너잖아."

"……"

"그리고 무엇보다, 자기랑 섹스 할 때 마치 내가 남자가 된 듯한 묘한 느낌이 좋아."

"그건 꼭 내가 아니라도 되는 문제잖아. 널린 게 여잔데."

"난 다른 여자는 안 만나, 전에 말했잖아, 아직도 못 믿겠어?"

그냥 확인하고 싶었을 뿐이다. 아니겠지 하면서도 아니란 말 한마디 더 듣고 싶어서 떠보고, 그러리라 여기면서도 그렇단 말 한마디 더 듣고 싶어서 조르는 내 마음을 그녀는 알 리가 없다.

"아니, 믿어. 한번 해본 말이야."

내친김에 하나 더 물었다.

"난 당신한테 있어서 다른 남자들이랑 어떻게 달라?"

"많이 달라."

"그러니까 어떤 점이 다르냐구."

"남자들한텐 집이나 가게 전화번호 안 가르쳐줘. 물론 데려간 적도 없고."

기분 좋다. 특별대우 받는다는 건 행복한 일이다. 난 다시 마이크를 잡고 일어섰다. 그리고 열창을 했다. 그녀를 위해.

하코네에서 이틀 밤을 보낸 우린 다시 동경으로 왔다. 황궁에도 들어가 보고(울창한 숲에 가려서 본 건물은 하나도 안 보였다. 황실 가족사진이 걸린 간이매점에서 사 먹은 아이스크림에 탈이 나서 괜히 화장실 찾아 헤매느라 진땀만 흘렸다) 우에노공원 돌아보고 재래시장 구경도 하고 이층버스를 타고 아사쿠사에도 갔다. 세계에서 제일 비싼 땅이라는 긴자 거리도 누벼보고 미술관도 두어 군데 찾아다녔다. 모노레일을 타고 임해부도심도 한 바퀴 돌고 디즈니랜드에도 갔다. 그리고 오늘은 요코하마에 가서 유람선도 타고 차이나타운 구경도 했다.

피곤해 죽을 것 같다. 이건 순전히 그녀가 짜놓은 스케줄

대로 움직인 거다. 정신없이 돌아다니다 보니 벌써 마지막 밤. 사실 난 좀 더 오붓한 시간을 즐기고 싶었는데, 둘만의 그 오붓한 여유를 만끽해보는 것이 내 여행의 주된 목적이었는데.

내일은 다시 한국으로 가야 한다. 지겨운 일상으로 복귀해야 한다. 무엇보다 거기엔 그녀를 기다리는 남자들이 있다. 나는 그녀를 또 여러 남자들과 나누어 가져야만 한다.

그동안 벼르고 별러온 얘기를 꺼냈다.

"나, 당신이랑 같이 살고 싶은데……."

짐을 챙기던 그녀가 날 빤히 쳐다본다.

나는 말을 이었다.

"당신, 다시는 결혼 같은 거 할 생각 없다며? 그렇담 그냥 나랑 같이 살면 안 돼? 그러면 안 심심하고 좋잖아."

"……."

"당신 사생활은 절대 간섭 안 할게. 그러니까 그냥 같이 살자, 응?"

그녀가 생긋 웃으며 대답 대신 엉뚱한 질문을 해왔다.

"나랑 빨리 헤어지고 싶어?"

"……?"

"난 싫증을 좀 빨리 내. 너무 붙어 지내면 아마 금방 지겨워질 거야."

그녀는 너무 영리하다. 내가 한 번 더 조르고 매달려볼 여지를 안 남긴다.

나는 풀이 죽어 말했다.

"그럼 그 대신 종신계약이라도 맺어줄래?"

그녀가 농담처럼 말한다.

"계약 에로스는 어때? 석 달마다 기간 연장해나가는."

"쩝."

뭐가 그리 재밌는지 그녀는 갑자기 깔깔거리기 시작했고, 나는 그런 그녀를 참담한 심정으로 바라보며 힘없이 따라 웃었다.

차라리 노예계약을 하자. 기간은 나 죽는 날까지로 하고……

빛나는 해와 밝은 달이 있기로
하늘은 금빛도 되고 은빛도 되옵니다

사랑엔 기쁨과 슬픔이 같이 있기로
우리는 살 수도 죽을 수도 있으오이다

꽃 피는 봄은 가고 잎 피는 여름이 오기로
두견새 우는 달밤은 더욱 슬프오이다

이슬이 달빛을 쓰고 꽃잎에 잠들기로
나는 눈물의 진주구슬로 이 밤을 새웁니다

만일 당신의 사랑을 내 손바닥에 담아
금방울 같은 소리를 낼 수 있다면
아아, 고대 죽어도 나는 슬프지 않겠노라

— 〈꽃 피는 달밤에〉 윤곤강

불꽃

또 한 해가 지났다.

그리고 잔인한 계절, 봄이 왔다. 오늘은 그동안 내 충고 — 올림머리는 내리고 안경은 렌즈로 바꾸라 했다 — 를 착실히 따른 박 팀장의 결혼식이 있었다. 부케를 내게 던지겠다는 그녀의 호의를 난 정중히 사양했다. 그리고 진심으로 그녀의 행복을 기원했다.

그간 우리 병원엔 많은 변화가 있었다. 지난 가을엔 병원 인테리어를 새로 하고 에스테틱 한편에 두피관리샵을 신설했다. 또한 아래층에는 스파를 개설했으며, 올 초엔 새로운 페이닥터가 두 명 더 들어왔다. 그리고 지난주에는 왕 원장이 드디어 국회의원 배지를 가슴에 달았다.

다들 바쁘게 지냈다, 나만 빼고. 엄만 시집 잘 간 딸 덕에 쇼핑하고 여행 다니며 호사 누리느라, 가영이는 사랑이니 뭐니 하면서 바람피우느라, 준 원장은 마누라가 뭐하고 싸돌아다니는지도 모르고 돈 버느라, 그녀는 여전히 남자들을 바꿔가며 새로운 에로스를 즐기느라 바빴다. 그리고 그녀의 내연녀인 나는, 그녀가 한 번씩 선심 쓰듯 내주는 시간을 기다리며 한 달에 두어 번 그녀를 보는 낙으로 살았다. 요즘은 그마저도 뜸하다. 못 본 지 한 달이 훨씬 넘었다.

가만 생각해보니 나도 해낸 일이 하나 있긴 하다. 힘도 들이지 않고 어느새 다이어트에 성공해버린 것! 작년 이맘때에 비해 6킬로가 빠져버렸다. 틈날 때마다 먹어댄 초콜릿만 아니었으면 아마 10킬로 이상 줄었을 거다. 안 그래도 작은 가슴이 빈대떡처럼 올라붙었다. 어찌된 체질이, 찔 때는 뱃살부터 찌고 빠질 땐 가슴부터 빠진다. 찌고 빠지고를 열 번만 반복하다가는 절벽 가슴에 만삭이 되겠다. 얼굴엔 기미가 생겼다. 새치에 좋다는 까만 깨 ―갈아서 꿀에 재워두고 밤마다 한 숟갈씩 퍼먹었다― 가 어째 머리보다 피부에 작용한 것만 같다.

……고약한 기생충 같은 스트레스가 나를 갉아먹고 있다.
지옥이란 사랑할 수 있는 마음을 상실한 데서 오는 괴로움이라 했다. 그런데 왜, 그녀 대신 내가 지옥에 있는 걸까.

목요일이다. 요즘은 쉬는 날이 너무 힘들다. 도통 울릴 생각을 안 하는 휴대폰을 끼고 종일 침대 위에서 뒹군다. 그래, 초콜릿도 다 떨어졌는데 오랜만에 자위라도 해볼까.
……안 된다. 암만 용을 써도 쎄타(θ)파는 그림자조차 안 보인다. 명상을 하고자 한 것도 아니건만 내 뇌는 짜릿하고 몽롱한 쎄타(θ)파 대신, 그저 잔잔한 알파(α)파를 조금 만들어내는 시늉으로 날 기만한다. 쾌감은커녕 형체도 없는 잡생각들이 다시 꼬리에 꼬리를 물며 내 영혼을 피폐하게 만들고 있다. 모든 것은 무심하기 이를 데 없는 그녀 탓이다. 아니, 그녀의 마음 끝자락에 끌려 다닐 수밖에 없는 못나디못난 내 탓이다. 한숨이 절로 난다. 내게 싫증을 내고 있음이 너무나도 명백한 요즘 그녀의 태도. 문자라도 하나 보내볼까 하다 관뒀다. 상대가

권태기를 느낄 때는 참고 기다려주는 게 제일이라 했다. ……하지만…… 며칠이나 더 견딜 수 있을까. 벌써 바닥을 드러낸 내 얄팍한 인내심이 날 더더욱 초라하게 만든다.

뭐든 하긴 해야겠는데. 다시 요가를 시작해볼까(지난여름, 그녀가 요가교실을 그만둔 이후 나도 관뒀었다). 아님 재즈댄스라도 배워볼까. 이대로 있다간 아무래도 조만간 미쳐버릴 것만 같다.

사람들의 무관심은 때로 내게 자유라는 날개를 달아주기도 한다. 어느 날, 내가 휴대폰을 바다에 던져버린다면 그것은 곧 연락의 단절, 소통의 끝으로 이어질 것이다. 굳이 날 찾으려는 사람도 없을 것이다. 그것으로 나는 철저히 혼자만의 세계를 가질 수 있을 것이다. 내가 죽든 말든 신경 쓸 사람이 없다는 것은 내가 인제 죽어도 상관없음을 뜻한다. 내가 죽더라도 그리 슬퍼할 사람이 없다는 것은 언제든 가벼운 마음으로 이 세상을 떠날 수 있음을 의미한다. 당연한 일이겠지만, 세상은 내게 그 어떤 배려도 하지 않는다. 내 기분이 어떻든 내가 어디에 누워 있든 날씨는 맑거나 흐리거나 비 또는 눈이 내릴 것이다.

가영이가 집으로 놀러왔다.
"웬일로 날 다 찾아왔냐? 바람피우느라 바쁠 유부녀께서."
"비꼬지 마. 그리고 나 이제 그 사람 안 만나. 벌써 한 달도 더 됐어."

(요것이 드디어 마음을 잡았나?)

"저런! 그렇게 사랑한다더니, 왜 벌써?"

"난 그 사람을 정말 사랑했는데 그 사람은 그게 아닌 것 같더라구."

"……?"

"글쎄, 생일날 내놓는 선물이란 게 고작 삼사십만 원짜리 스카프 한 장이지 뭐야?"

"그거면 됐지, 뭘 그래! 그리고 넌 지금 나이가 몇인데 선물투정으로 인연을 떡처럼 주무르고 있냐? 갖고 싶은 게 있으면 뭐든 카드만 긁고 다니면 되는, 팔자 좋은 부잣집 사모님이."

"그건 그렇게 단순하지가 않아. 만약 그 사람이 박봉에 시달리는 평범한 회사원이었다면 난 그 스카프를 정말 기쁘고 고맙게 받았을 거야. 언니 말대로 난 지금 돈이나 물건에 어떤 아쉬움을 느끼며 살진 않으니까."

"……"

"언닌, 마음 가는 데 돈 간다는 말도 못 들어봤어? 왜, 내가 옛날에 가르쳐줬었잖아. 남자가 여자를 정말 사랑하게 되면 연애 경비가 그 남자 생활수준이나 평소 씀씀이를 훨씬 웃돌게 되는 법이라고. 결국 그 남잔 자기 와이프나 애들한테 매달들어가는 돈은 당연한 거지만, 일 년에 한 번 돌아오는 내 생일날 쓰는 돈은 아까웠던 거야."

(지난번엔 독신이라 그러는 것 같더니, 내가 뭘 잘못 들었나?)

"그 사람, 유부남이었어?"

"……응."

이런 이야기에는 이미 내성이 생겨버렸다. 자유분방한 그녀의 내연녀로 살다 보니 유부남, 유부녀의 로맨스쯤이야 이젠 아주 자연스런 이야기로 들린다.

본론으로 돌아갔다.

"사업하는 사람이래며? 사업하다 보면 돈이 잘 안 돌아갈 때도 있잖아. 그래서 그런 건 아니고?"

"절대 아냐. 굉장히 안정적인 사업이니까. 내 생일 직전에도 가족 동반으로 유럽 한 바퀴 실컷 돌고 들어왔었다구. 그리고 설사 언니 말대로 요즘 사업이 좀 힘들어서 그렇다 치자. 그래도 아마 와이프한테는 대출을 받아서든 어떻게든 꼬박꼬박 생활비 들여 줄 걸. 애늘 레슨비만도 한 달에 천만 원 가까이 들어간다던데, 뭐."

"받아도 그만, 안 받아도 그만인 선물과 그 사람 평소 씀씀이의 함수관계로 상대방 마음을 평가한다? 돈이란 게 사람을 참 졸렬하게 만드네."

"돈은 그냥 단순한 돈이 아니잖아. 인간성이나 매너의 역할을 하기도 하고 때론 감정이나 마음이 되기도 하고."

"하긴, 연봉 계약에선 사람의 가치나 자존심이 되기도 하지."

"바로 그거야. 난 그 사람한테 딱 그 삼사십만 원짜리 스카프 한 장 가치밖에 안 되는 여자였던 거야. 단순한 술친구도 아니고, 사랑한다면서 어떻게 그럴 수가 있냐구."

"……."

"그뿐인 줄 알아? 그동안 그렇게 외국에 드나들면서도 뭐 하나 사오는 법이 없었어."

"그거야, 일일이 선물 사들고 다니는 게 촌스럽게 느껴졌을 수도 있지, 뭐."

도대체 난 왜 이리 오지랖이 넓은지 모르겠다. 어느새 얼굴 한번 본 적 없는 남자의 변호사 노릇을 하고 있다.

"그래도 그러는 게 아니거든. '매일 당신 생각나더라, 보고 싶어 죽는 줄 알았다'는 백 마디 말보다 정성 어린 선물 하나가 마음에 더 와 닿는 법이라구. 혹시 클론의 〈초련〉이란 노래 가사 기억나? 그런 게 바로 사랑에 빠진 남자 마음이라니까!"

초련? 난 잠시, 오래전 TV에 춤 잘 추는 두 남자가 나와서 야광봉을 정신없이 흔들어대며 '숨겨둔 비상금을 몽땅 털어서라도 예쁜 선물을 사주고 싶네' 어쩌네, 신나게 부르던 그 노래를 떠올렸다.

"하긴, 사랑에 굶주린 여자들을 가장 꿀꿀하게 만드는 노래가 그 노래라지, 아마."

"사랑, 그거 눈에 보이지도 손에 잡히지도 않는 거잖아. 귓가에 잠시 스치고 지나는 그 사랑, 그걸 잠시나마 눈으로 보고 손에 쥘 수 있는 방법이 선물 말고 또 뭐가 있어. 남자들은 이런 여자들 마음도 모르고 속물근성 어쩌고 하지만 말이야. 솔직히 사랑하지 않는 사람한테서 받는 거야 물건 그 자체로 즐거울 뿐이지만, 사랑하는 사람한테 받는 건 그 속에 담긴 마음

땜에 기쁜 거 아니겠어?"

"그래, 그럼 설사 선물을 해줬다 치자. 똑같은 거 두 개 사서 자기 와이프 하나 주고 너 하나 주는 건지 어떻게 알아? 그거 받으면 퍽이나 마음에 와 닿겠다!"

"암튼 그 동안은 여자 맘을 잘 모르는 남자라서, 아님 물질에 별 가치를 두지 않는 남자라서 그런 걸 거라고 좋게좋게 생각했었어. 근데 지난달엔 도저히 못 참겠더라구. 지저분한 술집여자들이랑 할 때도 한 번에 수십만 원씩 줘야 한다던데, 매번 맨입으로 즐기면서 생일까지도 그런 식으로 때우다니 그게 어디 말이나 돼? 결국 난 그 남자한테 술집여자보다도 못한 존재였다니깐."

"그래서, 그 스카프에 자존심 상해서 더 이상 못 만나겠다고 얘기한 거야?"

"……"

"그건 그렇고, 넌 그 사람한테 무슨 선물을 해왔는데?"

"난 여자잖아. 여자가 사랑하는 사람한테 주고 싶은 거야 몸이지, 뭐. 그거면 된 거 아냐?"

최정윤, 그녀는 여자들의 이런 심리를 창녀근성이라 했었다.

"하여간…… 난 지금껏 그 사람처럼 인색한 남자는 본 적이 없어."

"후훗, 바람을 피우더라도 그렇게 알뜰하게 피우면 평생 피운들 살림 거덜 날 일은 없겠네. 암튼 잘 어울리는 한 쌍이 끝난 것 같아서 어째 안타깝다."

"그건 또 무슨 소리야?"

"치사한 남자에 유치한 여자면 딱 맞아떨어지는 궁합 아냐?"

"뭐, 유치? ……그래, 유치한 거 인정해. 하지만 사랑할 땐 누구나 조금씩은 유치해지는 법이잖아!"

(그런가? 하긴 그런 말이 있었던 것도 같다.)

"그치만, 암만 그렇더라도 너 그 사람 사랑한다며? 사랑한다면서 그렇게 쉽게 정리가 되디?"

"내가 하고 싶었던 사랑이 아니면 빨리 정리해버리는 게 현명한 거야."

정말 사랑에 빠져 있을 땐 현명해질 수 없다.

"대체 니가 하고 싶은 사랑은 뭔데?"

"……불꽃같은 사랑!"

"불꽃? 잠깐 반짝하고 마는 그 불꽃?"

"응, 난 그리 오랜 사랑은 기대 안 해, 어차피 불가능하니까. 복잡한 세상이잖아, 하루하루 새로운 거 보고 듣고 접하면 생각이나 취향은 바뀌기 마련이고, 그게 바뀌면 사람이 달라져. 사람이 변하는데, 나도 상대도, 두 사람이 모두 변해 가는데 어떻게 사랑이 안 변할 수 있겠어?"

"……"

"아니, 사랑은 변한다기보다 사라지는 거란 말이 더 어울리겠네, 변하는 건 사람이고. 난 그냥 단 몇 달만이라도, 모든 걸 불사를 수 있는 열정을 원해. 불꽃축제처럼 그렇게 수많은 불꽃은 아니더라도 한평생 살면서 스무 개 정도의 불꽃만 터뜨릴 수 있다면 난 그걸로 족할 것 같아. 가끔 지난번 같은 불발탄이 사람 힘 빠지게 만들기도 하지만 말야."

(욕심도 많다. 스무 개란다.)

"난 니가 항상 신기해. 남자 홀리는 재주도 재주지만 어떻게 그리 금방금방 싸그리 잊어버릴 수 있는지."

"불발탄이야 더 생각할 가치가 없는 거니 이내 지워지는 게 당연하고, 화려하게 피운 불꽃이라 하더라도 꺼진 후엔 미련 뒤봤자 득 될 건 없잖아. 그 자리엔 어차피 자욱하고 메케한 연기밖에 안 남으니까."

(그래, 넌 확실히 '선수'다, 프로다운 프로다, 존경스럽다.)

"이제 유부남은 안 건드리기로 했어. 가만 생각해보니까 가정 있는 남자가 틀은 유지하고 살면서 나한테 올인한다는 거, 그건 어쩌면 애당초 불가능한 일인지도 모르겠더라구. 그렇다고 예전처럼 이혼하고 오라고 조를 수도 없는 노릇이고 말이야. 난 이미 남편 있는 몸이고, 이혼은 나도 하기 싫거든."

"넌 어쩜 말을 해도 꼭 그렇게 싸가지 없이 하니? 그래, 어쨌거나 잘 생각했다. 혹시 이혼을 하더라도 다른 남자 땜에 해서야 쓰겠냐. 그런 일 또 겪게 하면 준 원장이 너무 불쌍하잖아."

"헤헤, 알았어, 걱정 마."

심히 걱정된다. 이 기집애 보고 있자니 공연히 나까지 불안해신다. 이런 비노넉석인 얘기를 일상적인 내화로 주거니 받거니 하고 있는 나 자신에게도 은근히 짜증이 난다. 지끈거리는 관자놀이에 손을 가져가려는데, 가영이가 입 꼬리를 얍실하게 말아 올리며 다시 말을 꺼냈다.

"이번엔 느낌이 꽤 좋아, 정말 멋진 사랑을 할 수 있을지도 모르겠어."

"이번? 또 다른 남자가 생겼다고? 벌써?"

"아니, 아직은 그냥 술친구. 이혼하고 지금은 혼자래. 딱 좋지 뭐."

"너, 진짜 해도 해도 너무한다. 좀 적당히 할 수 없어? 어째 넌 휴지기도 없냐. 게다가 그렇게 바람만 피워대다가 애는 언제 낳을 거야. 이젠 슬슬 병원이라도 가봐야 하는 거 아냐?"

"애기? 그야, 생기면 하나쯤 낳는 것도 나쁘진 않겠지. 하지만 일부러 불임클리닉 같은 데 다니면서 용쓸 생각은 없어. 솔직히 애 낳으면 몸매 망가지고 뱃살 처지고 게다가 내 시간도 없어지고, 여자로서 잃는 게 너무 많잖아. 그리고 뭐? 휴지기? 하루하루가 아쉬운 삼십대 중반에 그럴 여유가 어딨어. 더군다나 에프, 이, 이, 엘! '필'이 팍팍 꽂히는데, 그걸 어떻게 놓쳐."

말린다고 들을 기집애도 아니고, 그렇다고 준 원장한테 일러바칠 수도 없고.

습관처럼 휴대폰을 열었다 닫으며 중얼거렸다.

"도대체 그놈의 사랑이란 게 뭐길래."

"사랑? 그거 너무 복잡하게 생각하면 안 돼. 누가 그러더라, 사랑은 머리보다 엉덩이로 생각하는 게 제격이라고."

"여하튼 하나뿐인 몸인데 좀 아껴가며 살아라, 너무 헤프게 굴지 말고!"

어쩌면 최정윤, 그녀에게 하고 싶었던 말인지도 모른다.

"언니도 참. 어차피 죽을 몸이고, 죽으면 없어질 몸인데 아껴서 뭐해. 그냥 마음 맞는 사람 만날 때마다 아낌없이 실컷 줘버리는 게 오히려 남는 거라구. 언니도 그렇게 따분한 말만 하지 말고 이젠 나처럼 좀 살아봐. 이왕 육욕으로 얼룩진, 살 냄새 진동하는 세상에 태어난 마당에 그렇게 혼자 웅크리고 있어봐야 누가 알아주기나 할 것 같아? 그냥 마음 가는 대로, 몸 가는 대로, 신명나게 같이 뒹굴며 사는 게 좋은 거라니깐."

"웅크리긴 누가 웅크려. 나도 마음 가고 몸 가는 애인 있어! 한 번씩 신명나게 뒹굴기도 한다구!(요즘 좀 뜸하긴 하지만.)"

"그래? 그거 참 축하할 일이네. 그럼 마흔 되기 전엔 웨딩드레스 입는 거야?"

"그야, 뭐. 흠흠, 난 아무래도 결혼 체질은 아닌 것 같아서 말이지."

"하긴, 언닌 능력도 있으니까 굳이 결혼할 필요는 없겠네."

"……"

"참, 언니. 어디서 들은 얘긴데 말야. 우리 뇌는 자신의 유전자와 조합해서 가장 이상적인 2세를 만들어낼 수 있는 유전자를 본능적으로 감지한대. 그래서 그런 유전자를 지닌 상대를 만나게 되면 뇌가 저절로 종족번식을 위한 작업에 착수하고."

"작업?"

"거 왜, '도파민'이나 '페닐에칠아민', '옥시토신' 같은 화학물질들의 분비 말이야."

들어본 단어들이다. 도파민은 영혼을 매료시키고 페닐에칠아민은 제어하기 힘든 열정으로 터질 듯 가슴을 부풀리고, 옥시토신은 끌어안고 싶은 성적 충동을 야기한다고 했었지, 아마.

"그러니까 우리가 객관성이나 판단력에 혼란을 일으키면서 얼추 미친 듯 사랑에 빠지는 건, 다 그 화학물질들 때문이란 애기지. 우수한 종족 번식을 위해 뇌에서 차례로 흘러나와 칵테일처럼 섞이는 그 분비물들. 히히, 어때, 재미있지 않아?"

"말도 안 돼. 그럼 동성애자들의 사랑은 어떻게 설명할 건데. 사실 다 드러나지 않아서 그렇지, 서로 아끼고 사랑하는 동성애자들이 얼마나 많은 줄 알아? 네 말대로 정말 사랑이 종족번식을 위한, 본능적인 뇌의 작용에 불과한 거라면 동성을 사랑할 일은 없는 거 아냐."

"음, 동성애는 어차피 조합이 불가능한 유전자를 상대로 이런저런 화학물질들을 부질없이 쏟아내는 경우니까, 그런 사람들은 아마도 뇌에 어떤 치명적인 문제가 있는 걸 거야."

"허!"

나도 모르게 뜨거운 콧김을 허공에 내뿜었다. 가영이 말대로라면 나는 뇌 기능에 심각한 장애를 지닌 여자가 된다. 혈압은 올랐지만 레즈비언으로서 분개하는 모습을 동생에게 보여 줄 수는 없는 일이다. 뻐근해진 뒷목을 말없이 주물렀다.

"근데 언니, 무엇보다 주목할 만한 건 그 화학물질들이 분비되는 기간이야. 과학자들이 연구한 바에 따르면 그것들이 한 대상을 향해 분비되는 기간은 평균 18개월이고, 제아무리 길어야 30개월을 넘기지 못한다거든. 결국 미련이나 집착, 또는 끈끈한 정이나 책임감 따위의 부산물이 개입되지 않은 순수하고 자연발생적인 사랑은 암만 길어봤자 그 기간 안에 끝날 수밖에 없는 거지. 슬픈 얘기지만 짧으면 몇 달, 길면 이 년 반, 그게 사랑의 수명이야. 피할 수 없는 현실이고."

"만약 30개월 넘게 이어지는 순수한 사랑이 있다면, 그땐 어쩔래?"

"만약에 그런 사랑을 하는 사람이 있다면 그건 아마 희귀동물이라 불러야겠지."

"희귀, 동물이라……."

졸지에 '뇌기능장애를 지닌 희귀동물예비군'으로 전락해버린 내 우울함을 알 턱이 없는 가영이가 다시 얄밉게 생글거리며 제가 꺼낸 이야기의 주제를 또박또박 말갛게 풀어놓는다.

"어쨌거나 자연스런 감정이 이끄는 대로 솔직하게 살다 보면 누구나 바람둥이가 되기 마련이란 걸 과학이 증명해준 셈이지, 뭐!"

너를 사랑하고도

오늘로 그녀 얼굴 못 본 지 두 달.

 지난달 중순까지야 가구점 확장이다 뭐다 바쁘다던 핑계, 내 쬐끔은 인정한다. 하지만 이젠 시간이 남아돌 때도 됐는데. 두 달이나 안 봤으면 권태기가 지날 때도 됐을 텐데. 열흘 전에 전화했을 땐 곧 연락하겠다고, 며칠만 더 기다리라고 했었는데. 아무래도 안 되겠다. 내일은 가게로 한번 찾아가 봐야겠다.

 새벽 두 시, 자려고 누웠는데 문자가 들어왔다. 그녀다!

─ 사랑하는 자기……

(어, 사랑?)

 벌떡 일어나 두 손으로 휴대폰을 모아 쥔다. 그리고 읽어 내려갔다.

(세상에…….)

 이제 그만 헤어지잔다, 그동안 즐거웠단다, 행복하실 바란단다.

 가슴이 내려앉고 숨이 멎을 것 같다. 그간의 내 불안과 우려와 두려움과 공포가 모두 현실이 되어버렸단 말인가. ……아니다. 이딴 문자 나부랭이, 믿을 수 없다. 그래, 그녀가 장난치는 건지도 모른다.

 그녀에게 전화를 했다(틀림없이 깔깔거리며 받아줄 거야). ……받지 않는다. 이번엔 집으로 걸어봤다. 역시 안 받는다.

 미칠 것 같다. 침대에 드러누웠다. 천정의 벽지 무늬가 만화경 속의 그것인 양 갖가지 문양으로 시시각각 변하며 침대에 널브러져 있는 나를 어지럽게 만든다. 팔다리에서 피가 다 빠져나가는 듯한 느낌. 차가운 손끝이 저려온다. 기어이 올 것이 온 건가. 싫증 잘 내는 그녀다. 지난겨울엔 길어야 6개월인 다른 남자들에 비하면, 나는 꽤 오래 만나는 편이라며 생색 아닌 생색을 내기도 했었다.

팽개쳤던 휴대폰을 집어 들었다. 다시 한 번 문자를 본다. 허, 사랑이라! 그녀에겐 침대멘트인 줄만 알았더니 마지막 이별멘트로도 사용되나 보다. 사랑이라는 단어에 말 못할 배신감을 느낀다.

어제의 내일이었던 오늘…….
난…… 내 바람과는 너무나 동떨어진 나락에 서 있다.

한 시간 가까이 끙끙 앓다가 결국 그녀 집으로 갔다. 아무리 벨을 눌러도 전혀 인기척이 없다. 갑자기 한기가 든다. 빌라 앞 계단에 쪼그리고 앉았다. 가뜩 웅크린 몸을 난간에 기댄 채 꼬박 뜬눈으로 밤을 새웠다. 아침이다. 출근길에 나서는 사람들이 한 번씩 힐끗거리며 넋 나간 내 앞을 바쁘게 지나친다.

병원에 삼십 분이나 늦게 도착했다. 진료 중에도 짬만 나면 전화를 해댄다. 여전히 받지 않는다. 벌써 수신거부 번호로 등록된 걸까. 쓰러질 것만 같다.

점심시간.
이번엔 병원 전화로 걸어봤다. 그래도 받지 않는다. 서 간호사 휴대폰을 빌려서 걸어본다. 마찬가지다(하긴, 나보다 더 영리한 그녀지). 참, 지금쯤 가게에 나가 있을 시간 아닌가. 다시 휴대폰을 열고 가구점 번호를 눌렀다. '파리에 가고 없다'는 직원의 말. 믿을 수 없다. 꾀병을 부리고 병원을 빠져나왔다. 그리고 그녀의 가구점으로 향했다.

진짜 안 보인다. 아니, 그래도 정말 파리에 갔을 리는 없어. 다녀온 지 몇 달이나 됐다고 또 가? 점심 먹으러 나갔겠지. 아님 출근이 좀 늦어지거나. 맞은편 스타벅스에서 가구점 입구만 뚫어져라 쳐다보며 두 시간 가까이 앉아 있다가 결국 아무런 소득 없이 일어섰다.

일단 집에 와서 수면제 한 알 먹고 억지로 눈을 붙였다. 그리고 밤늦게 다시 그녀 집으로 갔다. 불이 꺼져 있다. 집 앞에서 하염없이 기다렸다.

벌써 일주일째.

오늘도 연락이 안 된다. 가게며 집을 불쑥불쑥 찾아가 봐도 매번 헛수고다. 투명인간이라도 된 걸까. 그림자도 안 보인다. 정말 이렇게 끝나는 것인가. 보고 싶다, 미칠 만큼 보고 싶다. 휴대폰을 들었다. 사진 찍기 싫어하는 그녀 몰래 간간이 찍어두었던 사진들을 또 한 번 펼쳐본다. 옆얼굴, 뒷모습, 자는 얼굴, 예쁜 발가락……. 가슴이 미어지는 것 같다.

제발 한 번만 더 만나 달라고, 얼굴 한 번만 더 보게 해달라고, 또 문자를 보낸다.

집으로 들어가기 싫어 여기저기 헤매고 다니다가 라이브카

페로 들어왔다. 무심히 흘러나오는 노래에 울컥 가슴이 메고 코끝이 뜨거워진다.

> 너를 사랑하고도 늘 외로운 나는
> 가눌 수 없는 슬픔에 목이 메이고
> 어두운 방 구석에 꼬마인형처럼
> 멍한 눈 들어 창밖을 바라만 보네
> 너를 처음 보았던 그 느낌 그대로
> 내 가슴 속에 머물길 원했었지만
> 서로 다른 사랑을 꿈꾸었기에
> 난 너의 마음 가까이 갈 수 없었네
> 저 산 하늘 노을은 항상 나의 창에
> 붉은 입술을 부딪쳐서 검게 멍들고
> 멀어지는 그대와 나의 슬픈 사랑은
> 초라한 모습 감추며 돌아서는데
> 이젠 더 이상 슬픔은 없어
> 너의 마음을 이제 난 알아
> 사랑했다는 그 말 난 싫어
> 마지막까지 웃음을 보여줘

— 〈너를 사랑하고도〉 전유나

보름이 지났다.

점심시간 내내 휴대폰만 노려보고 있다. 가슴이 터질 것 같다. 가운을 벗어두고 밖으로 나왔다. 햇살이 무참히 쏟아져 내린다. 온통 유리로 뒤덮인 고층건물들이 작열하듯 내뿜는 반사광에 눈을 찌푸린다. 마음과 마음이 만나는 순간에도 반사, 산란, 흡수, 투과의 현상은 어김없이 일어난다고 했던가. 하늘을, 온 세상에 빛을 흩뿌리는 불덩이를 올려다봤다. 눈이 시리다, 눈물이 난다.

혹시 내 눈이 멀어버리면 내 눈에서 그녀의 잔상이 사라지려나······.

어느덧 한 달이 다 되어간다.

어질러져 있는 책상에 물 한 잔을 놓고 앉았다. 가방에서 약봉지를 꺼낸다.

(이담에 소식 들으면 슬퍼해줄까. 울어주려나. 최소한 마음은 아프겠지. 미안해서라도 평생 날 못 잊을 거야.)

준비한 알약들을 입에 넣었다.

우리 영혼은 어차피 가엾기 짝이 없는 단벌신사라고 했다. 삼십팔 년간 입어 오면서 한결같이 맘에 안 들었던 이 낡은 옷을 벗어버리고 나면, 벌거벗은 내 영혼은 자유로워지려나. 아님, 오히려 끝없는 어둠 속에 갇히는 걸까.

알싸한 알약늘에 혀가 아린다. 불 잔을 늘었다. 그런데 아무래도 한꺼번에 너무 많이 넣었나 보다. 한 번에 삼켜낼 자신이 없다. 다시 반을 내 놓았다. 침으로 범벅이 된 채 뭉쳐진 알약들이 꼭 청국장에 넣는 콩 뭉치처럼 미끈거린다.

― 아이, 디러!

β다. 그새 통 안 보이더니.

― 응? 너 언제 왔어?

― 웅얼거리지 말고, 그거 마저 뱉어내고 말해! 못 알아듣겠어.

(그래, 갈 때 가더라도 작별인사는 해야지.)

나머지도 마저 뱉었다. 그리고 물었다.

― 그동안 어디 갔었어?

― 아무 데도 안 갔어.

― 근데 왜 코빼기도 안 비친 거야? 일 년이 훨씬 넘도록.

― 그거야, 니가 그간 눈이며 귀가 다 멀어 있었으니까.

― 뭐?

― 그동안 내가 니 머리맡에서 굿판을 몇 번이나 벌였는지 알아?

(굿판? 그래서 꿈자리가 그렇게 뒤숭숭했었나?)

― 그리고 지금 너, 뭐하는 짓이야?

― 보면 몰라?

― 꼴값을 하다 못해 이젠 아주 쌩쇼를 하는구나! 너, 그러고 나면 뒷수습할 사람들 생각은 해봤어?

― 우리 집에서 제일 씩씩한 엄마가 하겠지, 뭐. 낳을 때도 맘대로 낳았으니까 마무리도 알아서 잘 해줄 거야.

— 넌 지금까지 허구한 날 실수해온 것들이 아깝지도 않냐? 그것들만 잘 기억해두면 앞으론 꽤 괜찮게 살 수도 있을 텐데.

— 말리지 마, 어차피 더 살아봤자야.

— 너 죽고 나면 내가 심심해지니 그러지.

— 넌 나잖아. 내가 죽으면 너도 없는 거 아냐?

— 아니. 난 니가 죽어도 따라 죽진 않아. 니가 죽은 후에도 니 머리맡을 지켜야 하니까.

왠지 가슴이 뭉클해진다.

— 너 혹시, 나 좋아해?

— 글쎄, 인정하긴 싫지만 그럴지도 몰라. 그러니까 욕도 하고 간섭도 하지.

— ……

갑자기 조금은 더 살고 싶다는 생각이 든다.

책상 위의 알약들을 휴지통에 쓸어 넣고, 대신 라면을 끓이기 시작했다.

라면을 먹는다.

얼큰한 국물이 쪼그라든 위벽을 따끈하고 시원하게 풀어주는 것 같다.

β가 옆에 붙어 앉아 나긋나긋 잔소리를 시작했다.

— 가끔 지독하게 체할 때가 있잖아. 이 약 저 약 먹어보고, 등 두드리고, 손도 따고, 별의별 짓 다 해도 안 내려가는 그런 경우. 그럴 땐 아주 원시적인 방법이긴 하지만 토해버리는 게

최고야.

― 그게 지금 밥상머리에서 할 소리야? 사흘 만에 겨우 뭐 좀 챙겨 먹는 사람한테.

― 넌 지금 사랑에 체해 있어. 그건 도저히 니가 소화해낼 수 없는 사랑이야. 삭일 수 없는 건 게워내야 해.

― ……

― 사랑이 끝나는 건 분명 슬픈 일이긴 하지만 때론 차라리 끝나는 게 나은 사랑도 있는 법이래. 걱정 마, 모든 건 지나가기 마련이니까…….

― ……

다시 그녀의 얼굴이 떠올랐다. 내려가던 면발이 철사 줄처럼 곤두선다.

나는 기꺼이 사탄이 되리라

내일의 어제가 될 오늘······.

혹시 어리석었던 날로 기억된다 할지라도, 난 지금 그녀를 놓을 수가 없다. 밤 열한 시, 벌떡 일어나 지갑 하나 달랑 들고 집을 나왔다. 택시를 탄다. 그리고 그녀 집을 향한다.

그녀가 사는 빌라 앞.
그녀의 창에 불이 켜져 있다.
(저 안에, 그녀가 있다!)
단숨에 계단을 올라 벨을 누른다.
잠시 후, 그녀가 문을 열었다.
"······자기 왔구나."
약간 야윈 듯한 얼굴. 올 줄 알았다는 듯, 마치 아무 일도 없었다는 듯 너무나 차분하고 담담한 그녀의 태도. 갑자기 두 다리에 힘이 빠진다. 주저앉을 것만 같다.
"들어와."
거실로 향하는 그녀를 뒤에서 와락 끌어안았다. 그래, 이 느낌, 이게 당신 냄새, 당신 향기였지.

얼마나 그러고 있었을까. 가느다란 허리에 꼭 감긴 내 두 팔을 조용히 풀면서 그녀가 돌아섰다. 두 팔이 허공으로 떨어져 힘없이 축 늘어진다. 그녀는 부드러운 손길로 헝클어진 내 머리를 매만지고 젖은 눈가를 닦아 주었다. 까칠한 두 뺨도 쓰다듬는다. 마치 애기 달래듯.

그녀가 이끄는 대로 거실에 들어와 앉았다. 할 말이 많았던 것 같은데. 무슨 말부터 해야 할지 모르겠다.

그녀가 먼저 말을 꺼냈다.

"미안해."

"……그동안 어디 있었어?"

"파리."

(그럼, 가구점 직원들 말이 사실이었나?)

"언제부터?"

"4월 말."

(지금 중요한 건 이런 게 아닌데. 정작 해야 할 말은 따로 있는데.)

"……언제 들어온 건데?"

"오늘."

그제야 거실 한쪽에 놓여 있는 트렁크가 눈에 들어왔다. 더 이상 물어볼 말이 없다. 아니, 이 이상은 물어볼 용기가 안 난다.

"커피 줄까?"

나는 고개를 저었다.

둘 사이를 휘감고 있던 어색하고 껄끄러운 침묵을 깨고, 마침내 그녀가 입을 열었다.

"미안해, 어쩔 수가 없어."

"……"

"그동안 자기랑은 정말 많은 얘길 해왔어. 이미 내 마음 구석구석, 감정의 바닥까지 속속들이 알고 있는 자기를 놓아버린다는 건 아마 수십 명의 친구를 잃는 것보다 더한 상실감을 의미할 거야."

"……."

"나도 힘들어."

(다행이다. 조금은 마음이 놓인다. 내가 싫어서, 내가 지겨워서 헤어지려는 건 아닌가 보다.)

"도대체 왜 그러는데? 혹시 누가 수군대기라도 했어?"

"……."

"앞으로 내가 더 많이 조심할게. 남들이 절대로 이상하게 생각 안 하도록 행동하면 되잖아, 응?"

그녀가 긴 한숨을 내쉬며 소파 등받이에 힘없이 몸을 기댔다.

"그런 게 아냐. 그냥, 지쳤어. 지쳐버린 것 같아."

(지쳤다고? 어떤 거에? 설마, 에로스에?)

"어쩌면 난 그동안 일종의 이교도 같은 생활을 해왔는지도 모르겠어."

"알기 쉽게 얘기해봐."

"왜, 남녀결합으로 초월성을 얻으려 한 이교도가 있었다잖아. 남자에겐 여자가, 여자에겐 남자가 구원의 통로라 여겼던 집단."

사람이 절대 황홀경에 이르는 방법엔 세 가지가 있다고 했다. 종교적 체험과 마약, 그리고 섹스. 마약은 몸을 상하게 하고 종교적 체험은 일상과 너무 동떨어져 있다는 점을 감안하면, 그 황홀경에 이르는 가장 손쉽고 건전한 길은 섹스다. 현실의 모든 근심걱정을 잊게 해주는 절대쾌감, 즉 극치감과 그에 수반되는 황홀경을 구원의 핵심으로 둔다면 그것도 전혀 황당한 이야기는 아닐 것이다.

그녀는 나지막이 말을 이었다.

"섹스로 구원을 얻고자 했던 그들과 그간 내가 너무 닮아 있었던 것 같아."

"……."

"나, 예수님 다시 영접했어."

"예수님?"

(가만, 그러니까 지금, 요컨대, 다시 말해, 그 이교도적인 삶을 청산하고 다시 하나님 안에서 성스러운 삶을 살기로 했다? 그러니 거치적거리지 마라?)

갑자기 울화가 치민다. 나도 모르게 소리를 높였다.

"그래서 이제 그만 만나자고? 헤어지자고? 정리하려면 그 망할 유부남들이나 정리할 일이지, 나는 왜? 간음하지 말라는 성경에 동성애도 안 된다고 쓰여 있디? 어디, 몇 페이지 몇째 줄인지 보여줘 봐(내, 매직펜으로 말끔히 지워버릴 테니!)."

"……."

"그리고 만나서 얘기하지는 못할망정 전화 놔두고 왜 문자만 날린 건데? 그런 식으로 사람 피 말리는 게 당신 취미야?"

"미안해. 나도 정리할 시간이 필요했어."

"그래, 그랬겠지. 나 말고도 정리할 사람 여럿 있었을 테니 시간깨나 필요했겠네. 그래서, 교회만 나가면 지금까지 그 수많은 유부남들과 간음해온 당신 죄가 다 용서되는 거야? 하나님이 전부 용서해준다 그랬어? 내가 하나님이라면 절대 용서 안 하겠구만!"

"……"

"그래, 참 좋겠다. 너그럽기 짝이 없는 하나님이라서. 앞으로도 맘 놓고 실컷 죄지으면서 살 수 있겠네. 게다가 죄짓고 살면서도 하나님 자녀니 뭐니, 거만 떨 수 있는 특권까지 누리고, 좀 좋아?"

"……"

"참, 그런 것 같으면 그냥 예전처럼 살면서 가끔 회개기도만 해도 되는 거잖아. 왜 쓸데없이 인연은 정리히고 그래?"

"……"

"아니, 유부남 만나고 다니는 거야 십계명에도 들어 있는 중죄니까 그건 그만두는 게 확실히 좋을 거야. 하지만 동성애는 그런 것도 아니잖아!"

"……"

"누구나 자기 취향에 따라 성적 쾌락을 추구할 권리가 있는 거라며? 신체의 일부에 불과한 성기 모양에 구애받지 않고 자유의지대로 사는 것도 인간의 고유권한이라며? 신체구조보다는 성 정체성에 따라 살아야 하는 거라며? 그렇게 역설할 땐 언제고, 어쩜 사람이 이렇게 변할 수가 있어?"

"……."

"그리고, 옛날엔 하나님 이해 안 된다고 그렇게 난리더니, 이젠 다 이해가 돼? 그래서 다시 교회 나가는 거야?"

입을 꾹 다물고 있던 그녀가 드디어 입을 열었다.

"아니. 세상 돌아가는 것 생각하면 솔직히 난 아직도 하나님 성격이 궁금해져. 하지만 하나님을 내 조그만 머리로 이해하려 드는 것 자체가 잘못된 건지도 모르잖아."

"쳇."

"암튼 믿음은 그 자체가 기적이고 축복인 것 같아. 예수님이 오셨다는 이천 년 전의 일들이며 연대 추적도 잘 안 되는 창세기 이야기까지 추호의 의심 없이 그대로 받아들일 수 있다는 것, 그건 노력으로 되는 일이 아니거든."

빈정거리고 싶다.

"어련하겠어? 예수님 부활 장면 비디오테이프는 고사하고 얼굴 사진 한 장 없는 마당에……."

"……."

"막말로, 이슬람에서 말하듯 예수님도 단지 한 사람의 선지자에 불과했던 건지 어떻게 알아? 만약 그렇다면 예수님을 하나님 아들로 떠받드는 것 자체가 일종의 우상화 아니냐구! 예수님 영접하고 믿었다가 나중에 죽어서 하나님한테 이단 취급 받으면 어쩔 건데?"

"……."

"게다가 성경이란 것도 그리 믿을 게 못 되더만, 뭐. 인간들이 편집한 거라며? 그럼에도 불구하고 그런 맹목적인 믿음을 가질 수 있다니 정말 존경스럽다!"

"잘은 모르겠지만, 어느 정도 추려낼 필요는 있었겠지. 사해문서니 뭐니 말들이 많지만, 오래된 고문서라고 해서 전부 진실이라는 법은 없으니까 말야. 타락천사가 장난치느라 끼적거린 게 섞여 있었을 수도 있잖아?"

"〈다빈치 코드〉란 영화 보니까 그런 단순한 이유가 아니던데?"

"뭐, 다빈치 코드? 그게 무슨 다큐멘터리야? 그걸 믿게."

"어쩜 사실일 수도 있지 않나? 신빙성 있는 얘기더만."

"말도 안 돼! 하여간 지나친 상업성이 순진한 사람들을 헷갈리게 한다니깐. 더욱이 그 얘긴 설정 자체에도 커다란 맹점이 있어."

"맹점?"

"말이 나왔으니 얘기지만, 백만 번 양보해서 설사 그 다빈치의 그림 속에서 예수님 옆자리에 앉은 게 '막달라 마리아'고, 그녀가 예수님 와이프였다 치자구. 하지만 그녀가 예수님 돌아가시고 나서 낳은 애가 예수님 아이라는 걸 어떻게 보장해? 창녀 출신인 그녀가 예수님이랑 결혼생활 중에 바람 안 피운 건 또 어찌 믿느냔 말이지."

"막달라 마리아가 창녀 출신이었다는 건 교회가 악의적으로 퍼뜨린 소문이라던데?"

"그래, 그럼 보통 여자라면 절대 바람피울 일이 없는 거야?"

"하긴."

"솔직히 그 주변 사람들 중 한 명이 그 애 아버지일 수도 있는 거잖아."

"그러고 보니 유다가 수상하네. 그래서 예수님을 팔았나, 삼각관계라서?"

"아니, 이건 어디까지나 백만 번 양보해서 접고 들어간 얘기라니까. 암튼 예수님 머리카락이라도 찾아내서 그 후손이라는 작자랑 유전자 비교해보는 거면 또 몰라도, 막달라 마리아 시신 찾아내서 유전자 비교하는 게 예수님 자손이란 걸 증명하는 거하고 대체 무슨 상관이 있냐구. 결국 그 얘긴 막달라 마리아가 예수님한테 '충실한' 와이프였다는 가정 하에서만 성립되는 스토리라구."

"듣고 보니 그건 그러네. 근데 말야, 만약에 자기 와이프가 딴 남자 애를 가졌다면 예수님이 몰랐을 수 있을까? 그래도 명색이 하나님 아들이라는 사람인데 말야. 초능력도 꽤 있었다면서."

"사랑을 강조하셨던 분이잖아. 만에 하나, 결혼을 하셨다면 설사 와이프가 외도를 했다 할지라도 사랑으로 덮어주셨겠지."

(그건 그렇고, 지금 이런 말이나 하고 있을 때가 아니다.)

"하여간 난 당신이랑 못 헤어져, 아니 헤어질 수 없어. 십계명 중에 살인하지 말라는 것도 들어 있지? 사람 자살하게 만드는 것도 살인이야, 간접 살인. 당신은 지금 내가 죽고 싶어지게 하고 있어. ……제발 나 좀 살려줘."

"……"

잠시 말이 없던 그녀가 일어서며 말했다.

"우리 커피 한 잔 마시자."

머신 예열을 하고, 밀폐유리병에서 수북이 꺼낸 커피콩을 머신에 넣고, 추출구에 잔을 올리고, 스위치를 누르고…… 여느 때 같으면 일사불란하게 움직였을 그녀의 손동작이 오늘은 상당히 굼떠 보인다. 생각할 시간을 벌고 있음이다. 나 떼어낼 생각, 나 설득시킬 생각, 뭐 그런 거겠지. 하지만 어림없다. 난 이미 '거머리 버전'으로 돌입했다.

그나저나, 이 커피 향, 도대체 얼마만인가. 역시 그녀가 내리는 커피처럼 향기로운 건 없다. 그녀가 가져다 준 커피로 바짝 마른 입술과 타는 목을 축였다. 좀 살 것 같다.

커피를 다 마셔갈 때쯤, 그녀가 말을 꺼냈다.

"우리 아주 예전처럼…… 그냥 친구하자."

"친구?"

"그래, 친구."

일단은 가슴을 쓸어내렸다. 다신 안 보겠다고 뿌득뿌득 우기면 어쩌나 잔뜩 겁먹고 있었다. 긴장이 풀리니 술 생각이 절로 난다.

"술 좀 줘."

그녀가 발렌타인 30년산을 뜯었다. 나는 비싸고 독한 위스

키를 소주 마시듯 마시기 시작했다. 한두 모금 마시고 마는 그녀를 두고 혼자서 마구 마셔댔다. 마시고 또 마셨다.

정신은 말짱하다. 단지 하고 싶은 말을 못 참겠다.

"나, 당신 사랑해. 눈치챘는지 모르겠지만 단순한 에로스가 아냐. 정말 많이 사랑해. 오래됐어. 어쩜 처음 만났을 때부터였는지도 몰라."

"……."

"당신은 당신이 얼마나 치명적인 매력을 가진 여잔지 모르지? 당신은 볼수록 더 빠져들고 만날수록 더 헤어날 수 없는 그런 여자야. 마치 늪 같아. 하루종일 당신 생각이 머리에서 떠나질 않아. 그동안 줄곧 그랬어. 그래, 난 이미 당신한테 미쳐 있으니까."

"……."

"난 아마 당신이 남자였다 할지라도, 혹은 내가 남자였다 할지라도, 아님 둘 다 남자였다 할지라도 당신을 사랑했을 거야. 이건…… 운명이야."

"……."

말이 없는 그녀. 표정도 별로다. 갑자기 식은땀이 난다(이러다 친구하잔 말까지도 물 건너 가버리면?).

잽싸게 꼬리를 내렸다.

"그치만 당신이 친구하자면 친구해야지, 뭐. 그럼 섹스는 빼야겠네? 그리고 내 마음, 신경 안 써도 돼. 내 감정 내가 알아서 추스를 테니까."

굳었던 그녀의 표정이 조금 부드러워졌다.

(참, 그래도 챙길 건 확실하게 챙겨둬야지.)

"대신, 일주일에 한두 번은 꼭 얼굴 보여줘야 돼! 알았지?"

그녀가 인심 쓰듯 짧게 고개를 끄덕였다.

다시 술잔을 비웠다. 또 심사가 뒤틀린다.

"……지쳤다고? 그래서 다시 교회에 나간다고? 교회가 무슨 피로회복제야, 영양제야, 아님 비타민이야? 그러게 에로스도 적당히 했었어야지. 그렇게 여러 다리 걸치는데 무슨 수로 안 지치고 배겨?"

"……"

"퍽이나 행복하겠다! 길 잃은 양이 자유를 반납하고 드디어 목자 품에 안겼으니."

"……"

말없이 씨익 웃기만 하는 그녀. 웃는 얼굴이 이렇게 미워 보이기도 처음이다.

나는 자꾸 꼬여가는 혀끝에 힘을 주고 다시 또박또박 비아냥거렸다.

"이담에 기도할 때 당신 하나님한테 한번 물어봐. 왜 그리 복잡하게 사냐고. 솔직히 하루 날 잡아서 예수님이랑 천사들 데리고 무지개 위에 한번 나타나주면, 그리고 세상 사람들이 다 들을 수 있도록 우렁찬 목소리 한번 근사하게 던져주면 전부 해결될 일이잖아. 그러면 어떤 미친놈이 안 믿겠냐. 선노사도 따로 필요 없을 텐데. 혹시 이 벌떼 같은 인간들을 다 데려가려니 천국이란 곳이 너무 좁은 거 아냐? 그러니 '믿을 놈만 알아서 믿어라' 하고 뒷짐 지고 있는 거지."

"눈으로 보고 믿는 건 질 낮은 믿음이야. 아마 그걸 원치 않으시나 보지, 뭐. 그리고 걱정하지 마. 다짜고짜 교회 같이 나가자고 조르진 않을 테니까. 모든 게 다 적당한 시기가 있는 법이거든."

내가 뭐 교회 나가기 싫어서 미리 꾀쓰는 줄 아나 보다. 눈이 마주쳤다. 그녀 입가에 옅은 미소가 번진다. 다시 용기가 샘솟았다.

"근데 교회 다니려면 그냥 다닐 일이지, 왜 날 밀어내? 예수님이 제일 강조한 게 사랑이라며? '서로 사랑하라' 그랬다며? 근데…… 근데, 왜 날 내치는 거냐고!"

"억지 부리지 마. 예수님이 말씀하신 사랑은 포괄적인 개념이잖아. 그 뜻으로 얘기하자면 나도 자기 아주 많이 사랑해."

"난, 나는…… 당신이랑 예전처럼 지내고 싶어, 제발……."

"하나님은 동성애를 인정하지 않으셔."

갑갑하다, 숨이 막힌다, 나는 한 잔 더 들이키며 열심히 머리를 굴렸다.

"그러면 교회 나가는 걸 좀 미루면 안 될까? 그냥 내 사랑 듬뿍 받으면서 하고 싶은 거 다 하고 재미나게 살다가, 이담에 교회 나가서 회개하고 예수님 믿어도 되잖아. 그러니까 눈 딱 감고 일단 십 년만, 아니 오 년만 나한테 인심 써봐. 절대 후회할 일 없도록 할게, 응?"

"……."

점점 더 혀가 꼬인다.

"참, 맞다! 다니는 교회를 좀 바꾸면 되잖아! '성공회'였나? 거긴 동성애를 인정하는 분위기라던데, 동성애 사제가 주교로 임명되기도 했다면서? 이왕 예수님 믿을 거면 차라리 그쪽이 좋겠다! 어때? 나랑 같이 그 교회 안 다닐래?"

"……."

"부탁이야. 제발 예전처럼 지내자. 그렇게만 해주면…… 그래, 당신이 하고 싶어 했던 그거, 여자 셋이서 하는 거, 그것도 할게. 당신이 하자는 거, 하라는 거, 무조건 다 할 거야. 그러니까……."

"지쳤다고 했잖아. 그냥 다 귀찮아."

미지근한 웃음으로 내 진지한 제안들을 흘려듣던 그녀가 '귀찮다'는 한마디가 취한 내 심기를 건드렸다. 욱하는 마음에 그만 인내심의 실밥이 터져버렸다. 아까부터 참고 있었던 말이 딸싹딸싹 움직이는 입술 사이로 줄줄이 삐져나온다.

"흥! 하나님이 진짜로 있는지 없는지 알 게 뭐야! 만약에 죽고 나서, 천국이고 뭐고 그게 다 말짱 헛소리였다 싶으면, 그땐 억울해서 어쩔 거야? 원귀가 돼서 구천을 떠돌래? 괜한 종교에 휘둘려서 한 번밖에 없는 인생 심심하게 살아버리면, 그건 도대체 어디 가서 보상받을 거냐구!"

그녀 입가에서 미소가 사라졌다. 또 불안해신다. 빤히 쳐다보는 그녀의 눈을 피해 술잔으로 시선을 내리깔았다.

그녀가 말했다.

"천문학자가 되면 누구나 신의 존재를 인정할 수밖에 없다고 하는 말이 무슨 뜻인지 한번 곰곰이 생각해봐."

(그래, 신이 있다 치자. 근데 그 신이 성경에 나오는 하나님이랑 동일인물인지 아닌지, 그건 어떻게 알아?)

"하나님은 우리를 사랑하셔. 지금 이 순간도 애타게 기다리고 계신다구."

(쳇, 그것도 알 게 뭐야. 진짜 사랑하고 기다리는지, 이천 년 가까이 세상모르고 깊은 잠에 빠져 있는지, 아님 벌써 다 내버리고 어디로 떠났는지.)

"영원하고 무조건적인 사랑, 언제든지 두 팔 벌려 날 기다려주는 사랑, 그건 아마 하나님 사랑뿐일 거야. 난 그 완전한 사랑에 기대고 싶어."

"왜 내 사랑은 안 보여? 난 이렇게 두 팔, 두 다리 다 벌리고 기다리는데. 나도 당신 영원히, 조건 없이 사랑할 수 있……."

그녀는 내 말이 채 끝나기도 전에 정색을 하고 고개를 저었다.

미치겠다. 내가 죽도록 사랑하는 그녀가 원하는 건 오직 하나님 사랑뿐이란다. 보잘것없는 내 사랑 따윈 믿을 가치도 기댈 생각도 없단다. 상대가 하나님이라니, 난 너무나 벅차고 버거운 연적을 만나버렸다.

할 수 없다. 일단은 그녀와 연결고리를 갖는 게 중요하니까.

"흠흠, 내가 너무 많이 마셨나? 금방 무슨 말을 하다 말았지? 암튼 난 당신의 영원한 친구야, 그치?"

 부처님 생각이 절로 난다. 절에 불공이라도 드리러 가볼까. 알게 뭐야, 열심히 불공드리다 보면 그녀가 또 어느 날 변덕을 발휘해줄지.

 그녀를 되찾기 위해서라면……
 나는…… 기꺼이 사탄이 되리라……!

희망

요즘 그녀와 난 아주 오래전 그 건전했던 친구 사이로 다시 돌아와 있다. 그녀의 복잡했던 남자관계도 깨끗이 정리되었다. 잃은 것이 있으면 얻는 것도 있나 보다. 나는 큰 것을 잃은 대신 보잘것없는 마음의 평화를 얻었다.

한 가지 궁금한 게 생겼다.

요즘 그녀가 쌓이는 욕구를 어떻게 풀고 지내나 하는 것. 보아하니 별다른 금단증상도 안 나타나는 것 같던데 어찌된 일일까. 성경 말씀에 자위는 맘껏 하라고, 야한 상상은 얼마든지 해도 된다고, 그렇게 쓰여 있나?

눈을 감았다. 그리고 그녀가 자위하는 모습을 그려봤다. 뜨거워진 아랫도리가 이내 흥건하게 젖어든다. 나는 또 그녀를 생각하며 습관적인 자위를 했다.

β가 찾아왔다.

모른 체 돌아누웠더니 등 뒤에 와서 눕는다.

— 힘들지? 오늘은 나도 많이 허하네.

말투가 부드럽다. 시비를 걸지도 잔소리를 하지도 않는다.

— ……

우린 그렇게 말없이 나란히 누워 밤을 지샜다.

새벽녘에 꿈을 꿨다.

나는 그녀의 아이를 가졌고, 그녀는 한껏 부풀어 오른 내 배에 살며시 귀를 갖다 대고 있었다. 뱃속에서 꿈틀거리던 아이의 움직임과 그 위를 쓰다듬던 그녀의 부드러운 손길이 아직도 생생하게 느껴지는 듯하다.

요상하기 짝이 없는 꿈이다(내 참, 이런 삭막한 상황에서 그런 달콤한 꿈을 꾸다니). 사실 동성 결혼이 허용되는 나라로 가서 그녀와 결혼해 살고 싶다는 생각쯤이야 백번도 더 했다. 하지만 아이 문제에 관해서는 단 한 번도 생각해본 적이 없고, 만약 생각했다 할지라도 기껏 입양 정도였을 것이다.

해괴한 꿈은 해괴한 공상을 낳는 법이다. 의학의 발전에 편승해서 잠시 반짝이는 공상의 나래를 펼쳤다.

'만약 어디서 우수한 정자 하나를 제공받는다면, 그리고 그녀의 난자와 수정을 시킨다면, 그런 다음 그 수정란 배아를 내 자궁에 착상시켜버린다면, 그리하여 내 뱃속에서 그녀의 빼어난 유전자를 이어받은 예쁜 아기가 튼튼하게 자라난다면, 그리고 열 달 후 이 세상으로 나온다면……'

생각만 해도 짜릿하다. 세상 사람들이야 나를 대리모나 미혼모라는 이름으로 부르겠지만, 아무렴 어때. 어쨌거나 그 아이는 엄연한 '그녀와 나의 아이'인 것을. 그래, 그렇게 싱글맘으로 사는 것도 괜찮겠다. 그리고 혹시 알 게 뭐야. 자기를 쏙 빼닮은, 귀엽고 사랑스러운 아기를 보고 그녀도 함께 살고 싶어 할지. 그러면 그녀와 더불어 오순도순 가정을 꾸리는 거야. 그녀에게 한번 부탁해볼까. '당신 닮은 아이 하나 낳고 싶다'고, '그러니 난자 하나만 어떻게 안 되겠냐'고.

아무도 이해해줄 사람이 없다면 그건 미친 생각일 것이다. 미친 생각이 계속 머릿속을 맴돈다. 미친 생각은 미친 사람이 하는 생각이다. 이런 생각을 하고 있는 나는 아무래도 미쳤음에 틀림없다. 그래, 드디어 확실하게 미쳤다.

가만. 어쩌면 내가 그리 이상한 게 아닐지도 모른다. 미친 세상에서 미친 사람으로 사는 것은 그리 부끄러운 일이 아니지 않은가. 정자은행을 통해 여러 여자들이 동일한 남자의 정자로 임신하기도 하는 세상이다. 그것은 결국, 훗날 배다른 형제끼리 사랑하고 결혼할 가능성, 배다른 형제를 며느리나 사위로 맞을 가능성까지도 이 사회가 허용한다는 것을 의미할 것이다(혹시나 무슨 운명의 장난으로 아버지나 할아버지의 정자가 딸이나 손녀의 난자와 만날 수도 있지 않나? 꽁꽁 얼린 정자의 유효기간은 수십 년에 이른다는데). 인간 근친교배의 위험성까지도 감수할 수 있는 위대한 의술이, 내 소박한 가족계획 하나 도와주는 것쯤 뭐 그리 문제될 게 있겠는가.

……머리가 아프다. 두통약 한 알 먹고 다시 누웠다. 그리고 또 잠을 청한다.

사방이 거울로 둘러싸인 방.

그녀와 내가 서 있다.

거울 속에 거울이 무수히 겹치고 또 그 거울들은 수없이 많은 그녀와 나를 만든다.

좌우가 교묘히 엇갈린 상(像)들.

어지럽다.

휘청거린다.

나는 그녀에게 손을 뻗었다.

차갑고 딱딱한 거울 속의 그녀에게.

그녀도 손을 내밀었다.

내가 아닌, 거울 속의 내게.

그녀는 어디 있는가.

나는 여기 있는데…….

얼마 전부터 나는 교인이 되었다. 물론 그녀는 아주 기뻐했다. 하지만 이건 어디까지나 작전상 후퇴일 뿐이다. 싸움에 이기려면 먼저 적을 알아야 한다.

그간 교회를 다니면서 배운 게 있다.

첫째, 하나님 사랑은 끝이 없다고 한다(아무래도 먼저 그녀를 포기하고 내게 양보할 만큼 욕심 없는 분은 아닌 듯하다. — 맥이 풀렸다).

둘째, 하나님은 모든 이를 사랑하신다고 한다(그건 오로지 그녀만을 사랑하는 게 아니라는 뜻이다. 하나님에게 있어 그녀는 수많은 다수 중 한 명에 불과한 존재다. 그리고 그녀는 스리섬섹스를 하더라도 '남자 하나에 여자 둘'은 싫다고 했던, 독점욕 강한 성격이다. 그렇다면 하나님 사랑이 아무리 크고 완전한 것이라 할지라도 그것이 그녀만을 향하고 있는 것은 아니라는 점, 그리고 비록 완전치 못해 보일지라도 내 사랑은 오로지 그녀에게만 집중되어 있다는 점을 부각시켜 나가면 승산이 있을 수도 있다. — 용기가 생겼다).

 목요일, 하루종일 집에서 뒹굴다가 갑갑해서 저녁 무렵 근처 공원으로 나왔다. 그네를 타고 한참 흔들거렸더니 엉덩이가 아프다. 벤치로 옮겨 앉았다. 기다란 공원 벤치에 홀로 앉아 있으려니 휑한 외로움이 뼛속까지 사무친다. 간간이 긴 한숨을 습관처럼 내뱉으며 줄기차게 청승을 떨었다.
 어느새 밤이 되고, 가물가물 흐릿하게 깜박이는 서울의 별이 떴다. 밤하늘을 멍하니 올려다보고 있자니 드문드문 흩어진 별들 사이로 뭔가 아롱아롱 날아다니는 게 내 동공에 비친다. 비눗방울이다. 언뜻 둘러보니 바로 옆 벤치에 앉은 남자가 꼬마랑 비눗방울 놀이를 하고 있었다. 비눗물에 푹 담갔다 건져낸, 끝이 동그란 플라스틱 막대를 연신 불어대며 크고 작은 비눗방울들을 사방에 퍼뜨린다. 주변을 맴도는 그것들의 영롱함에 언뜻 현기증을 느끼며 나는 공연하고 복잡한 상념에 또다시 빠져들기 시작했다. 내 속눈썹 위로 그녀의 다양한 잔상들이 다시금 살포시 내려앉는다. 청승의 강도가 한 단계 업그레이드되는 순간이다.
 어? 그런데 저건? 맑고 투명한 비눗방울 대신 흐리고 탁한 비눗방울들이 몽글몽글 떠다닌다. 보아하니 안에 담배연기가 들어있음이다. 옆 벤치의 남자가, 한껏 들이마신 담배연기를 플라스틱 막대에 대고 긴 날숨으로 뿜어낼 때마다 뿌연 비눗방울들이 우르르 쏟아져 나와 밤하늘에 흩어지고, 꼬마는 신기하다는 듯 연신 까르르 웃어댄다. 그리 멀지 않은 곳에서 잠시 부유하던 그것들은 까만 허공에 희뿌연 연기를 방사하며 이내 하나둘 터져갔다. 그리고 마치 검푸른 바다처럼 무겁게 내려앉은 밤공기는 그 은빛 연기들을 순식간에 흔적도 없이 차례로 삼켜버린다. 왠지 섬뜩하다.

나는 밤늦도록…… 내 몸을 휘감은 까만 밤공기의 바다를 하염없이 표류했다.

벌써 자정이 다 되어간다.
터벅터벅 집에 들어와 컴퓨터 앞에 앉았다. 그리고 잠시 이런저런 연예뉴스들을 뒤져보며 스트레스 해소를 위해 악플을 달았다(한심한 짓이라고 욕해도 할 수 없다). 그러다 홈페이지로 돌아와서는 검색창에 별 생각 없이 두 단어 —성경, 동성애— 를 입력했다. 그리고 엔터 키를 눌렀다.

참 여러 가지 얘기들이 나온다. 세상엔 내 편도 의외로 많았다. 조금은 위로가 되는 듯하다. 여러 내용들을 두루 읽어보면서 내 지식의 폭을 넓혔다. 그리고 그 결과, 성경은 남자끼리의 동성애에 관해서는 여러 곳에서 구체적인 언급을 하고 죄악시하지만, 여자끼리의 동성애에 관해서는 별다른 말이 없다는 것을 알게 되었다. 그저 두어 구절에서 살짝 스치듯 언급했을 뿐이란다.

─ 신명기 22장 5절

여자는 남자의 의복을 입지 말 것이요 남자는 여자의 의복을 입지 말 것이라 이같이 하는 자는 네 하나님 여호와께 가증한 자니라

─ 로마서 1장 26~27절

이를 인하여 하나님께서 저희를 부끄러운 욕심에 내어버려 두셨으니 곧 저희 여인들도 순리대로 쓸 것을 바꾸어 역리로 쓰며 이와 같이 남자들도 순리대로 여인 쓰기를 버리고 서로 향하여 음욕이 불 일듯 하매 남자가 남자로 더불어 부끄러운 일을 행하여 저희의 그릇됨에 상당한 보응을 그 자신에 받았느니라

읽고 또 읽었다(성경에서 이 몇 줄만 지워버릴 수 있다면).

잠시 멍하니 앉아 있었다. 컴퓨터 화면에 떠 있는 성경 글귀들이 희미하게 퍼지면서 커졌다 작아졌다 요동을 친다.

언뜻 번개 하나가 뇌리를 스치고 지났다(잠깐, 이건 혹시 해석하기 나름 아닐까?).

우선 신명기 구절은 확대해석만 하지 않는다면 별 문제 될 것이 없다. 그래, 여자는 여자 옷을 입으면 되는 것이다. 그리고 로마서 구절도 조금만 다른 시각으로 해석한다면. 그렇다! 어쩌면 이건 단순히 애널섹스를 금하는 내용일지도 모른다. 흔히 동성애의 '보응'으로 여겨지는 에이즈만 봐도 알 수 있

다. 남자 동성애자가 에이즈 환자의 상당부분을 차지하는 것에 비해, 여자 동성애자가 에이즈에 걸릴 확률은 이성애자보다도 현저히 낮다 하지 않는가.

나는 명쾌히 결론을 내렸다. 성경은 남자와 남자, 여자와 여자끼리의 동성애 자체를 혐오한다기보다 애널섹스를 금하고 있을 뿐이라고. 생육하고 번성하여 땅에 충만하라고 부여한 그 귀하디귀한 부분을 지저분한 애널에 삽입하는 것이 하나님 보시기에 영 망측하고 못마땅한 일이었을 거라고. 또한 도적질하지 말고 남의 소유를 탐내지 말라는 대원칙에 위배되는 간통이나 간음이야, 아무리 사랑이란 감정이 동반된다 할지라도 자제해야 할 일이겠지만 동성애는 그런 것도 아니라고.

그나저나 어떻게 하면 이런 내 생각들을 그녀에게 최대한 설득력 있고 조리 있게 전할 수 있을까. 그녀가 동의해주기만 한다면, 내 삶은 무지갯빛으로 물들 텐데. 그러면 하나님과의 신경전은 관둬도 될 텐데. 그렇게만 된다면 그녀 손잡고 평생 착실한 크리스천으로 살 용의도 있는데.

컴퓨터를 끄고 침대에 누웠다. 잠이 안 온다. 곰곰이 생각해보니 다 부질없는 짓인지도 모르겠다. 하나님과의 싸움도, 동성애를 정당화시키는 것도. 이미 심신이 지쳐버렸다는 그녀다. 그렇다면 이리 구르나 저리 구르나 결국 내가 설 자리는 '친구' 뿐이지 않은가. 후우, 나도 모르게 한숨이 새어나온다.

뻐근한 가슴팍에 베개를 꽉 끌어안고 엎드렸다.

차라리 이 '친구'라는 자리에 일찌감치 안주해버리는 게 나으려나. 그러면 오히려 마음이 편해질까. 만족할 줄 아는 것이 행복에 이르는 첩경이라는 말도 있던데. 솔직히 연락조차 되지 않던 그때의 그 칼끝 같은 암울함을 생각하면 지금은 천국인지도 모르는데. 더 이상 바란다면 그건 욕심인 걸까. 그저 나란히 걸어 다닐 수 있음에, 한 번씩 팔짱이라도 낄 수 있음에 행복해야 하는 걸까. 그냥 이렇게 친구로 사는 것에 만족해야만 하는 걸까.

한참을 뒤척이다 벌떡 일어나 앉았다. 나도 모르게 냉장고로 향한다. 냉장고에서 꺼낸 아이스크림과 밥숟가락 하나를 치켜들고 침대로 와 앉았다. 그리고 뭔가에 홀린 듯 정신없이 퍼먹었다.

아이스크림 한 통을 다 비우고 나니 다시 힘이 솟는 듯하다. 그래, 무슨 일이 있어도 희망의 끈을 놓을 수는 없다. 때론 기적이란 것이 일어날 수도 있는 법! 알 게 뭔가, 혹시라도 그녀가 하나님의 그 지나친 과묵함에 싫증을 느끼고 다시 원기충천해서 내게 돌아올지, 그리고 어느 날 갑자기 그녀의 '반려'로 날 간택해줄지(그녀는 나랑 있으면 혼자 있을 때만큼이나 편하다고 했다. 그게 내 매력이라고도 했었다).

이도 안 닦고, 달콤한 희망에 몸을 맡긴 채 무작정 잠을 청했다.

일요일이다.

그녀와 함께 교회에 왔다. 오늘 설교를 들어야 또 한 주간 그녀를 대처할 방향설정을 할 수 있다. 설교가 시작된다. 졸린다. 난 왜 저 목사님 목소리만 들으면 이다지도 잠이 쏟아지는 걸까(나중에 녹음테이프 하나 사가야겠다. 잠 안 올 때 틀어두게).

그녀가 옆구리를 찔렀나 보다. 깜짝 놀라 눈을 뜨니, 어느새 목사님 말씀이 끝나 있다. 연신 하품을 삼키며, 그녀가 펼쳐주는 찬송가를 뻥긋뻥긋 따라 불렀다.

기도시간. 다소곳이 고개를 숙이는 그녀를 슬쩍 훔쳐본다. 말려 올라간 긴 속눈썹이 매혹적이다. 그래, 그래도 얼마나 다행한 일인가. 지금 이렇게 그녀 옆에 앉아 있을 수 있으니. 두 손을 모았다. 잠깐 조는 새, 내게 성령이 역사하신 걸까. 갑자기 마음이 경건해지면서 문득 익숙한 멜로디 하나가 가슴속에 찡하니 울려 퍼진다.

나는 기도를 시작했다, 아주 간절히!

> 제게 있어 그녀는 단 하나의 길임을 용서하소서
> 제게 있어 그녀는 아침이며 제게 있어 그녀는 생명임을
> 용서하소서
> 제 자리가 아님을 알며 감히 그녀를 탐함을 용서하시고
> 그래도 후회하지 않음을 용서하소서
> 이건 제 뜻이 아니었으나 오히려 감사함을 용서하시고

또 용서하소서

당신이 가르친 그 사랑을 그녀 앞에 제가 놓게 하시고

사람의 절망과 허무는 제게 버려 그녀 앞엔 아름다움만 이 있게 하소서

어찌합니까 어떻게 할까요 감히 제가 감히 그녀를 사랑합니다

조용히 나조차 나조차도 모르게 잊은 척 살아간다는 건 살아도 죽은 겁니다

세상의 비난도 미쳐 보일 모습도 모두 다 알지만 그게 두렵지만 사랑합니다

어디에 있나요 제 얘기 정말 들리시나요

그럼 피 흘리는 가엾은 제 사랑을 알고 계신가요

용서해주세요 벌하신다면 저 받을게요

허나 그녀만은, 제게 그녀 하나만은 허락해주소서

— 〈고해〉 임재범

작가 후기

'에스프레소 리스트레토'

사랑도 추억도 삶도, 모두 다
커피 원액처럼
짙은 향을 드리울 수 있으면 좋겠습니다.

비록
그 맛은 쓰디쓸지라도…….

― 박상교희

만남이란 서로의 눈을 마주했다는 것만으로 그 의미가 충분하다